周作人作品精選 15

經典新版

我的兄弟魯迅

周作人

周作人——著

我的兄弟魯迅

目錄——

魯迅的故家

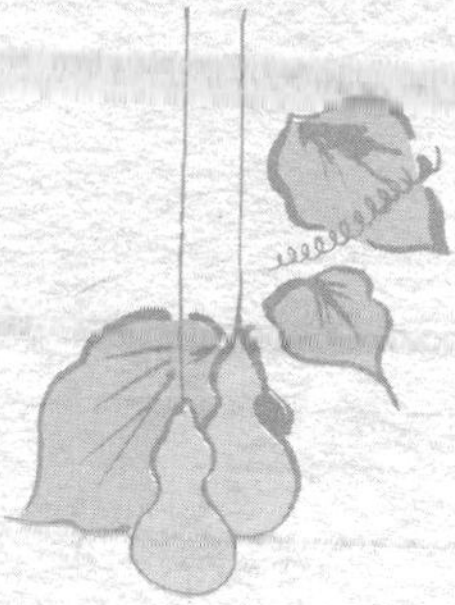

我的兄弟魯迅

目錄——

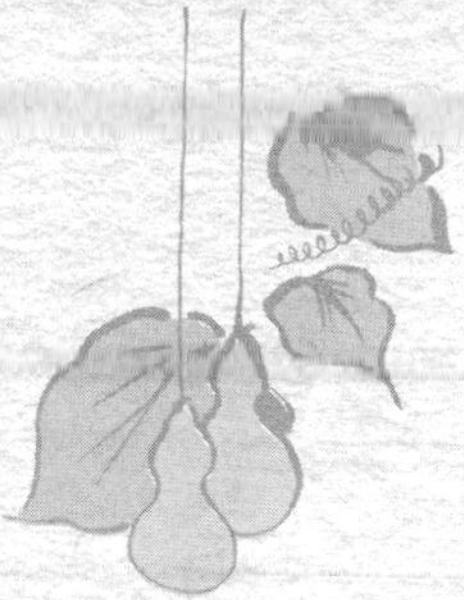

我的兄弟魯迅

目錄——

第三分　魯迅在東京　197

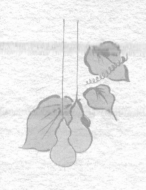

我的兄弟魯迅

目錄——

魯迅的青年時代

魯迅的故家

總序

我將我所寫的「百草園」雜記印成單行本，又從別的雜文中間選取相關的若干篇，編為第二部分，名曰「園的內外」，又把「魯迅在東京」和「補樹書屋舊事」那兩部分加在裡邊，作為附錄。這一冊書共總有一百多篇文章，差不多十萬字，寫時也花了四五個月工夫，但是它有一個缺點，這是陸續寫了在《亦報》上發表的，缺少組織，而且各部分中難免有些重複之處，有的地方也嫌簡略或有遺漏，現在卻也不及補正了，因為如要訂補，大部分就須要改寫過，太是費事了，我想缺少總還不要緊，這比說的過多以至中有虛假較勝一籌吧。至於有些人物，我故意略過的也或有之，那麼這裡自然更無再來加添之必要了。

一九五二年二月二十八日，周遐壽記於北京。

第一分　百草園

關於百草園

百草園的名稱，初見於魯迅的回憶文中，那時總名還叫作「舊事重提」，是登在《莽原》上的，這一篇的題目是「從百草園到三味書屋」。這園是實在的，到現今還是存在，雖然這名字只聽見老輩說過，也不知道它的歷史，若是照字面來說，那麼許多園都可以用這名稱，反正園裡百草總是有的。不過別處不用，這個荒園卻先這樣的叫了，那就成了它的專名，不可再移動了。

這園現在是什麼情形，只要有人肯破費工夫，跑去一看，立即可以明白了。但是園雖是無生物，卻也同人一樣，有它的面目和年齡，今日所見只是現在的面目，過去有比人還長的年月，也都是值得記值得說的。古人作《海賦》，從海的上下四旁著手，這是文人的手法，我們哪裡趕得上，但這意思卻是很好的。園屬於一個人家，家裡有人，在時代與社會中間，有些行動，這些都是好資料，就只可惜我們不去記它，或者是不會記。這回我想來試試看，雖然會不會，能不能，那全然還不知道。

說得小一點，那麼一個園，一個家族，那麼些小事情，都是雞零狗碎的，但在這空氣中那時魯迅就生活著，當作遠的背景看，也可以算作一種間接的材料吧。說得大一點呢，是敗落大人家的相片。魯迅於清光緒戊戌（一八九八）年離開家鄉，所以現今所寫的也以此為界限，但或者有拉到庚子年去的時候也說不定。就是庚子也罷，那已是五十年前的事了，記憶不能完全，缺點自必多有，但我希望那只是遺漏的一方面，若是增飾附會，大概裡邊總是沒有的。

一　從園說起

《朝華夕拾》的第六篇是《從百草園到三味書屋》，起頭的幾段是說百草園的情狀的，其文云：

「我家的後面有一個很大的園，相傳叫作百草園。現在是早已並屋子一起賣給朱文公的子孫了，連那最末次的相見也已經隔了七八年，其中似乎確鑿只有一些野草；但那時卻是我的樂園。」

「不必說碧綠的菜畦，光滑的石井欄，高大的皂莢樹，紫紅的桑椹；也不必說鳴蟬在樹葉裡長吟，肥胖的黃蜂伏在菜花上，輕捷的叫天子（雲雀）忽然從草間直竄向雲霄裡去了。單是周圍的短短的泥牆根一帶，就有無限趣味。油蛉在這裡低唱，蟋蟀們在這裡彈琴。翻開斷磚來，有時會遇見蜈蚣；還有斑蝥，倘若用手指按住牠的脊梁，便會啪的一聲，從後竅噴出一陣煙霧。

「何首烏藤和木蓮藤纏絡著，木蓮有蓮房一般的果實，何首烏有擁腫的根。有人說，何首烏根是有像人形的，吃了便可以成仙，我於是常常拔它起來，牽連不斷地拔起來，也曾因此弄壞了泥牆，卻從來沒有見過有一塊根像人樣。如果不怕刺，還可以摘到覆盆子，像小珊瑚珠攢成的小球，又酸又甜，色味都比桑椹要好得遠。」

「長的草裡是不去的，因為相傳這園裡有一條很大的赤練蛇。」這是一篇很簡要的描寫，把百草園的情景一目了然的表示出來了，現在要略為說明園的上下四旁，所以先就上面所說的事物加以一點補充。

二　東昌坊口

且說這百草園是在什麼地方？因為我們所說的是民國以前的事，所以這應當說是浙江的會稽縣城內東陶坊，通稱東昌坊口，門牌大概是三十四號吧，但在那時原是沒有門牌的。

關於東昌坊口，在志書上沒有什麼記載，但是明清人的文章也偶有說及的，如毛西河文集中有《題羅坤所藏呂潛山水冊子》，其起首云：「王子秋遇羅坤蔣侯祠下，屈指揖別東昌坊五年矣。」

又《六紅詩話》中引張岱的《快園道古》，有一則云：

「蘇州太守林五磊素不孝，封公至署半月即勒歸，予金二十，命悍僕押其抵家，臨行乞三白酒數色亦不得，半途以氣死。時越城東昌坊有貧子薛五者，至孝，其父於冬日每早必赴混堂沐浴，薛五必攜熱酒三合禦寒，以二雞蛋下酒。袁山人雪堂作詩云，『三合陳年敵早寒，一雙雞子白團團，可憐蘇郡林知府，不及東昌薛五官。』」

這東昌坊從西邊十字路口算起是毫無問題的，但東邊到什麼地方為止呢？東邊有橋跨河上，名覆盆橋，在這橋與十字路口之間並無什麼區劃，不知道究竟這兩個地名是怎麼劃分的。大概在沒有訂定門牌之前，地名多少是可以隨便的，正如無名的《魯迅的家世》文中所說（此文見於一九三九年十一月《文藝陣地》上），那裡的周氏一派分三處居住，靠近橋邊的一家大門在路南，可是房屋卻在河的南岸，要走過一條私有的石橋，所以名為「過橋臺門」，迤西路北的一家是「老台門」，再往西是「新台門」，就是百草園的所在地，實實在在是東昌坊口了（雖然離十字路口也還有十來家門面），卻都是稱為覆盆橋周家的。

三　新台門

《魯迅的家世》的第一節說，覆盆橋周家分作三房，叫作致房中房及和房，中房的大部分移住在過橋臺門，致房的大部分移住在新台門，還有一部分留在老屋裡。這話是說得很對的，但末了一句稍欠明瞭，或者可以改為和房以及致房中房的小部分都留在老屋裡，致房底下又分智仁勇三房，留在老屋的是勇房的一派。

我們所要說的只是百草園，所以那老屋與過橋兩處只好按下不表了。在新台門的智仁兩房底下各分作三房，智房下是興立誠三房，仁房下是禮義信三房，魯迅是屬於興房的。在魯迅的好些小說以及《朝華夕拾》裡，出現的智仁兩房的英雄頗不少，現在不及細說，只好等後面有機會再談吧。

台門的結構大小很不一定，大的固然可以是宮殿式的，但有些小台門也只是一個四合房而已。例如魯迅的外婆家在安橋頭，便是如此，朝南臨河開門，門斗左右是雜屋，明堂東為客室，西為廚房，中堂後面照例是退堂，兩旁前後各兩間，作為臥房。退堂北面有一塊園地，三面是籬笆。普通大一點的就有幾進，大抵大門儀門算一進，廳堂各一進，加上後堂雜屋，便已有五進了，大門儀門及各進之間都有明堂，直長的地面相當不小，至於每進幾開間，沒有一定，大抵自五間以至九間吧。

就新台門來說，講房分應當直說，但講房屋卻該先來橫說才行，因為廳的間架與堂以後住屋的大小不同，所以要在這中間分一段落。廳屋三間，迤西一帶是大小書房及餘屋，後來出租開張永興壽材店的，這一部分有必要時再來說它。

從大堂前起便是整排的房屋，西邊六間，所以這一進是九開間的，但後堂前三間外，因為地面稍收小，只有五間帶一條弄堂，末一進也是同樣的寬，都是雜屋，沒有什麼結構。住屋分配是堂屋左右及迤西六間（即第三進），又第四進西偏三間半，第五進的西半，歸智房居住，仁房住在第三四進的東部，後園由智仁兩房另行分配使用。

四　後園

百草園的名稱雖雅，實在只是一個普通的菜園，平常叫作後園，再分別起來這是大園，在它的西北角有一小塊突出的園地，那便稱為小園。大園的橫闊與房屋相等，那是八間半，毛估當是十丈，直長不知道多少，總比橫闊為多，大概可能有兩畝以上的地面吧。小園一方塊，恐怕只有大園的四分之一。

大園的內容可以分了段來說。南頭靠園門的一片是廢地，東偏是一個方的大池，通稱馬桶池，仁房的園門沿著池邊的弄堂在池北頭向西開門。智房的園門在西邊正中，右面在走路與池的中間是一座大的瓦屑堆，比人還要高，小孩稱它為高山堆，來源不詳，大抵是太平天國戰後修葺房屋，將瓦屑放在這裡，堆上長著一株皂莢樹，是結「圓肥皂」的，樹幹直徑已有一尺多，可以知道這年代不很近了。

路的左邊靠門是垃圾堆，再往北放著四五隻糞缸，是智房各派所使用，存以澆菜或是賣給鄉下人的。再說北頭的一片，東邊三大間瓦房，相當高大，材料也很不壞，不曉得原來是什麼用的，一直也不看見有什麼用，總是空著，名為三間頭，是仁房的所有。西邊有一口井，上有石闌，井北長著一棵楝樹，只好擺個樣子，卻不能遮蔭，井的西偏便是往小園去的小路。

園的中間一段約占全部五分之三吧，那全是可以種植的土地，從中央一直線劃開，由智仁兩房分用，智房西邊部分又分成三家，但因立誠兩房缺少人力，所以那些園地常由興房借用，種些黃瓜白菜蘿蔔之類。

小園一方塊，搭在大園的西北角外，其東面一半貼著大園，一半向北突出，其他三面全與別家園地接界。西南角有一個清水毛坑，全用石板造得很好，長方形，中間隔斷，但永不曾使用，只積著好些水，游泳著許多青蛙，前面有石蒜花盛開，常引誘小孩跑到這冷靜的地方去。東北角有一頭板門，傳說是從前挑肥料出去的門，外通咸歡河沿，這地名雖是這樣寫，但口頭卻讀如「咸沙河沿」，如不是這麼說，便沒有人懂得了。

五　園裡的植物

園裡的植物，據《朝華夕拾》上所說，是皂莢樹，桑椹，菜花，何首烏和木蓮藤，覆盆子。

皂莢樹上文已說及，桑椹本是很普通的東西，但百草園裡卻是沒有，這出於大園之北小園之東的鬼園裡，那裡種的全是桑樹，枝葉都露出在泥牆上面。傳說在那地方埋葬著好些死於太平軍的屍首，所以稱為鬼園，大家都覺得有點害怕。

木蓮藤纏繞上樹，長得很高，結的蓮房似的果實，可以用井水揉搓，做成涼粉一類的東西，叫作木蓮豆腐，不過容易壞肚，所以不大有人敢吃。

何首烏和覆盆子都生在「泥牆根」，特別是大小園交界這一帶，這裡的泥牆本來是可有可無的，弄壞了也沒有什麼關係。據醫書上說，有一個姓何的老人因為常吃這一種塊根，頭髮不白而黑，因此就稱為何首烏，當初不一定要像人形的，《野菜博錄》中說它可以救荒，以竹刀切作片，米泔浸經宿，換水煮去苦味，大抵也只當土豆吃罷了。

覆盆子的形狀，像小珊瑚珠攢成的小球，這句話形容得真像，它同洋莓那麼整塊的不同，長在綠葉白花中間，的確是又中吃又中看，俗名「各公各婆」，不曉得什麼意思，字應當怎麼寫的。兒歌裡有一首，頭一句是「節節梅官柘」，這也是兩種野果，只彷彿記得官柘像是棗子的小顆，節節梅是不是覆盆子呢，因為各公各婆亦名各各梅，可能就是同一樣東西吧。

在野草中間去尋好吃的東西，還有一種野苧麻可以舉出來，它雖是麻類而纖維柔脆，所以沒有用處，但開著白花，裡面有一點蜜水，小孩們常去和黃蜂搶了吃。它的繁殖力很強，客室小園關閉幾時，便茂生滿院，但在北方卻未曾看見。

小孩所喜歡的野草，此外還有蛐蛐草，在鬥蟋蟀時有用，黃狗尾巴是象形的，芣苡見於國風，醫書上叫作車前，但兒童另有自己的名字，叫它作官司草，拿它的莖對折互拉，比賽輸贏，有如打官司云。

蒲公英很常見，那輕氣球似的白花很引人注目，卻終於不知道它的俗名，蒲公英與白鼓釘等似乎都只是音譯，要附會的說，白鼓釘比蒲公英還可以說是有點意義吧。

六　園裡的動物

百草園裡的動物，我們根據《朝華夕拾》中所記的加以說明，這大約可以分作三類。其一是蟬，蟋蟀與油蛉。蟬俗名知了，魯迅的祖父介孚公曾盛稱某人試帖的起句「知了知花了」，以為很有情趣，但民間這知字乃是讀作去聲的。普通的知了是那大的一種，就是詩人所稱為螓首蛾眉的，此外還有一種小而色青的，名為山知了，在盛夏中高聲急迫地叫，聲如知了遮了，所以又一名遮了。

蟋蟀是蛐蛐的官名，牠單獨時名為叫，在雌雄相對，低聲吟唱的時候則云彈琴，老百姓雖然不知道司馬相如琴心的故事，但起這名字卻極是巧妙，我也曾聽過古琴專家的彈奏，比起來也似乎未必能勝得過。

普通的蛐蛐之外，還有一種頭如梅花瓣的，俗名棺材頭蛐蛐，看見就打殺，不知道牠們會叫不會叫。又有一種油唧蛉，北方叫作油壺盧，似蟋蟀而肥大，雖然不厭惡牠，卻也永不飼養，牠們只會嘘嘘的直聲叫，彈琴的本領我可以保證牠們是沒有的。

油蛉這東西不知道在紹興以外地方叫做什麼，如要解說，只能說是一種大螞蟻似的鳴蟲吧。好幾年前寫過一首打油詩，其詞云：

「辣茄蓬裡聽油蛉，小罩捫來掌上擎，瞥見長鬚紅項頸，居然名貴過金鈴。」

注云：「油蛉狀如金鈴子而細長，色黑，鳴聲瞿瞿，低細耐聽，以鬚長頸赤者為良，云壽命更長。畜之者以明角為籠，絲線結絡，寒天縣著衣襟內，可以經冬，但入春以後便難持久，或有養至清明時節，於上墳船中聞其鳴聲者，則絕無而僅有矣。」

其二是黃蜂，蜈蚣與斑蝥，還有赤練蛇。黃蜂本來只是伏在菜花上，但究竟要螫人的，也不會得叫，所以只好歸入這一類裡。蜈蚣與斑蝥平時不會碰見，除非在捉蛐蛐，把斷磚破瓦亂翻的時候，牠們雖是毒蟲，但色彩到底還好看，所以後來一直留下一個印象，不比北方的蠍子，像是妖怪似的，看了要叫人寒毛直豎。赤練蛇只是傳說說有，不曾見過，俗名火練蛇，雖然樣子可怕，卻還不及烏梢蛇，因為那是說要追人的。

七　園裡的動物（二）

上文所說的動物還有一類未講到，即是其三鳥類。《朝華夕拾》中說有叫天子，即雲雀從草間飛上天去，這個我沒有見過，但是有些人玩百靈，關在鳥籠子裡，既有此鳥，那麼牠來園裡也是可能的，我只是不曾看見罷了。

此外性子很急的白頰的張飛鳥，傳說是被後母或是薄情的丈夫推落清水毛坑淹死的女人所化的清水鳥，也都常來，還有一種鳥名叫拆書，鳴聲好像是這兩個字，民間相信聽到牠的叫聲時，遠人將有信來了。這些鳥都不知道在書上是叫什麼名字。至於麻雀那自然多得很，魯迅所記雪地裡捕鳥，所得的是麻雀居多。

那一回是前清光緒癸巳（一八九三）年的事，距今已是五十七年了。那年春初特別寒冷，積雪很厚，鳥雀們久已無處覓食，所以捕獲了許多，在後來便再也沒有這樣的機會，不全是為的拉繩子的人太性急，實在是天不夠冷，雪不夠大，這原因是很簡單的。

四腳獸當然在園裡也有，但是《朝華夕拾》裡不提起，我們也就把牠略掉了。不過有一件東西稍為特別，不可不一說，雖是本在西鄰梁家，但中間只隔著一段矮泥牆，可能也會得走過來的。這是什麼呢？如梁家的人所說，那是豬精。單說豬精不大確切，如用上海話可以說是豬玀精，紹興則另有說法，應該叫作什麼豬精才對，這上邊一個字讀如尼何切，《越諺》上寫作典字上加兩個口，與咒字是一類，怕排字為難，只好不用。

有一天，大概在癸巳年略後吧，魯迅在園裡玩耍，聽見梁家園中人聲鼎沸，跑到泥牆缺處去看，只見一個男人正在投池，許多男婦趕到要拉他起來，有人討厭外人來看，幾個女人說道：「人多些也好，威光可以大一點。」

據說那人為園內的豬精所憑，所以迷糊投水云，其實大概為的什麼打架，當時很清醒的站在池中，大聲道：「我不要再做人了，」俯首往水裡一鑽，這情形很是滑稽，多少年後魯迅一直引為談助，只可惜他不曾利用，放到小說裡去，但是這豬精的一個典故卻總是值得保存下來的。

八　菜蔬

園是菜園，那裡的主體自然是菜蔬了。鄉下一年裡所吃的菜蔬不算少，現在只是略說園裡所有的。《朝華夕拾》的小引中有一節云：

「我有一時，曾經屢次憶起兒時在故鄉所吃的蔬果：菱角，羅漢豆，茭白，香瓜。凡這些，都是極其鮮美可口的；都曾是使我思鄉的蠱惑。」

這裡只有羅漢豆是園裡所有的，可以一說，也正是值得說。有江蘇的朋友在福建教中學國文的，寫信來問羅漢豆是什麼東西，因為國文教材中有這名字，沒有什麼地方查考。他如沒有范寅的《越諺》，其查不到是無怪的。我們引用范君的話來解說，「此豆扁大，只能用菜，吳呼蠶豆。」上邊還有一項蠶豆，注云：「此豆細圓，吳呼寒豆。」總結一句，羅漢豆即是蠶豆，而蠶豆則是豌豆。

我以本地人的資格來說話，雖然並不一定擁護羅漢豆這名稱，但總覺得蠶豆是叫得很不適當的，它那豆莢總有拇指那麼粗，那裡像什麼蠶呢！這是很平常的東西，但如種在園裡，現時摘來，煮了「淡口吃」，實在是極好的，我不贊成《越諺》用菜之說，如放在菜裡便不見得怎麼可回憶了。

此外園裡的出品，最為兒童所注意的，是黃瓜和蘿蔔。黃瓜買了秧來種，一株秧根下一塊方土，整齊平滑，倒像是河泥種的，長出藤來的時候給用細竹搭一個帳篷似的瓜架，就只等它開花結實好了。蘿蔔買種子來下，每年好醜不一樣，等秧長了兩寸疏散一下，拔去生得太密或細小的，醃了來吃，和雞毛菜相仿，別有風味。

小孩得了大人的默許，進園裡去可以挑長成得剛好的黃瓜，摘下來用青草擦去小刺，當場現吃，鄉下的黃瓜色淡刺多，與北方的濃青厚皮的不同，現摘了吃味道更是特別。蘿蔔看它露出在地面上的部分，推測它的大小，拔起來擦乾淨了，用指甲剝去皮，就可生吃，這沒有賽秋梨的水蘿蔔那麼多水分，可是要鮮得多。此外南瓜茄子，扁豆辣茄，以及白菜油菜芥菜，種類不少，但那些只是做菜用的，兒童們也就不大覺得有什麼興趣了。

九　曬穀

園地上白菜與蘿蔔收穫之後，一時沒有什麼東西種，地面是空著，可是並不曾閒著。因為在冬天那地方是用以曬穀的。大概在前清光緒癸巳（一八九三）年時智興房還有稻田四五十畝，平常一畝規定原租一百五十斤，如七折收租，可以有四千多斤的穀子，一家三代十口人，生活不成問題。穀收來之後，一時放在倉間裡，實在只是一間空屋，三面牆壁和地下鋪了竹簟，至於窗門還是破缺，對於鼠雀卻是沒有什麼防備的。穀不很乾燥，須得把它曬乾了，這才能存儲，那一段落便是曬穀的工作。

曬穀之前要先預備曬場。本來是園地，一林一林的，這就是說把土鋤成長方片段，四邊低下，以便行走，或亦有泄水之用，現在便將它鋤平，成為一整塊的稻地。稻地是鄉間的名稱，城裡只有明堂，那是大的天井，如位在廳堂之間，照例南北有屋，東西有走廊，中間一片空地，用大石板滿鋪的，稻地則只是屋前的泥地，堅實平坦而開朗，承受陽光，打稻以及簸揚曬晾都可以在這裡做得，比起明堂來用處大得多了。

平常種園，做曬場以及曬穀，都由一個工人承辦，他不是長年，因為他家在海邊也種著沙地，只抽出一部分工夫來城裡做工，名稱叫作忙月。忙字卻讀作去聲。在百草園做工的是會稽杜浦人，名叫章福慶，因為福字犯了魯迅的祖父的諱，所以主人叫他阿慶，老太太叫他老慶，小孩們都叫他慶叔，這是規矩如此，如看見仁房的一個老工人，也是叫他王富叔的。

慶叔曬穀有他的一副本領，他把簟攤開，挑穀出去，一張簟上倒一籮穀，拿起一把長柄的橫長的木鏟，將穀從中央撒向四面去，剛剛攤到簟邊，到了中午，他拉簟的四角，再使穀集中成為一堆，重新攤布，教它翻一個面。

他使用那木鏟非常純熟巧妙，小時候看慣了，認為是曬穀的正宗，看許多人都用豬八戒式的木釘耙，在簟上爬來爬去，覺得很是寒傖，這個意見直到後來也還改變不過來。說也奇怪，那種一塊長方木板，略為坡一點的釘牢在長柄上的曬穀器具，確很少見，難道真是他的創作麼？

一〇　園門口

後園門口的兩間是慶叔的世界，也是小孩們所愛去的地方。那裡有什麼好玩呢？第一，門外面是那麼大的一個園，跑出去玩固然好，就是坐在門檻上望著那一片綠的草木葉，黃白的菜花，也比在房間或明堂裡有趣得多。第二，那裡是永遠的活動的所在，除非那工人不來，園門緊閉著，冷靜得怕爬出蛇和老鼠來，否則總有什麼工作在那裡做。這些活動不但於小孩很有興趣，也能增進他不少的知識的。

慶叔是個農民，但他又有一種手藝，便是做竹作。在曬穀以前，他有好幾天要作準備，做補簟的工作。把竹簟的破缺黴朽的地方拆去，用新的竹篾補上，似乎很是簡易單調，可是看著很有意思，不但將小毛竹劈開，做成篾片，工程繁多，就是末了蹲在簟上，拿那扁長的鐵片打診，抽去爛篾，補入新的，彷彿有得心應手之妙，看了很感覺愉快。

他會做竹的細工，如提合花合，以至編入福祿壽喜字樣的考籃，也都可以製作，特別叫人佩服的是他還會得做竹的玩具，俗語叫作嬉家生的（家生即傢伙，三字連說時家字讀作去聲）。那些竹製的簫，蛇龍與摔跤打拳的玩具，已經有賣的了，他所做的乃是市上沒有的土貨，記得有一樣是用竹皮編成扁圓形的球，下有把手，球是漏空的，裡邊又有一個小球，中裝石子，搖起來嘩喇有聲，質樸而很經用。

平時常見到的工作是做米。這工程有牽礱，扇風箱和舂米三段，寫的舂字讀音卻作桑。與牽礱相連的是鍛礱，小孩也很喜歡看，用那像長手指甲的鑿槌打過去，一行行的現出新的礱齒來。舂米看去很費勁，所以去看的時候很少。

鄉下叫石臼曰搗臼，杵曰搗杵，讀若齒，照例是上小下大，上頭部分是木做的，不知怎的慶叔所用的搗杵似乎較大，後來看別人家叫阿Q的老兄去舂米，他帶去的石杵要小一號，心中覺得它不合式，這同曬穀用具一樣，在小時候先入為主的勢力是很大的。

一一 灶頭

園門裡的一間是慶叔的工作場，東邊一間是他睡覺的地方，隔著一個狹長的天井，前面便是灶頭了。灶頭間是統間，可是有三間的大，東頭一座三眼灶，西頭照樣也有，但是現在只有基地，不曾造灶，因為那裡本來是興立兩房公用，立房出了《白光》裡的主人公以後，不思議的全家母子孫四人都分別漂泊在外，一直沒有使用，所以便借來堆積煮飯的稻草了。

各地的灶的異同，我有點說不清楚，汪輝祖在《善俗書》中勸湖南寧遠縣人用紹興式的雙眼灶，敘述得很詳細，似乎別處用這樣灶的不多，但是寫起來也很麻煩，而且記得什麼連環圖畫上畫過，樣式差不多少，要看的人可以查考，所以就不多講了。

灶在屋東頭靠北牆，東南角為茶爐，用風箱燒礱糠，可燒水兩大壺，爐與灶下之間放置涼廚。灶的南面置大水缸，俗名七石缸，半埋地中，用以儲井水，西北又是一隻，則是醃菜缸，缸前安放方板桌及板凳二三。面南為窗，例當有窗門，但在太平天國戰役中都已沒有了，後來只有住室算是配上了，廳堂各處一直還是那樣，廚房因為防貓狸闖入，裝上了竹片的柵欄門，冬夏一樣的不糊紙。中間窗下放著長板桌，上陳刀砧，是切肉切菜的場所，剝豌豆，理莧菜這些事，則是在方板桌上去做了。往西放著兩個雞廚，是雞的宿舍，廚房門就在這西南角。

假如不遇見大旱天，平常飲料總是用天落水即雨水，儘管缸裡鑽出許多蟻子來，至多是擱一點白礬罷了。食用水則大抵是井水，須得從後園的井裡去挑來，存放在大水缸裡，不知怎的大家很怕掉落在水缸裡的飯米粒，以為這被水泡開了花，人吃了水便要生肺癰，預防的辦法是在缸中放一個貫眾，說它能夠把那飯米粒消化了。

貫眾見於《本草》的山草類中，不曉得是醫什麼病的，據現代學者研究，說各地所賣的是四五種植物的根，並不只是一種。山裡人來賣的漆黑一團，本來未必是活的了，即使不曾死，以山草的根去浸在水裡，它也活不長久，更不要說去吃飯米粒了。

一二　廚房的大事件

鄉下飯菜很簡單，反正三餐煮飯，大抵只在鍋上一蒸，俗語曰熯，便可具辦。這方法在《善俗書》上說的很得要領，云「鍋用木蓋，高約二尺，上狹下廣，入米於鍋，以薄竹編架，橫置上面，肉湯菜飲之類皆可蒸於架上，一架不足則碗上再添一架，下架蒸生物，上架溫熟物，飯熟之後稍延片時，揭蓋則生者熟，熟者溫，飯與菜俱可吃，便莫甚焉」。只有要煮乾菜肉，煎帶魚，燉豆腐，放蘿蔔湯的時候，才另有風爐或炭爐，這是在一個月中有不了幾回的。

因為這個緣故，廚房裡每天的事情很是單調，小孩們所以也不大去。但偶然也有特別的事件發生，例如做忌日殺雞，那時總要跑去看。把一隻活生生的雞拔去脖頸下的毛，割斷了喉管和動脈，瀝乾了血，致之於死，看了不是愉快的事，但是更難聽的乃是在水缸沿上磨幾下薄刀的聲音，後來因此常想到曹孟德，覺得他在呂伯奢家裡聽了驚心動魄，也是難怪的。

此外還有一年一度的事件是醃菜。將白菜切了菜頭（俗語有專門名詞，大概應該寫作帝字加側刀，讀仍作帝），晾到相當程度，要放進大缸裡去醃了，這時候照例要請慶叔，先用溫水洗了腳，隨即爬入七石缸內，在鹽和排好的白菜上面反覆的踏，每加上一排菜，便要踏好一會兒，直到幾乎滿了為止。這一缸菜是普通人家一年中重要的下飯，讀書人掉文袋，引用《詩經》的話云：「我有旨蓄，可以禦冬」，文句雖然古奧一點，這意思倒是很對的。

與廚房相關的行事有上草，大抵也與小孩相關。大灶用稻草，須得問農民去買，草小束曰一腳，十腳曰一束（或當寫作禾字旁），買時以十束為一捆，稱斤計價，大約二文一斤吧。上草一回的數量平均以五六十捆為準，要看裝草的船的大小，這些草放滿在廳內明堂內，一捆捆的過秤，小孩的職務便是記帳，十捆一行的把斤數寫下來。

與上草相反的是換灰，將稻草灰賣給海邊的農民，他們照例挾著一枝竹竿，在灰堆裡戳幾下，看有多深，或者有沒有大石頭墊底，清初石天基的《傳家寶》裡記有黃色的笑話，以此為材料，可見這風俗在揚州也是有的。

一三　祭灶

灶頭最熱鬧的時候當然是祭灶的那一天。祭灶的風俗南北沒有多大差異，只是日期稍有前後，道光時人的《韻鶴軒雜著》中記玄妙觀前茶膏阿五事，雖有官三民四烏龜廿五之說，大概實際上廿五是沒有的吧。

鄉下一律是廿三日送灶，除酒肴外特用一雞，竹葉包的糖餅，「雅言」云膠牙糖，「好聽話」則云元寶糖，俗語直云墮貧糖而已。又買竹燈檠名曰各富，糊紅紙加毛竹筷為槓，給灶司菩薩當轎坐，乃是小孩們的專責。那一天晚上，一家老小都來禮拜，顯得很是鄭重，除夕也還要接灶，同樣的要拜一回，但那是夾在拜像辭歲的中間，所以不覺得什麼了。

具體的說來，百草園祭灶頂熱鬧的一回，大概是光緒壬辰或是甲午那年吧。那一天，連魯迅的父親伯宜公一年三百六十日不去灶頭的也到來行禮，這是很稀有的事，在小孩們看了是極為希奇而且緊張的。

上邊所說年代也略有依據，因為如魯迅自己所說，癸巳的冬天在親戚家寄食，幾乎被當作討飯，伯宜公於丙申年去世，乙未的冬天病已經很不輕了，所以可能的年代只有乙未前的甲午，或是癸巳前的壬辰，再往前推也還可以，但庚寅辛卯已在今六十年前，記憶恐怕有點模糊，所以不敢的確的這麼說了。

這以後的一次明瞭的印象，要一跳好幾年，到了十九世紀的末了，即是庚子年了。那時魯迅已在南京的學堂，放年假回家來，在祭灶的那一天，做了一首舊詩，署名戛劍生，題目是「庚子送灶即事」。詩云：

「只雞膠牙糖，典衣供瓣香。家中無長物，豈獨少黃羊。」

一四　藍門

現在再往南走幾步，與灶頭間隔著一個明堂，就是台門裡第四進屋的西端，本來這一進都是樓房，共有八間，但只有西邊兩間屬於智房。再詳細說是興立兩房所有的。

後來立房斷絕，在光緒乙巳丙午年間由興房重建，樓下西偏是一條長弄堂，通到廚房後園去。東邊一間是小堂前，後邊為魯老太太的臥房，中間朝南是祖老太太的臥房，東面向堂前開門，後半間作為通路，也就是樓梯的所在。樓上兩間為魯迅原配朱氏住處，後來在海軍的叔父的夫人從上海回來，乃將西首一間讓給她住。這是一九〇五至一九一九年的情形，遠在我們所講的時代以後，現在只是插說一句，暫且按下不表。

這一帶的房屋，在改建以前是很破碎荒涼的。弄堂本來是在中間，東邊朝南的小間作為媽媽（女傭人的名稱）的住室。後面即是倉間，樓板樓窗都已沒有，只是不漏罷了。西邊的樓房也是同一情形，但樓下南向的一間也還可用，那便是立房主人唯一的住宅。

那兩扇門是藍色的，所以通稱為藍門。又在朝西的窗外有一個小天井，真是小得可以，大概是東西五尺，南北一丈吧，天井裡卻長著一棵橘子樹，魯迅小時候在那裡讀過書，書桌放在窗下，朝夕看著這樹，所以那地方又別號橘子屋。雖然這個名稱在小孩們以外並不通行。講起藍門裡的故事來，實在很離奇而陰慘，現今只是一說這個背景，也覺得很有點相配。

藍門緊閉，主人不知何去，夜色昏黃，樓窗空處不曉得是鳥是蝙蝠飛進飛出，或者有貓頭鷹似的狐狸似的嘴臉在窗沿上出現，這空氣就夠怪異的。小孩們慣了倒也不怕，只是那裡為拖雞豹果子狸的逋逃藪，很為主婦們所痛心，這卻是小孩所不關心的事情了。

一五　橘子屋讀書

藍門的事真是一言難盡，從哪裡說起好呢？根據橘子屋的線索，或是講教書這一段吧，魯迅在那裡讀《孟子》，大抵是壬辰年的事，在年代上也比較的早，應當說在先頭。

藍門裡的主人比小孩們長兩輩，平常叫他作明爺爺，他譜名乃是致祁，字子京。這裡須得先回上去，略講一點譜系，從始遷祖計算下來，致房的先人是九世，稱佩蘭公，智房十世瑞璋公，以下分派是十一世，興房苓年公，行九，是魯迅的曾祖，立房忘其字，行十二，誠房行十四，是兄弟三人。十二老太爺即是子京的父親，在太平天國時失蹤；據說他化裝逃難，捉住後詭稱是苦力，被派挑擔，以後便不見回來，因此歸入殉難的一類中，經清朝賞給雲騎尉，世襲罔替。

照例子京在拜忌日或上墳的時候是可以戴白石頂子的，可是他不願意，去呈請掉換，也被批准以生員論，准其一體鄉試。卻又不知怎的不甘心，他還是千辛萬苦的要去考秀才，結果是被批飭不准應試，因為文章實在寫得太奇怪，考官以為是徐文長之流，在同他們開玩笑哩。實例是舉不出來了，但還記得他的一句試帖詩，題目是什麼「十月先開嶺上梅」之類，他的第一句詩是「梅開泥欲死」，為什麼泥會得死呢？這除了他自己是沒有人能懂得的了。

一六　橘子屋讀書（二）

子京的文章學問既然是那麼的糟，為什麼還請他教書的呢？這沒有別的緣故，大概因為對門只隔一個明堂，也就只取其近便而已吧。他的八股做不通，「四書」總是讀過了的，依樣畫胡蘆的教讀一下，豈不就行了麼。

可是他實在太不行了，先說對課就出了毛病。不記得是什麼字面了，總之有一個荔枝的荔字，他先寫了草字頭三個刀字，覺得不對，改作木邊三個力字，拿回家去給伯宜公看見了，大約批了一句，第二天他大為惶恐，在課本上注了些自己譴責的話，只記得末了一句是「真真大白木」。不久卻又出了笑話，給魯迅對三字課，用叔偷桃對父攘羊，平仄不調倒是小事，他依據民間讀音把東方朔寫作「東方叔」了。

最後一次是教讀《孟子》，他偏要講解，講到《孟子》引《公劉》詩云：「乃裹餱糧」，他說這是表示公劉有那麼窮困，他把活猻袋的糧食也咕的一下擠了出來，裝在囊橐裡帶走，他這裡顯然是論聲音不論形義，裹字的從衣，餱字的從食，一概不管，只取其咕與猴的二音，便成立了他的新經義了。

傳說以前有一回教他的兒子，問蟋蟀是什麼，答說是蛐蛐，他乃以戒尺力打其頭角，且打且說道：「蝨子啦，蝨子啦！」這正是好一對的故典。魯迅把公劉搶活猻的果子的話告訴了伯宜公，他只好苦笑，但是橘子屋的讀書可能支持了一年，從那天以後卻宣告中止了。

一七　立房的三代

十二老太爺死難當在咸豐辛酉（一八六一）年，可是十二老太太壽命很長，至庚子後尚在，至少要多活四十年以上。她有一個女兒，嫁給杭州人唐子敦，是以前學老師唐雪航的兒子，住在古貢院，老太太差不多通年就住在唐家。

子敦也在家裡教書，教法卻與他的內弟子京截然不同，據魯迅的祖父介孚公說，他叫兒子們讀書，讀多少遍給吃一顆圓眼糖，客人來時書不再讀了，小兒們看了碟子裡的糖覺得饞，趁主人和客談話，偷偷的拿起一顆來，放在嘴裡舐一下，又去擱在原處。只就這一件事來看，也可以推想這個塾師不大怎麼可怕了吧。

子京的夫人早已去世，留下兩個兒子，一叫八斤，一叫阿桂，一個是誕生時的分量，一個是月分吧。不知什麼緣故他們都出奔了，有人說是因為打得太凶，這也正是可能的事。其中有一個，記不清是誰了，在出奔之後還時常來訪問老家，特別是在他的母親的忌日那天，遇著上供，他算是拜忌日來的，穿著新的藍布長衫，身上乾乾淨淨的，聽說給一個什麼店家做了養子，關於這事他自然一句不說。

他們父子相見很是客氣，拜過忌日，主人留客說：「吃了忌日酒去。」，客回答說：「不吃了，謝謝。」，於是作別而去。這種情形有過多少次難以確說，但我總記得見到過兩次，雖然來的是不是同一個人，現在也有點弄不清楚了。

一八　白光

立房的人們如上文所述，分散得七零八落，只有子京一人還常川在家，這就是說在藍門裡教書這一段落。最初只是發現些不通的地方，難免誤人子弟，後來卻漸有不穩的舉動，顯出他的精神有病來了。這還是在那讀書散夥以前的事，每天小孩雖然去上學，可是藍門裡的生活全不注意，至今想起來也覺得奇怪，不知道那時先生的茶飯真是怎麼搞的。但是他家裡有一個老女人，叫作得意太娘，那卻是清楚的記得的。

她的地位當然是老媽子，可是始終不曾見她做老媽子的事，蓬頭垢面，藍衣青布裙，似乎通年不換，而且總是那麼醉醺醺的，有個兒子是有正業的工人，屢次來找她卻終於不肯回去。有一天下午，她喝醉了撞進書房來，坐在床前的一把太師椅上，東倒西歪的坐不住，先生只好跑去扶住她，她忽然說道：「眼面前一道白光！」我想她大概醉得眼睛發花了，可是先生發了慌，急忙問道：「白光，哪裡？」他對學生說今天放學了，不久他自己也奔了出去，帶回石作土工等人，連夜開鑿，快到五更天才散。

第二天仍然放學，據說地上掘了一個深坑之後，主人親自下去檢查，摸索到一塊石頭的方角，很有點像石槨，他一驚慌趕緊要爬上來，卻把腰骨閃了，躺了好兩天不能教書。這是他的掘藏工作。不知道從那裡來的，相傳有兩句口號，叫作「離井一塋，離簷一線」，因為只是口耳傳授，也不曉得這字寫得對不對，總之說宅內藏有財物，能夠懂得這八個字的意思，就能找到那埋藏的地點。

敗落大人家的子弟誰都想發財，但是聽了這謎語，無法下手，只好放棄，唯有子京不但有興趣而且還很有把握，在藍門以內屢次試掘，有一次似乎看得十分準了，叫工人來把石板鑿出圓洞，人概可以與埋著的缸口相當吧，在房屋改造以前，那個用磚石填補的痕跡一直留存著。

這一回比較的大舉，還有白光的預兆，所以更是有名，又有小說《白光》加以描寫，所以更值得一說。或云朱文公的子孫買了百草園去，在什麼地方掘得了那一筆藏，那恐怕也只是謠言吧。

一九 子京的末路

子京的精神病嚴重起來，他的末路是很悲慘的。書房散夥之後，有一個時候他還住在藍門裡，後來到近地廟裡去開館，自己也就住在那裡了。他的正式發呆是開始於留居藍門的期間，因為在上學的那時期總還沒有那種事情，否則就該早已退學，不等到講《孟子》了。

那是一個夜裡，他在房裡自怨自艾，不知道為的什麼事，隨後大批巴掌，用前額磕牆，大聲說不孝子孫，反覆不已。次早出來，腦殼腫破，神情淒慘，望望然出門徑去，沒有人敢同他問話。人家推測，難道他是在悔恨，十二老太爺死在富盛埠，他沒有去找尋屍骨，有失孝道，還是在受鬼神譴責呢，誰也不能知道。總之他是那麼的自責，磕頭打嘴巴，時發時癒，後來大家見慣，也就不大奇怪了。

他開館授徒的地方是在惜字禪院，即穆神廟的北鄰，可以說是在塔子橋南塊路西。在那裡教了幾年，現今無從計算，但末了一年是光緒乙未（一八九五）年，那是很的確的。因為致房一派有一個值年，是佩蘭公的祭祀，那年冬天輪到立房承值，所以年月有可查考。

照例冬天先收祭田租，從除夕設供辦起，至十月拜墳送寒衣止，除開銷外稍有利潤。可是子京等不到收租，於春間早以廉價將租穀押給別人，拿這錢來要辦兩件大事，即是養兒防老，積穀防饑。媒婆給他說親，同人家串通了，借一個女人給看一面，騙了錢去，這個他固然無從知道，租穀是自己押掉的，卻拿這錢來在廟裡修造倉間，那更是冤枉透了。

進行了這樣一個計畫之後，在三伏中間他忽然大舉的發狂，結束了以前一切的葛藤。他先來一套自責自打，隨後拿剪刀戳破喉管，在胸前刺上五六個小孔，用紙浸煤油點火，伏在上邊燒了一會，再從橋邊投入水裡，高叫曰「老牛落水哉」。

當初街坊都不敢近去，落水後才把他撈起，送回藍門裡去，過了一日才死，《白光》裡說落水而死，只是簡括的說法罷了。租穀雖已無著，祭祀總不可缺，丙申年的值祭由伯宜公答應承當，但是值年還未完了，他卻先自去世了。

二〇　興房的住屋

與藍門隔著一個明堂，南邊的一排樓房，是第三進房屋，與東邊的堂屋是並排接連著的。

「大堂前」左右各一大間帶後房，又西邊一間，都屬於誠房所有，再往西一共五間帶樓，西端的一樓一底，由立房典給外姓，居中「小堂前」，後為過廊不計外，其樓上四間，樓下三間前後房，悉歸興房使用，大概其中或有典租立房的也不可知，不過以前的事現今也沒有人記得了。南窗外照例有很深的廊，所以南向的房反而陰暗，有後房的感覺，白天大抵都在朝北的屋裡，這是北方的人聽了覺得有點稀奇的。

廊外是狹長的明堂，南面一堵高牆，牆外這西南一角也屬於宅內，可是別一區域，後面再說。明堂中左右種著兩株桂花，直徑幾及一尺，因此那地方就叫作桂花明堂。廊下東頭偏南有門，是內外通路，門用黃色油漆，名為黃門，門外過廊，南北通誠房住屋，東通堂前廊下，那裡的門名為白板門，因為是用白木做的。

以上很簡率的大概已把這一部分的房屋說明，因為這是魯迅以上三代所居住的地方，多少要分別得清楚一點，再來加上一種符號，便是以小堂前為中心，兩邊的屋稱為東一東二，西一西二，各分前後房，堂後邊廊依俗名叫作退堂，前廊則稱為廊下。

這些房子住過好幾代，很有些變遷，這裡也得說明一下。簡單的說可以分為三個段落，第一是光緒癸巳以前，曾祖母尚在時的狀況，第二是癸巳至甲辰，曾祖母去世，祖父回家以後的狀況，第三是乙巳至辛亥，以至民國八年北遷為止，講藍門的時候已略說及。現在我們所要談的大抵是戊戌以前的事，所以這裡涉及第一二兩段落，下文也當分作兩截來講了。

二一　吃飯間

說到癸巳以前，那時我還不到十歲，記性本來不好，現今記得清楚的恐怕實在很少了。但是有幾間房屋的情形卻還記得個大略。小堂前的東邊，就是上文所說的東一，南向的前房是曾祖母的住屋，後房作為吃飯及一切雜用的地方，東二前後房歸祖母使用，姑母住在樓上，就是東二上面的一間。伯宜公住在西一，至於西二由立房典給人家，係三個女人品住，都是做「送媽媽」的，《越諺》注云「隨新嫁娘往男家之人」，不曉得別處有沒有這種職業，叫作什麼名字。

我所清楚記得的便是那吃飯的房間，因為那裡改變得頂少，就是在癸巳以後至於庚子以前，也多少還是那個樣子。

那裡前後房的隔斷很是特別，中間四扇上半花格子的門，左右都是大的實木門，東邊開著，西邊的外面擺著一隻放食器的板廚，往東去是一把太史椅，上面放著上下兩屋的大食籃，一把小孩坐的高椅子，又是太史椅，已在開著的房門口，那是曾祖母的坐位了。高椅子前面一頂方桌，即是飯桌，有一處火燒焦了留下一個長條的窪，周圍放著些高的圓凳。東面靠牆孤立著一頂茶几，草囤裡一把錫壺，滿裝著開水。

朝北是四扇推窗，下半實木，上半格子糊紙，不論冬夏都把左右端的兩扇推開，放進亮光來。窗下西端石墩上放水桶，中有椰瓢，是洗臉用的，接連著是長方小桌，上放圓竹筐，中置碗筷，又三抽斗桌，桌上有茶缸，茶葉泡濃汁，任人隨意加開水沖飲，桌旁有一大方凳，約二尺見方，再過去便是往祖母後房去的房門了。

二三　曾祖母

苓年公行九，曾祖母通稱九太太，以嚴正稱，但那時已經很老，也看不出怎麼。她於壬辰除夕去世，只差一天就是八十歲了。現今所記得的只是一二瑣事，特別是有關於我們自己的。平常她總是端正的坐在房門口那把石硬的太史椅上，那或者是花梨紫檀做的也說不定，但石硬總不成問題，加上一個棉墊子也毫無用處，可是她一直坐著，通年如此。

有時魯迅便去和她開玩笑，假裝跌跟斗倒在地上，老太太看見了便說：「阿呀，阿寶，衣裳弄髒了呀。」趕緊爬了起來，過了一會又假裝跌了，要等她再說那兩句話，從這個記憶說來，覺得她是一點都沒有什麼可怕的。

老太太年紀大了，獨自睡在一間房裡，覺得不大放心，就叫寶姑去陪她睡。寶姑那時大概有十七八歲，在上海說就是大姐，但是鄉下的名稱很奇怪，叫作「白吃飯」，有地方叫「白摸吃飯」，如《越諺》所記，大約從前是沒有工錢的吧，但後來也有了，雖然比大人要少些。老太太床朝南，寶姑睡在朝西的床上，總是早睡了，等到老太太上床睡好了，才叫寶姑吹燈。

因為老太太耳朵重聽，寶姑隨即答應，探頭帳子外邊，舉起縛在帳竿上的芭蕉扇來，像火焰山的鐵扇公主似的，對著香油燈盡扇，老太太還是在叫，「寶姑，寶姑，吹燈」，直到扇滅為止。老太太晚年的故事，家裡人一般都記得的，大概就只是這一件吧。

介孚公在京裡做京官，雖然還不要用家裡的錢，但也沒有一個錢寄回來，這也使得老太太很不高興。有時候有什麼同鄉回來，託他們帶回東西，總算是孝敬老太太的，其實老太太慢說不要吃，其實也吃不動。

有一回帶來的東西不知道為什麼裝在一隻袋皮就是麻袋內，打開看時是兩隻火腿，好些包蘑菇蜜餞之類，杏脯蜜棗等不曉得是不是信遠齋的，但在小孩總是意外的歡喜，恨不得立刻就分，老太太卻正眼也不看一眼，只說道：「這些東西要他什麼！」後來她的女婿請畫師葉雨香給她畫喜容，眉目間略帶著一種威，過年時掛像看見，便不禁想起多少年前那時的情景來了。

二三　房間的擺飾

靠東邊的屋就是所謂東二，在癸巳以前是祖母蔣老太太住的，我從小跟了她睡，大概在那裡也住過六年以上，可是那房間裡的情形一點都記不得了。曾祖母去世後，祖母搬移到東一，那裡邊擺飾完全照舊不動，這以後的事我就都記得，大致是如此。

祖母的床靠西北角，迤南是馬桶箱，八仙桌左右安放大安樂椅，都是什麼紫檀之類的，壁上子母閣，放著好幾個皮製和板製的帽盒。東北角房門內是一隻米缸，高大的衣櫥，再下去是一張中床，即寶姑睡處，後來歸我使用，不過那已在戊戌之後了。

東南角有小門，通往東二，南窗下並列著兩個很大的被櫃，上邊靠窗排列著忌辰祭祀時所用的香爐燭臺，以及別的什物，櫃的西頭是一個油墩甏，中盛菜油，夠一年點燈之用，這裡西南角開門出去，即是小堂前了。這樣器具的排列，在那時代恐怕是一般如此，沒有什麼特性，這裡只有屋角的米缸油甏，表示出是主婦的房間，與別處略有不同而已。

魯迅的母親魯老太太與伯宜公住在西一，癸巳以後移居東二，至乙巳又移居第四進新修的屋裡。那西一前房的情形也不清楚了，雖然大床坐北朝南，原是一定的擺法，靠著東壁放有畫桌和四仙桌，上下兩把藤心椅子，都是照例的東西。後房向東開門，共是四扇，中間兩扇略窄，倒還整齊，左右各一較寬的門扇卻並不一樣，也是太平天國後隨便配來應用的。

北窗斜對往廚房及後園去的通路，冬天「弄堂風」大得很，因此在那裡特別做有一副風窗，底下是一塊橫長的格子窗，五分之三糊紙，其二嵌有玻璃，上面格子窗三塊，可以自由裝卸。窗下有四仙桌，它的特色是抽斗把手的銅環上結著長短不一的錢串繩，那種用什麼草葉搓成，精緻可喜的繩索現在早已不大有人知道了。靠窗東邊有一張黃色漆柱的單人床，這床後來裝在東二前房的西北隅，伯宜公在病革的前一天為止一直是睡在那裡的。

二四 誠房的房客

寫到這裡，筆又要岔開去，關於誠房的事，先來說幾句。

誠房的先人是十四老爺，與興房的苓年公是親兄弟，他生有兩個兒子，長號子林，次號子傳。子林的妻早死，他在河南作客，就死在那裡，兒子鳳桐，養在外婆家，後來回到周宅，有些軼事，收在《阿Q正傳》裡，下文再說。

子傳通稱二老爺，其妻二太太即是《朝華夕拾》中的衍太太，兒子鳳岐字鳴山，小名曰方，比魯迅才大五歲，雖是叔侄，卻也是小朋友。誠房的房屋在大堂前左右，東邊一大間前後房自己居住，其餘都出租給人家，就癸巳以前情形來說，大堂前以西兩大間，即是與興房樓屋連接的，以及白板門內過廊迤南的一部分，租給李家居住，在那裡是一方塊，東北方面各有房屋兩間，作曲尺形，前面一個明堂，通稱蘭花間，大概是先代收藏蘭花之處，朝南兩間特別有地板，或者是其證據。

李家主人是個高大漢子，諱名「李臭大」，是李越縵的堂兄弟，光緒庚寅（一八九〇）年越縵考取御史，有報單送來貼在大廳牆上。在他家裡又寄居著一家沈姓，不知是什麼親戚關係，其中一個是「沈四太太」，口說北方話，年紀約有五六十吧，關於她的事，在《朝華夕拾》第八篇《瑣記》中有一節云：

「冬天，水缸裡結了薄冰的時候，我們大清早起一看見，便吃冰。有一回給沈四太太看到了，大聲說道：『莫吃呀，要肚子疼的呢！』這聲音又給我母親聽到了，跑出來我們都挨了一頓罵，並且有大半天不准玩。我們推論禍首，認定是沈四太太，於是提起她就不用尊稱了，給她另外起了一個綽號，叫作『肚子疼』。」

那有薄冰的水缸就在堂前西屋的後窗外，所以給沈四太太看見了，叫她綽號的原因自然一半是怪她多話，一半也因為她的北方話，這在鄉下人聽來正是「拗聲」，都是有點可笑的。沈家還有一個女人，大概是寡婦吧，生活似乎頗清苦，帶著三個小孩，男孩名叫八斤，女孩是蘭英與月英，年紀大抵六七歲吧，夏天常常光身席地而坐。

二五　漫畫與畫譜

上文已經將沈八斤的名字提出，現在要繼續講那關於小床的記憶了。八斤那時不知道是幾歲，總之比魯迅要大三四歲吧，衣服既不整齊，夏天時常赤身露體，手裡拿著自己做的竹槍，跳進跳出的亂戳，口裡不斷的說，「戳伊殺，戳伊殺！」這雖然不一定是直接的威嚇，但是這種示威在小孩子是很忍受不住的，因為家教禁止與別家小孩打架，氣無可出，便來畫畫，表示反抗之意。

魯迅從小就喜歡看花書，也愛畫幾筆，雖然沒有後來畫活無常的那麼好，卻也相當的可以畫得了。

那時東昌坊口通稱「鬍子」的雜貨店中有一種荊川紙，比毛邊薄而白，大約八寸寬四寸高。對折訂成小冊，正適於抄寫或是繪畫。在這樣的冊子上面，魯迅便畫了不少的漫畫，在窗下四仙桌上畫了，隨後便塞在小床的墊被底下，因為小孩們並沒有他專用的抽屜。

有一天，不曉得怎麼的被伯宜公找到了，翻開看時，好些畫中有一幅畫著一個人倒在地上，胸口刺著一枝箭，上有題字曰「射死八斤」，他叫了魯迅去問，可是並不嚴厲，還有點笑嘻嘻的，他大概很瞭解兒童反抗的心理，所以並不責罰，結果只是把這頁撕去了。此外還有些怪畫，只是沒有題字，所以他也不曾問。

還有一回是正月裡，小孩們得到了一點壓歲錢，想要買點什麼玩意兒，其實每人所得至多不過二三百文大錢，也並沒有東西可以買得。這一回除別的零碎東西外還品買了一冊《海仙畫譜》，後來知道是日本刻本，內容是海仙十八描法，畫了些羅漢，衣紋各別，有什麼棗核描，鼠尾描，釘頭描等名稱，倒也頗有意思。

《朝華夕拾》中講《二十四孝》的地方，說有一本是日本小田海仙所畫，也就是這個人，他的畫大概是稍為有點特別的。小孩買書當時不知道為什麼緣故還是秘密的，這冊十八描法藏在樓梯底下，因了偶然的機會為伯宜公所發見，我們怕他或者要罵，因為照老規矩「花書」也不是正經書，但是他翻看了一回，似乎也頗有興趣，不則一聲的還了我們了。他的瞭解的態度，於後來小孩們的買書看的事是大大的有關係的。

二六　煙與酒

為什麼關於小床特別有些記憶的呢？這理由一半是因為伯宜公久病，總躺在這床上，一半是常看見他在那裡吃雅片煙。他的吃煙與所謂衍太太家裡也是有關的。他在少年時代進了秀才，在家裡沒有什麼事，本家中子傳房分最近（子京也一樣的近，可是那麼樣的古怪），人很和氣，太太又極能幹，便常去談天。子傳夫婦都吃雅片煙，「抽一筒試試吧」，勸誘的結果乃上了癮，可是他一直自己不會煮煙，須得請他們代辦，其被揩油也正是不得免的了。魯迅對於衍太太個人固然多有反感，如《瑣記》中所說鼓勵阿祥轉鏇子以至磕破頭，即是實例，但上邊這事也是一個很大的原因。

阿祥本名鳳琯，字仲陽，小名曰服，比鳴山小一歲，是《阿長與山海經》一篇中所說遠房的叔祖玉田的兒子。

伯宜公的晚酌，坐在床前四仙桌的旁邊，這記憶比他的吃煙還要明瞭。他的酒量，據小時候的印象來說似乎很大，但計算起來，他喝黃酒恐怕不過一斤吧，夏天喝白酒時用的磁壺也裝不下四兩，大概他只是愛喝而已。除了過年以外，我們不記得同他吃過飯，他總是單吃，因為要先喝酒，所以吃飯的時間不能和別人的一致。

平常吃酒起頭的時候總是興致很好，有時給小孩們講故事，又把他下酒的水果分給一點吃，但是酒喝得多了，臉色漸變青白，話也少下去了，小孩便漸漸走散，因為他醉了就不大高興。他所講的故事以《聊齋》為多，好聽的過後就忘了，只有一則「野狗豬」卻一直記得，這與後來自己從《夜談隨錄》看來的戴髑髏的女鬼，至今想起來還覺得可怕。

因此我覺得在文學藝術上，恐怖的分子最為不好，於人有害。大抵神鬼妖怪還不怎麼樣，因為屬於迷信的，隨後與事實相比較，便不相信了，正與貓狗說話一樣，不留下什麼影子。可怕的還是實物，如故事中所說從頂棚上落下的半爿身體，首級，枯骨之類。

甲午秋天小姑母死於難產，金家在長慶寺做水陸道場，魯迅回來同伯宜公說佛有許多手，還有拿著骷髏的，我當初不懂這個字義，問清楚了之後乃大感恐怖，第二天到寺裡不敢再去看大佛了。

一七　兩個明堂

這一進屋的前後各有一個明堂，北面的本有六間房那麼長，可是因為第四進的東頭三樓四底歸仁房所有，在那裡打上一堵曲尺形的高牆，劃去三分之二，只剩三分之一寬的天井給這邊，至於西頭一部分還是整個的明堂，與東南的一溜天井相接連。

伯宜公的住房最初是正對這大明堂的中間，夏天在明堂中叫木匠來搭起兩間涼棚，租用他們的杉木，連搭卸工錢大概總共一千文吧，用自己的曬穀竹簟兩張，可以隨意卷舒，遮住了烈日。

在這涼棚底下，小孩可以玩耍，特別在傍晚時候，將簟捲起，石板上潑了井水，拿出板桌板凳來放好，預備吃晚飯，飯後又可以乘風涼，猜謎說故事。癸巳春間，祖父介孚公丁憂回家，伯宜公移居東二，讓出那房子給他和潘姨太太與小兒子伯升居住，伯升名鳳升，字仲升，因為說與北方話「眾生」音相同，所以把仲字改為伯字了。

東一二的北窗外是狹天井，漏下日光來顯得更強熱，所以設法做了一種遮陽，是一塊長方形梅花眼的竹簟，上綳綠紗布，放在橫木上，不用時拉進房檐下，這與天井的寬度好在差不多少。那簷下沒有砌好石階，只放著幾條粗的石材，上面有幾個小酒罈，用鹽鹵泡著圓肥皂即是皂莢子，當作洗衣服皂的代用品。

南面的明堂有五間房那麼長，因為東頭的一間與白板門的過廊相接，所以不包括在內。這裡有一個特色，左右種著兩株桂花，直徑有好幾寸粗，因此便叫作桂花明堂，不過那花是黃的，稱為金桂，不能和在茶或糖裡，不為人所看重。

靠著南牆有一人那麼高的石條凳，三條相連，是擱花盆用的，兩邊石池各一，係用大石板在地上砌成。北邊與廊下相連的半牆內面刷石灰，外面即明堂那一面的卻用淡青灰刷過，再以粉筆畫作長方格，充作磨光的大磚所砌。

在那橫長的格子內，有些魯迅用鐵釘畫出的圖像，其中有一個尖嘴雞爪的雷公更是顯明，這大抵是庚寅辛卯時所畫，但直至賣給朱文公的子孫的時候，這畫還是在那裡。

二八　兩個明堂（二）

桂花明堂全部鋪著石板，只有桂花樹下用小石條砌出一個六角形，那裡是泥土，夏天發現許多圓孔，是蟬從地下鑽出來所留下的痕跡。可是那裡雖然到處都只是磚石，卻也生出了不少的花草來。

最特別的是桂花樹幹上所生的牌草，其次是鳳尾草與天荷葉，那也是只要一點土就可以生長的，石池南面與牆相靠的地方，有兩寸寬的一長條充滿泥土，生著這些草以及蝴蝶花之類，還有一叢大竹，則是伯宜公所手植的。石條凳上只是中間擱著一盆萬年青，是人家照例種了避火燭的，旁邊生長出鹽酸草來，葉小孩愛吃，結的種子像是豆莢，也是很好玩的東西。

後明堂裡沒有泥地可以種花木，只在東頭於石墩上疊著三塊厚石板，上邊擺著些花盆，大小有七八個吧。其中一盆是伯宜公手植的紋竹，俗稱盆竹，有紀念性質，此外都是些普通的，如郁李，石竹，映山紅和牛郎花，老弗大即平地木，都是在上墳時候從山上拔來的野草，卻是在人家很難種得好。平地木結紅子如天竹，在山裡有三顆的已不易得，種起來可以有四五顆。

小松樹與刺柏也種，很不肯長大，有一盆後來放到外邊桂花明堂裡去了。這院子裡雖然比較寂寞，但也有一種補償，西鄰便是梁家的竹園，牆外矗立著百十竿淡竹，終日蕭蕭騷騷的作響，鳥雀也特別多，又有一株棕櫚樹，像蓬頭鬼似的向著這邊望，借給好些的綠色。伯宜公隔窗望見，時常感慨的說，能夠在竹林中有一間小樓居住，最是快樂，他這話裡多少含有黃岡竹樓及臨皋亭的影響，但大半出於直接的感覺也是無可疑的。

二九　廊下與堂前

那五間一排房屋的中央是小堂前，南面照例有廊，稱曰廊下，有六尺以上寬吧，與明堂交界是一堵半牆，上半應有花窗糊紙，但這裡沒有，連外面廳堂也都如此，原因是在太平天國時被毀了，一直沒有修配。這樣也是好的，不但是看慣了不覺得怎麼不好，而且以房屋構造來說，廊深窗小，裡面已盡夠陰暗了，廊下再有一道窗戶，將更是沉悶，所以沒有倒反是很好了。

房內鋪地都用名叫地平的大方磚，廊下則同走路和明堂一樣，用的是大石板，不知什麼緣故在好些石頭上多有一種暗色的痕跡，到了陰雨泛潮時候，尤其明顯。相傳這是殺過人流血的遺跡，這自然不是事實，從南京明故宮的血跡石說起，大家知道是虛假的，而且各塊石板的痕跡不相連接，更是明徵，所以雖有此說，就是最迷信多忌諱的阿長也並不介意，黑夜裡點個油紙捻，還是敢在廊下行走的。

堂前平時只當作通路走，其用處乃是在於祭祀的時候。頂重要的當然是除夕至新年，懸掛祖像至十八天之多，其次是先人的忌日，中元及冬夏至，春秋分則在祠堂設祭。

堂中原有八仙桌一二張分置兩旁，至時放到中間來，須看好桌板的木紋，有「橫神直祖」的規定，依了人數安置坐位和碗筷酒飯，菜用十碗，名十碗頭，有五葷五素至八葷二素不等，儀式是年長者上香，男女依次跪拜，焚化銀錠，男子再拜，先為四跪四拜，次則一跪四拜，俟紙錢焚訖乃奠酒，一揖滅燭，再一揖而禮成。

中元冬夏至於祭祖後別祭地主，即是過去住過這屋的鬼魂，由小孩及佣人們行禮，多在廊下舉行，有時也在後園門內設祭，在別家有否不曾調查。

三〇　伯宜公

伯宜公本名鳳儀，改名文鬱，考進會稽縣學生員，後又改名儀炳，應過幾次鄉試，未中試。他看去似乎很是嚴正，實際卻並不厲害，他沒有打過小孩，雖然被母親用一種叫做呼筱（音笑）的竹枝豁上幾下的事情總是有過的。因為他寡言笑，小孩少去親近，除吃酒時講故事外，後來記得的事不很多。

有一次大概是光緒辛卯（一八九一）年吧，他從杭州鄉試回家，我們早起去把他帶回來的木箱玩具打開來看，裡邊有一件東西很奇怪，用赤金紙做的腰圓厚紙片，頂有紅線，兩面各寫「金千兩」字樣，事隔多年之後才感到那箱玩具是日本製品，但是別的有些什麼東西卻全不記得了。

此外有幾張紫砂小盤，上有鯉魚跳龍門的花紋，乃是闈中給月餅吃時的碟子，拿來正好作家事遊戲，俗語云辦人家。

又一回記得他在大廳明堂裡同兩三個本家站著，面有憂色的在談國事，那大概是甲午秋冬之交，左寶貴戰死之後吧。他又說過，現在有四個兒子，將來可以派一個往西洋去，一個往東洋去做學問，這話由魯老太太傳說下來，當然是可靠的，那時讀書人只知道重科名，變法的空氣還一點沒有，他的這種意見總是很難得的了。

他說這話大抵也在甲午乙未這時候吧，因為他的四子生於癸巳六月，而他自己則是丙申九月去世的，距生於咸豐庚申，年三十七歲，鄉下以三十六歲為本壽，意思是說一個人起碼的壽命，猶如開店的本錢，他的生日在十二月，所以嚴格的說，整三十六年還差三個月。

三一 介孚公

介孚公本名致福，改名福清，光緒辛未由翰林院庶起士散館，授編修，後來改放外官，這裡還是散館就外放，弄不大清楚，須得查家譜，但據平步青說，他考了就預備捲舖蓋，說反正至少是個知縣。最初選的是四川榮昌縣，他嫌遠不去，改選江西金溪縣。

翰林外放知縣在前清叫作老虎班，是頂靠硬的，得缺容易，上司也比較優容，可是因此也容易鬧出意見來，介孚公當然免不了這一例。那時上司大概不是科甲出身，為他所看不起，所以不久就同撫台鬧了彆扭，不知道做了多少年月，終於被參劾，被改為教官。他不情願坐冷板凳去看守孔廟，便往北京考取內閣中書，一直在做京官，到了癸巳年丁憂，才告假回家去。

他在北京的情形現在已不能知道，偶然在王繼香日記中庚寅這一冊裡看見有些記事，可作資料。如七月十一日項下云：

「周介孚柬招十三飲。」

十三日下午云：

「飛鞚出海岱門，循城根至前門，令經南大街至騾馬市，馬疲泥澀，僕坐不動，怒叱之。久之始至廣和居，則周介夫（原文如此）果已與客先飲，同席者汪笙叔、鮑敦夫、戚升淮、陶秀充，略飲即飯，不煙而回。強敦夫同車，托詞而止，及余車回，敦夫方步入門，蓋敦以介夫境窘，故不坐車，而詰之則仍以他詞飾，可謂詐矣。」

介孚公在北京於同鄉中與吳介唐鮑敦夫似還要好，王子獻便不大談得來，看日記中口氣可知，但如介孚公的日記尚在，那麼在那裡面對於這些人，他也一定是說的很不客氣的吧。

三一 介孚公（二）

癸巳年春天介孚公攜眷回家，住在西一的屋內，同來的是少子鳳升，生母章已早死，年十二歲，妾潘，是和小姑母同年的，可以推定是二十六歲，介孚公是五十七歲。曾祖母於壬辰除夕去世，那時已有電報和輪船，所以不到一個月就趕到了家，這有一件確實的證據，因為曾祖母五七那一日，他大發脾氣，經驗著的人不會忘記，雖然現在知道的也只有我一個人了。

那年鄉試，浙江的主考是殷如璋和周錫恩，彷彿又記得副主考是郁昆，但郁是蕭山人，所以是不確的。

大概是六七月中，介孚公跑往蘇州去拜訪他們，因為都是什麼同年，卻為幾個親戚朋友去通關節，隨即將出錢人所開一萬兩銀子的期票封在信裡，交跟班送到主考的船上去。

那跟班是一個鄉下人名叫徐福，因為學會打千請安，口說大人小的，以當「二爺」為職業，被雇帶到蘇州去辦事，據說那時副主考正在主考船上談天，主人收到了信不即拆看，先擱下了，打發送信的回去，那二爺嚷了起來，說裡邊有錢，怎麼不給收條？這事便發覺了，送到江蘇巡撫那裡，交蘇州府辦理，介孚公知道不能躲藏，不久就去自首，移到杭州，住在司獄司裡，一直監候了有七年，至辛丑一月，由刑部尚書薛允升附片奏請，依照庚子年刑部在獄人犯悉予寬免的例，准許釋放，乃於是年二月回家，住在原來的地方。

那時候鳳升改名文治，已於丁酉年往南京，進了江南水師學堂，所以介孚公身邊只剩了潘姨太太一人。她這人並沒有什麼不好，只是地位不好，造成了許多人己兩不利的事情。

介孚公回家之後，還是一貫的作風，對於家人咬了指甲惡罵詛咒，魯迅於戊戌離家，我也於辛丑秋天往南京，留在家裡的幾個人在這四年中間真是夠受的了。介孚公於甲辰年夏天去世，年六十八歲。

介孚公平常所稱引的只有曾祖苓年公一個人，此外上自昏太后呆皇帝（西太后，光緒），下至本家子侄輩的五十四七，無不痛罵，那老同年薛允升也被批評為糊塗人，其所不罵的就只潘姨太太和小兒子，說他本來笨可原諒，如魯迅在學堂考試第二，便被斥為不用功，所以考不到第一，伯升考了倒數第二，卻說尚知努力，沒有做了背榜，這雖說是例，乃是實在的事。

三三 王府莊

魯迅自己說過，小時候有一個時期寄食於親戚家，被人說作乞食。這便是癸巳秋後至甲午夏天的事情，親戚家即是魯老太太的母家，那時外祖父早已去世，只是外婆和兩房舅舅而已。

外祖父晴軒公，名希曾，是前清舉人，在戶部做過主事，不久告假回家，不再出去，他於甲申年去世，到那時正是十年了。偶然翻閱范嘯風的《癸俄尺牘》稿本，中間夾著一張紙，上寫答周介孚並賀其子入泮，下署魯希曾名，乃是范君筆跡，代擬的一篇四六信稿，看來實在並不高明。可惜上邊沒有年月，依照別的尺牘看來，可能是光緒五六年（己卯庚辰）的事。

信中有云：「弟自違粉署，遂隱稽山，蝸居不啻三遷，蠖屈已將廿載，所幸男婚女嫁，願了向平，侄侍孫嬉，情娛垂晚。」又云：「弟有三嬌，從此無白衣之客，君惟一愛，居然繼黃卷之兒。」這裡自述倒還實在，他有兩個兒子，長字怡堂，次字寄湘，都是秀才，還有一個小孩們叫作「二舅舅」的，即是所說的侄兒，其名號卻是忘記了。

孫是怡堂的兒子，名佩紳，二舅舅的兒子名為佩紫，都比魯迅要大三四歲。晴軒公的三個女兒，長適嘯唫鄉阮家，次適廣寧橋酈家，三適東昌坊口周家，阮士升與酈拜卿都是秀才，這次伯宜公也進了學，所以信裡那麼的說，顯出讀書人看重科名的口氣，在現今看來覺得很有點可笑了。

魯家的舊宅是在靠近海邊，去鎮塘殿不遠的安橋頭，規模狹小，連舊時那麼重視的「文魁」匾額都沒有地方掛，因此暫時移居在外邊，寫這信時是住在王府莊，與范嘯風恰好是鄰居。那地方口頭叫作王浦莊，到底不知道那三個字是怎麼寫法，范嘯風在《皇甫莊陳山廟社供田記》中說：

「予鄉皇甫莊在會稽縣東三十里，或曰宋時為趙王府第，因以成莊，或曰是村權輿姓皇甫者居之，故曰皇甫莊。」

在那村裡范沈二姓居多，寄湘的外家姓沈，大抵因為這個關係，所以一時住在那裡，魯迅寄食的時候正是魯宅在王府莊的最後的一年。

三四　蕩寇志的繡像

魯迅在大舅父處寄食，前半是在王府莊，後半則跟了魯宅遷移，又到小皋埠去了。大舅父的住房只記得有樓房兩間，他住在西邊的前房裡，平常不大出眠床來，因為他是抽雅片煙的，午前起得很遲，短衣褲坐在床上，吃點心吃飯就在一張矮桌上面，沒有什麼特別事情是不穿鞋下來的。

他有一子一女，夫人是後母，無所出，是很寂寞的臉相，他們大概住在東邊前房吧，那間房和樓下的情形幾乎全不記得，只是後房裡，因為看他們影寫繡像，所以還沒有完全忘記。

魯迅所畫的完全的繡像有一套《蕩寇志》，從張叔夜起頭，一直足足有好幾十幅。畫只有魯迅來得，後半幅的題詞則延孫（佩紳的號）居一日之長，字寫得不錯，也幫著來影寫，只有佩紫有一天試寫一篇，有一兩筆很粗笨難看，中途停止，由魯迅補寫完成，這紀念就留在冊上。

以前只曉得用尺八紙和荊川紙，這時在鄉下雜貨鋪裡卻又買到一種蜈蚣（讀若明公）紙，比荊川稍黃厚而大，剛好來影寫大本的繡像，現在想起來也就是一張八開的毛太紙罷了。這《蕩寇志》畫像就是用這種紙影寫的，原價大概是一文錢一張吧，草訂成一大冊，後來帶回家去，不久以二百文賣給了別人。

關於這事，在《從百草園到三味書屋》中有這一節文章云：「最成片段的是《蕩寇志》和《西遊記》的繡像，都有一大本。後來，因為要錢用，賣給一個有錢的同窗了。他的父親是開錫箔店的；聽說現在自己已經做了店主，而且快要升到紳士的地位了。這東西早已沒有了吧。」

這位同窗名叫章翔耀，住在東昌坊口往西不遠的秋官第地方，他的錫箔店在民國八年底還是開著，雖然以後情形不能知悉。《朝華夕拾》那文章雖是說三味書屋的事，《蕩寂志》的圖卻確有年月可考，是在王府莊避難時所畫的，但癸巳前後他都在三味書屋讀書，所以那麼地一總寫在一起了。《西遊記》圖或者是在書房裡所畫，只是沒有明白的記憶，因為關於那本繡像沒有什麼故事，也就容易見過忘記了。

三五　娛園

大概因為是王府莊的房屋典期已滿，房東贖回去了的緣故吧，在癸巳年的年底魯宅乃分別移居了，小舅父同了外祖母回到安橋頭老家去，二舅父搬到雞頭山，大舅父則移往小皋埠，寄食的小孩們自然也跟了過去。

那裡也是一個台門，本是胡秦兩家，大舅父的前妻出於秦氏，所以向秦家借了廳堂以西的一部分廂房來住。這胡秦合住的關係不大清楚，或者是胡家典得東部的一半也未可知，因為秦家後面有花園，不像是借佣人家的房屋的。

秦家主人本名樹銛，字秋伊或秋漁，別號勉鉏，記不清是舉人還是進士了，他以詩畫著名，雖然刊行的只有四卷《娛園詩存》，四分之三是別人的詩文，為娛園而作，而照著古文的通例，這介紹花園也說的並不周全。那時詩人早已死了，繼承的是他的兒子少漁，即大舅父的內弟，小孩們叫他作「友舅舅」，倒很是說得來，大概因此之故魯迅也就不再影畫繡像了，時常跑去找他談天。

秦少漁也是抽雅片煙的，但是他並不通日在床上，下午也還照常行動，那時便找他畫花，他算是傳了家法，喜畫墨梅，雖然他的工夫能及得秋漁的幾分，那自然不能知道。

他又喜歡看小說，買的很多，不是木板大本，大都是石印鉛印的，看過都扔在一間小套房裡，任憑魯迅自由取閱，只是亂扔一堆，找尋比較費事，譬如六本八本一部，往往差了一本，要花好些時光才能找全，這於魯迅有不少的益處，從前在家裡所能見到的只是《三國》《西遊》《封神》《鏡花緣》之類，種種《紅樓夢》，種種「俠義」，以及別的東西，都是無從見到的。

此外遊花園也是一種樂事，雖然那種蛐蛐籠式的構造並不怎麼好玩，或者還不及百草園的有意思，但比在王府莊的時候總是活動得多了。被人家當乞食看待，或是前期的事，在這後期中多少要好一點，但是關於這事我全無所知，所以也不能確說。

在小皋埠大約住了半年，於甲午年春夏之間，被叫回家去，魯迅仍進三味書屋去讀書，我於乙未年正月才去，從《中庸》上半本念起，所以在娛園的小說的益處一點都未能得到。

三六　魯家

現在來把魯家的事情簡單的結束一下。

怡堂的兒子延孫娶了東關金家的姑娘，她是魯迅的小姑母的堂房小姑，由她做媒折了輩分嫁過去的，在怡堂去世不久之後延孫病故，他的夫人在民國以前也已亡故，沒有子女。怡堂那位女兒早已出嫁，記得是南門李家，「李大少爺」是有名的外科醫生，我就很請教過他，新郎是他的兒子叫李孝諧，又是魯迅的三味書屋的同窗。寄湘生有四女一子，長女嫁在誰家未詳，次女適沈，即是她母親的內侄，三女適陳，四女未出閣前病歿。

兒子名佩紋，在師範學校肄業，很是好學，稍有肺病，強令早婚，又醫療遲誤，遂以不起。寄湘已衰老，親屬力勸納妾，其次女為物色得一收房婢女生過小孩而遣出者，以為宜男，購得之後托魯老太太代存，其時寄湘入京依其內親沈呂生，希望得一職業，久之無所得，乃復回家，令遣妾不納，未幾，亦去世，承繼雞頭山的佩紫之子為佩紋後，這大概是民國六七年間的事。

安橋頭的舊宅看來是中富農住屋的模樣，中間出了讀書中科第的人，改變了生活方式，但是不及一百年又覆沒落，其中雖有醫藥衛生的錯誤為其小原因，總之這大勢是無可挽回的。現在魯家的核心差不多復歸於安橋頭，經過土改以後，可能由正當狀態再行出發，實行所謂捲土重來，庶幾乎在地裡紮得根下去，可以成為道地的安橋頭人。

偶記外婆家衰亡之跡，說到這裡，其實對於他們的希望還在其次，我主要的意思乃是表示對於安橋頭住屋的喜歡，覺得比台門屋要好得多，那豈不是鄉下一家族的合理的住處麼。

三七　三味書屋

癸巳上半年，魯迅往三味書屋讀書，他去那裡是這年為始，還是從前一年就已去了呢，這已記不清楚了。自百草園至三味書屋真正才一箭之路，出門向東走去不過三百步吧，走過南北跨河的石橋，再往東一拐，一個朝北的黑油竹門，裡邊便是三味書屋了。

書屋不在百草園之內，所以不必細寫，只須一說那讀書的兩間房屋就行。我去讀書是從乙未年起的，所記情狀自然只能以那時為準，但可能前兩年也是大概差不多的。

書房朝西兩間，南邊的較小，西北角一個圓洞門相通，裡面靠東一部分有地板，上有小匾曰「談餘小憩」，小壽先生洙鄰名鵬飛在此設帳，教授兩個小學生，即是我和壽祿年，外邊即靠北的一大間，是老壽先生鏡吾名懷鑒的書房，背後掛一張梅花鹿的畫，上有匾曰「三味書屋」。

老壽先生的大兒子澗鄰名鵬更，在鄉間坐館，侄兒孝天同住一門內，則在迤北一間書房開館授徒，後來往上海專編數學書，不再教讀了。

老壽先生教的學生很多，有南門的李孝諧，秋官第許姓，又余姓身長頭小綽號「小頭鬼」的，都是大學生，桌子擺在西窗下一帶，北牆下是魯迅和勇房族叔仁壽，南牆下是中房族弟壽升，商人子弟的胡某和章翔耀，他的桌子已在往小園去的門口了，還有中房族兄壽頤，桌子不知道放在那裡，可能是在北牆下靠東的地方吧。

從北京跟了介孚公回家的鳳升也於乙未年去上學，他於癸巳上半年同我在廳房裡從仁房族叔伯文讀書，中途停頓，這時才繼續前去，書桌放在「談餘小憩」的西北窗下，但書還是由老壽先生教讀的。

三八 老壽先生

老壽先生是本城中極方正，質樸博學的人，可是並不嚴厲，他的書房可以說是在同類私塾中頂開通明朗的一個。他不打人，不罵人，學生們都到小園裡去玩的時候，他只大聲叫道：「人都到那裡去了？」到得大家陸續溜回來，放開喉嚨讀書，先生自己也朗誦他心愛的賦，說什麼「金叵羅，顛倒淋漓伊，千杯未醉荷……」，這情形在《朝華夕拾》上描寫得極好，替鏡吾先生留下一個簡筆的肖像。

先生也替大學生改文章即是八股，可是沒有聽見他自己念過，桌上也不見《八銘塾鈔》一類的東西，這是特別可以注意的事。先生律己嚴而待人寬，對學生不擺架子，所以覺得尊而可親，如讀賦時那麼將頭向後拗過去，拗過去，更著實有點幽默感。

還有一回先生閉目養神，忽然舉頭大嚷道：「屋裡一隻鳥（都了切），屋裡一隻鳥！」大家都吃驚，以為先生著了魔，因為那裡並沒有什麼鳥，經仔細檢查，才知道有一匹死笨的蚊子定在先生的近視眼鏡的玻璃外邊哩。這蚊子不知是趕跑還是捉住了，總之先生大為學生所笑，他自己也不得不笑了。

《朝華夕拾》上說學生上學，對著那三味書屋和梅花鹿行禮，因為那裡並沒有至聖先師或什麼牌位，共拜兩遍，第一次算是拜孔子，第二次是拜先生，那時先生便和藹地在一旁答禮。行禮照例是「四跪四拜」，先生站在右邊，學生跪下叩首時據說算在孔子賬上，可以不管，等站起作揖，先生也回揖，凡四揖禮畢。

元旦學生走去賀年，到第二天老壽先生便來回拜，穿著褪色的紅青棉外套（前清的袍套），手裡拿著一疊名片，在堂前大聲說道，「壽家拜歲。」伯宜公生病，醫生用些新奇的藥引，有一回要用三年以上的陳倉米，沒有地方去找，老壽先生不知道從哪裡弄到了一兩升，裝在「錢搭」裡，親自肩著送來。

他的日常行為便是如此，但在現今看去覺得古道可風，值得記載下來，還有些行事出自傳聞，並非直接看見，今且從略。

三九　廣思堂

三味書屋裡雖然備有戒尺，有罰跪的規則，卻都不常用。罰跪我就沒有看見過，在我上著學的這兩年裡，戒方則有時還用，譬如有人在園裡拿了臘梅梗去撩樹上的知了殼（蟬蛻），給他看見了，帶到書房裡，叫學生伸出手來，他拿戒方輕輕的撲五下，再換一隻手來撲五下了事。他似乎是用蒲鞭示辱的意思，目的不在打痛，不像別的私塾先生打手心要把手背頂著桌角，好似捕快在拷打小偷的樣子。

仁房的伯文在鄉下坐館，用竹枝打學生的脊背，再給灑上擦牙齒的鹽，立房的子京，把學生的耳朵放在門縫裡夾，彷彿是小孩的軋核桃，這固然是極端的例，但如統計起來，說不定還是這一類為多，因為這裡就有兩位仁兄，三味書屋卻只是一例。

在百草園往東隔著兩三家有廣思堂王宅，是一個破落的大台門，大廳燒了就只剩一片空地，偏西的廂房裡設著私塾，先生當然姓王，逸其名字，大家只叫他的綽號「矮癩胡」，他打手心便是那麼打的，又有什麼撒尿簽，大概他本是模仿古人出恭入敬牌的辦法的吧，但學生聽了這傳說大為憤慨，因為三味書屋完全自由，大小便逕自往園裡去，不必要告訴先生的。

有一天中午放學，魯迅和章翔耀及二三見義勇為的同學約好，衝進「矮癩胡」的書房去，師生都已散了，大家便攫取筆筒裡撒尿簽撅折，將朱墨硯覆在地上，筆墨亂撒一地，以示懲罰。「矮癩胡」未必改變作風，後事如何，卻已忘記了。

三味書屋對於學生最嚴重的處分是退學，學生中間稱為推出去。曾經有過一個實例，這人即是中房的壽升，號日如，是魯迅的堂兄弟。老壽太太作客回來，先生幫著去從船裡拿東西，壽升說道，先生給師母拎香籃哩。恰巧為先生所聽見，決定把他推出去，雖然經壽升的叔父來道歉說情，終於沒有成功。

先生對於自己兒子也用同一方法，有一次大概鵬更的歲考成績不好吧，先生叫他不必再讀書了，將他的書冊筆硯收起，捧著往裡走，鵬更跟在後面說，「爹爹，我用功者，我用功者！」這事後來大約和解了結，但印象留著很深，鵬更雖然也是名秀才，大家看見他狼狽討饒的情形以後，對於這位師兄的敬意就不免大為減少了。

四〇　賀家武秀才

三味書屋的學生相當規矩，這於先生是很有名譽的，他們在書房裡沒有打過架，有的犯規，也只是如上文所說，往園裡去撩樹上的知了殼，若是偷偷的畫花，或者用紙糊的盔甲套在指頭上做戲，先生不會發現，更是沒有關係了。但在外邊還不免要去鬧事，懲罰「矮癩胡」先生的事情已經說過，共次是懲罰賀家武秀才，這件事可能鬧大，可是幸而居然能夠避免。

原因是有人報告，小學生走過綢緞弄的賀家門口，被武秀才所罵或是打了，這學生大概也不是三味書屋的，大家一聽到武秀才，便不管三七二十一的覺得討厭，他的欺侮人是一定不會錯的，決定要打倒他才快意。

這回計畫當然更大而且周密了，約定某一天分作幾批在綢緞弄集合，章翔耀仍然是首領之一，魯迅還特地去從樓上把介孚公做知縣時給金溪縣民壯掛過的腰刀拿了出來，隱藏在大褂底下，走到賀家門口去。這腰刀原是一片廢鐵，當然沒有開口，但打起架來就是頭上鑿一下，也會開一個窟窿，不能不說是很有危險的事。

但是這幾批人好像是《水滸》的好漢似的，分散著在武秀才門前守候，卻總不見他出來，可能他偶爾不在，可能他事先得到消息，怕同小孩們起衝突，但在這邊認為他不敢出頭，算是屈服了，由首領下令解散，各自回家。

這一仗沒有打成，參加的學生固然是運氣，實在還是三味書屋之大幸，因為否則將使得老壽先生教書的牌子大受損傷，雖然這並非他管教不嚴之故，從另一方面來說，學生要打抱不平，還有點生氣，正是書房的光榮，若是在廣思堂受撒尿簽的統治既久，一點沒有反抗的精神，自然不會去鬧事，卻也變成了沒有什麼用處的人了。

四一　沈家山羊

「從家裡到塾中不過隔著十幾家門面，其中有一家的主人頭大身矮，家中又養著一隻不經見的山羊（後來才知道這是養著厭禳火災的），便覺得很有一種超自然的氣味。同學裡面有一個身子很長，雖然頭也同平常人差不多少，但在全身比例上就似乎很小了。又有一個長輩，因為吸雅片煙的緣故，聳著兩肩，彷彿在大衫底下橫著一根棒似的。這幾個現實的人在那時看了都有點異樣，於是拿來戲劇化了，在有兩株桂花樹的院子裡扮演這日常的童話劇。大頭不幸的被想像為凶惡的巨人，帶領著山羊，佔據了岩穴，擾害平人，小頭和聳肩的兩個朋友便各仗了法力去征服他，小頭從石窩縫中伸進頭去窺探他的動靜，聳肩等他出來，只用肩一夾，就把他裝在肩窩裡捉了來了。這些思想儘管荒唐，而且很有唐突那幾位本人的地方，但在那時覺得非常愉快，我們也扮演喜劇，如打敗賀家武秀才之類，但總是太與現實接觸，不能感到十分的喜悅，所以就經驗上說，這大頭劇要算第一有趣味了。」

這是我在一九二三年所寫關於兒童劇的一節話，正說及三味書屋的事，現在可以用在這裡，只將那幾位本人說明白了就好。小頭即是上文說過的余姓大學生，當初大家對他印象很不好，有一次互相嘲弄，他在紙上畫了一個臉，說這是某人，我們這邊的人便去告訴先生，急得他吃吃辯說，「學生弗會畫菩薩頭，」樣子非常狼狽，這之後忽然對他諒解，童話劇中拉他來做了同盟軍了。

養山羊的是沈家，即在王廣思之東，主人沈老八與周家還有點老親，但是樣子生得奇怪，他家的山羊常在路旁吃刺莧，章翔耀等人要去騎牠，往往為那看羊的獨眼老婆子所罵，把大頭派為凶人的原因一半即在於此。

聳肩的是中房的芹侯，通稱「廿八公公」，是祖父輩最小的一個，人很聰明，學過英文，會得照相修鐘錶。就只是雅片癮大，以致潦倒不堪，這裡派他的腳色別無理由，單是因為他的肩頭聳得特別的高而已。

四二　童話

在阿耳考忒夫人的小說《小女人》裡有這幾句話：「在倉間裡的演劇，是最喜歡的一種娛樂。我們大規模的排演童話。我們的巨人從閣樓上連走帶跌的下來，在甲克把纏在梯子上的南瓜藤當作那不朽的豆干砍斷了的時候。灰丫頭坐了一個大冬瓜馳驅而去，一支長的黑香腸經那看不見的手拿來長在浪費了那三個願望的婆子的鼻頭上。」

西洋的小孩有現成的童話書，什麼《殺巨人的甲克》，《灰丫頭》，以及《三個願望》等，拿來排演並不費事，我們沒有這些，只是口耳相承的聽到過「蛇郎」和「老虎外婆」等幾個故事，不知怎的也沒有興趣演，可是演童話劇的趣味還是有的，結果是自己來構造，如那大頭便是一例。

說也奇怪，那平凡現實的幾個人，拿來拼湊一下，做成一段妖怪故事，雖然不能說沒有《西遊》的影響，但整個兒還是童話的空氣，在《西遊》中也只是有稚氣的一二段才可以比擬得上。

在乙未年魯迅是十五歲了，對於童話分子（雖然那時還沒有這名目）還很是愛好，後來利用那些題材，寫成《故事新編》，正不是無因的事吧。

前幾年我寫了些講兒童生活的打油詩，其一首云：「幻想山居亦大奇，相從赤豹與文狸，床頭話久渾忘睡，一任簷前拙鳥飛。」注云：「空想神異境界，互相告語，每至忘寢。兒童遲睡，大人輒警告之曰，『拙鳥飛過了，』謂過此不睡，將轉成拙笨也。」

這裡邊也有本事，有一時期魯迅早就寢而不即睡，招人共話，最普通的是說仙山。這時大抵看些《十洲》《洞冥》等書，有「赤蟻如象」的話，便想像居住山中，有天然樓閣，巨蟻供使令，名阿赤阿黑，能神變，又煉玉可以補骨肉，起死回生，似以神仙家為本，而廢除道教的封建氣，完全童話化為以利用厚生為主的理想鄉，每晚繼續的講，頗極細微，可惜除上記幾點之外全都已記不得了。

伯宜公的病大概是起於乙未年，但當時還覺得不太嚴重，所以大家有此興致，到了次年情形就很有些不同了。

四三　祖母

關於祖母的事，須要略為補說一下。前一個祖母姓孫，母家在偏門外跨湖橋，是快閣的左鄰，她的生卒年月記在家譜，不及查考，只於咸豐戊午（一八五八）年生一女，庚申（一八六〇）年生伯宜公，大約不久去世了。後來的祖母姓蔣，母家在昌安門外魯墟，恰巧也是放翁的故里，生於道光壬寅（一八四二）年，至宣統庚戌（一九一〇）年去世，壽六十九歲。

她有一個女兒，是同治戊辰（一八六八）年生的，比魯迅才大十二三歲，性情又和善，所以同小侄兒們特別要好，大家跟著她遊戲說故事，到她出嫁那一天，小孩不讓她走，有的要同她坐了轎子去。

夫家在東關姓金，姑夫名雨辰，是個秀才，因為是獨子，左耳上戴著小金環，顯得有點女性似的，但他們夫婦感情很好，有一個女兒阿珠，是光緒辛卯（一八九一）年生的。但是姑婦之間總不免有些問題，癸巳年介孚公下獄後又聽到傳聞，親家公有什麼閒話，他便大怒，嚴命家中與金家絕交，這事固難實現，但使得關係更壞，至次年甲午八月小姑母以難產去世，這悲劇才算結束了。

她病中譫語，說有紅蝙蝠來迎接，魯迅後來特為作文討紅蝙蝠，或是詰責神明，為何不使好人有壽，語多不遜。不過小姑母的死對於小孩們固是一個打擊，在祖母這打擊乃是更大而且徹底的了。她本是舊式婦女抱著黑暗的人生觀的，做了後母沒有自己的兒子，這一個女兒才是一線的光明，現在完全的滅了。

她固然常於什麼菩薩生日，點起一對三拜蠟燭三支線香，跪在大方凳上向天膜拜，卻不念佛或上廟燒香去，有一回近地基督教女教士來傳道，勸她顧將來救靈魂，她答道：「我這一世還顧不周全，那有工夫去管來世呢。」她的後半生，或者如外國詩人所說的病狼大旨有點相像吧。

四四　祖母（二）

祖母蔣老太太於辛亥前一年去世，魯迅正在杭州兩級師範學堂做教員，所有喪葬的事都由他經理，我沒有能夠回來，鳳升改名文治，在江南水師的什麼兵輪上當二管輪（通稱二俥）吧，大概是後來奔喪去的。

那時的事情本來我不知道，在場的人差不多已死光了，可是碰巧在魯迅的小說裡記錄有一點，在《彷徨》裡所收的一篇《孤獨者》中間。

這裡的主人公魏連殳不知道指的是什麼人，但其中這一件事確是寫他自己的。連殳的祖母病故，族長，近房，祖母的母家的親丁，閒人，聚集了一屋子，籌畫怎樣對付這承重孫，因為逆料他關於一切喪葬儀式是一定要改變新花樣的。

聚議之後大概商定了三大條件，要他必行，一是穿白，二是跪拜，三是請和尚道士做法事。總而言之，是全部照舊。哪裡曉得這「吃洋教的新黨」聽了他們的話，神色也不動，簡單的回答道：「都可以的。」

大殮之前，由連殳自己給死者穿衣服。

「原來他是一個短小瘦削的人，長方臉，蓬鬆的頭髮和濃黑的鬚眉占了一臉的小半，只見兩眼在黑氣裡發光。那穿衣也穿得真好，井井有條，彷彿是一個大殮的專家，使旁觀者不覺嘆服。寒石山老例，當這些時候，無論如何，母家的親丁是總要挑剔的；他卻只默默地，遇見怎麼挑剔便怎麼改，神色也不動。」

入殮的儀式頗為煩重，拜了又拜，女人們都哭著說著，連殳卻始終沒有落過一滴淚，只坐在草薦上，兩眼在黑氣裡閃閃地發光。大殮完畢，大家都快快地，似乎想走散，但連殳還坐在草薦上沉思。

「忽然，他流下淚來了，接著就失聲，立刻又變成長嚎，像一匹受傷的狼，當深夜在曠野中嗥叫，慘傷裡夾雜著憤怒和悲哀。」

這篇是當作小說發表的，但這一段也是事實，從前也聽到魯老太太說過，雖然沒有像這樣的敘述得有力量。所謂近房當然是指誠房的「衍太太」，祖母母家的親丁是她的內侄，這位單名一個珍字，號叔田，小孩叫他玉叔叔。他最喜歡掗酒，伯宜公很愛喝酒而厭惡人強勸，常訓誨兒子們說：「你們到魯墟去，如玉叔叔掗酒，一口都不要喝，酒盅滿了也讓它流在桌子上面。」他們表兄弟的性情本來就是不相合的。

四五　關於穿衣服

祖母大殮之前，魯迅自己給死者穿衣服。這穿衣服的事，實在很不容易，彷彿要一種專門本領，其實也只是精細與敏捷，不過常人不大能夠具備或使用罷了。別處的情形不知道，鄉下的辦法是死者的小衫褲先穿好，隨後把七件九件以至十一件的壽衣次第在一支橫竹竿上套好，有的是由孝子代穿的，拿去從下向上的將兩手放在袖子裡，整理好領口，便可以一件件裏好，結上替代紐扣的帶子，大事就告成了。

在殯儀館出現以前，大殮專家計有兩種，其一是裁縫，其二是土工。但是用裁縫的須得是大紳商，他們要用絲綿包裹屍首，使得骨胳不散，有如做木乃伊之大費工本，不是一般人所能擔當，土工則善於收拾破碎變作的屍體，又是別有一功的。所以平常人家總是由親人動手，親族加以幫助，在這中間會得穿衣服的人雖然不是鳳毛麟角，總之也是很不易得的了。

話雖如此，有些事情也是很難說的。台門裡的子弟本來都是少爺，可是也有特別的人，會得這些特別的事，伯宜公就是其一人。在這上邊可以同他相配的，是中房的一位族兄慰農，他們兩人有一回曾為本家長輩（大概是慰農的叔伯輩吧）穿衣服，棋逢敵手，格外顯得出色，好些年間口碑留在三台門裡。

他們別的事也都精能，常被邀請幫忙，但是穿衣服這種特殊的事，非自告奮勇，人家不好請求，只有甲午八月他赴金家妹子之喪，由他給穿衣服，這是一生中最後的一次了。他在那裡也是母家的親人，可是並不挑剔什麼，只依照祖母的意見，請求建設了一個水陸道場。

伯宜公平常衣著都整齊，早起折褲腳繫帶，不中意時反覆重作，往往移晷，這是小事情，卻與穿衣服的事是有連繫的。魯迅服裝全不注意，但別有細密處，描畫，抄書稿，折紙釘書，用紙包書，都非常人所能及，這也與伯宜公是一系的，雖然表現得有點不同。

四六　阿長的結局

順便來一講阿長的死吧。長媽媽只是許多舊式女人中的一個，做了一輩子的老媽子（鄉下叫作「做媽媽」），平常也不回家去，直到了臨死，或者就死在主人家裡。她的故事詳細的寫在《朝華夕拾》的頭兩篇裡，差不多已經因了《山海經》而可以不朽了，那裡的缺點是沒有說到她的下落，在末後一節裡說：

「我的保姆，長媽媽即阿長，辭了這人世，大概也有了三十年了吧。我終於不知道她的姓名，她的經歷；僅知道有一個過繼的兒子，她大約是青年守寡的孤孀。」

這篇文章是一九二六年所寫的，阿長死於光緒己亥即一八九九年，年代也差不多少，那時我在鄉下，在日記上查到一兩項，可以拿來補充一下。

戊戌（一八九八）年閏三月十一日，魯迅離家往南京進學堂去。同年十一月初八日，四弟椿壽以急性肺炎病故，年六歲。這在伯宜公去世後才二年，魯老太太的感傷是可以想像得來的，她叫木匠把隔壁向南挪動，將朝北的後房改作臥室，前房堆放什物，不再進去，一面卻叫畫師憑空畫了一幅小孩的小像，掛在房裡。

本家的遠房妯娌有謙少奶奶，平常同她很談得來，便來勸慰，可以時常出去看戲排遣。那時只有社戲，雇船可以去看。在日記上己亥三月十三日項下云：

「晨乘舟至偏門外看會，下午看戲，十四日早回家。」

又四月中云：

「初五日晨，同朱小雲兄，子衡伯叔，利賓兄下舟，往夾塘看戲，平安吉慶班，半夜大雨。」

「初六日雨中放舟至大樹港看戲，鴻壽堂徽班，長媽媽發病，辰刻身故，原船送去。」

長媽媽夫家姓余，過繼的兒子名五九，是做裁縫的，家住東浦大門漊，與大樹港相去不遠。那船是一隻頂大的「四明瓦」，撐去給她辦了幾天喪事，大概很花了些錢。日記十一月廿五日項下云，「五九來，付洋二十元，伊送大鰱魚一條，鯽魚七條」，他是來結算長媽媽的工錢來的，至於一總共付多少，前後日記有斷缺，所以說不清楚了。

四七　阿長的結局（二）

關於前回的事，還有補充說明之必要。那一次看戲接連兩天，共有兩隻大船，男人的一隻裡的人名已見於日記，那女人坐的一隻船還要大些，魯老太太之外，有謙少奶奶和她的姑藍太太，她家的茹媽及其女毛姑，藍太太的內侄女。

《朝華夕拾》中曾說及一個遠房的叔祖，他是一個胖胖的，和藹的老人，愛種一點花木，他的太太卻正相反，什麼也莫名其妙，曾將曬衣服的竹竿擱在珠蘭的枝條上，枝折了，還要憤憤地咒罵道：「這死屍！」

所說的老人乃是仁房的兆藍，字玉田，藍太太即是他的夫人，母家丁家衖朱姓，大兒子小名曰謙，字伯，謙少奶奶的母家姓趙，是觀音橋的大族，到那時卻早已敗落了。她因為和魯老太太很要好，所以便來給魯迅做媒，要把藍太太的內侄孫女許給他，那朱小雲即是後來的朱夫人的兄弟。

長媽媽本來是可以不必去的，反正她不能做什麼事，魯老太太也並不當做佣人看待，這回請她來還是有點優待的意思，雖然這種戲文她未必要看。她那時年紀大概也並不怎麼大，推想總在五十六十之間吧，平常她有羊癲病即是癲癇，有時要發作，第一次看見了很怕，但是不久就會復原，也都「司空見慣」，不以為意了。不意那天上午在大雨中，她又忽然發作，大家讓她躺倒在中艙船板上，等她恢復過來，可是她對了魯老太太含糊的說了一句，「奶奶，我弗對者！」以後就不再作聲，看看真是有點不對了。

大樹港是傳說上有名的地方，據說小康王被金兵追趕，逃到這裡，只見前無去路，正在著急，忽然一棵大樹倒了下來，做成橋梁，讓他過去，後來這樹不知是又復直起，還是掉下水去了。那一天艙位寬暢，戲班又好，大家正預備暢看的時候，想不到這樣一來，於是大船的女客只好都歸併到這邊來，既然擁擠不堪，又都十分掃興，無心再看好戲，只希望它早點做完，船隻可以鬆動，各自回家，經過這次事件之後，雖然不見得再會有人發羊癲病，但開船看戲卻差不多自此中止了。

四八　山海經

如《朝華夕拾》上所說，在玉田老人那裡他才見到了些好書。「在我們聚族而居的宅子裡，只有他書多，而且特別。制藝和試帖詩自然也是有的；但我卻只在他的書齋裡看見過陸璣的《毛詩草木鳥獸蟲魚疏》，還有許多名目很生的書籍。我那時最愛看的是《花鏡》，上面有許多圖。他說給我聽，曾經有過一部繪圖的《山海經》，畫著人面的獸，九頭的蛇，三腳的鳥，生著翅膀的人，沒有頭而以兩乳當作眼睛的怪物。」但是他自己有書，乃是始於阿長的送他一部《山海經》。《朝華夕拾》上云：

「這四本書，乃是我最初得到，最為心愛的寶書。」

「書的模樣，到現在還在眼前。可是從還在眼前的模樣來說，卻是一部刻印都十分粗拙的本子。紙張很黃；圖像也很壞，甚至於幾乎全用直線湊合，連動物的眼睛也都是長方形的。但那是我最為心愛的寶書，看起來，確是人面的獸；九頭的蛇；一腳的牛；袋子似的帝江；沒有頭而『以乳為目，以臍為口』，還要『執干戚而舞』的刑天。」

「此後我就更其搜集繪圖的書，於是有了石印的《爾雅音圖》和《毛詩品物圖考》，又有了《點石齋叢畫》和《詩畫舫》。《山海經》也另買了一部石印的，……木刻的卻已經記不清是什麼時候失掉了。」

這裡說前後兩段關係很是明白，阿長的描寫最詳細，關於玉田雖只是寥寥幾行，也充滿著懷念之情，如云：「這老人是個寂寞者，因為無人可談，就很愛和孩子們往來，有時簡直稱我們為『小友』。」

這種情事的確是值得紀念的，可是小時候的夢境，與灰色的實生活一接觸就生破綻，丙申年伯宜公去世後，總是在丁酉年中吧，本宅中的族人會議什麼問題，長輩硬叫魯迅署名，他說先要問過祖父才行，就疾言厲色的加以逼迫。這長輩就是那位老人。

那時我在杭州不知道這事，後來看他的日記，很有憤怒的話。戊戌六月老人去世，魯迅已在南京，到了寫文章的時候，這事件前後相隔也已有三十多年了。

四九　山海經（二）

魯迅與《山海經》的關係可以說很是不淺。第一是這引開了他買書的門，第二是使他瞭解神話傳說，紮下創作的根。這第二點可以拿《故事新編》來做例子，那些故事的成分不一樣，結果歸到諷刺，中間滑稽與神話那麼的調和在一起，那是眾所周知的事了。嫦娥奔月已經有人編為連環圖畫，后羿的太太老是請吃烏鴉炸醬麵，逼得她只好吞了仙丹，逃往冰冷的月宮去，看慣了不以為奇，其實如不是把漢魏的神怪故事和現代的科學精神合了起來，是做不成功的。

可惜他沒有直接利用《山海經》材料，寫出夸父追日來，在他的一路上，遇見那些奇奇怪怪的物事，不但是一腳的牛，形似布袋的帝江，就是貳負之屍，和人首蛇身衣紫衣的山神（雖然蛇身怎麼穿紫衣，曾為王崇慶在《山海經釋義》中所笑），也都可以收入，好像目連戲中的街坊小景，那當成為一冊好玩的書，像《天問圖》似的，這在他死後就再也沒有人能做或肯做的了。

阿長的《山海經》大概在癸巳年以前，《毛詩品物圖考》初次在王府莊看見，所以該是甲午年所買，《爾雅音圖》係舊有，不知伯宜公在什麼時候買來的。木板大本卻是翻刻的《花鏡》，從中房族兄壽頤以二百文代價得來，那時他已在三味書屋讀書，所以年代也該是甲午吧。

此外有圖的書先後買來的，有《海仙畫譜》，《百將圖》，《點石齋叢畫》，《詩畫舫》，《古今名人畫譜》，《海上名人畫稿》，《天下名山圖詠》，《梅嶺百鳥畫譜》，都是石印本。又王冶梅的《三十六賞心樂事》，馬鏡江的《詩中畫》，和《農政全書》本的王磐的《野菜譜》，大概因為買不到的緣故，用荊川紙影寫，合訂成冊，可以歸在一類。

在戊戌前所買的書還有《鄭板橋集》，《徐霞客遊記》，《閱微草堂筆記》，《淞隱漫錄》，影印宋本《唐人合集》，《金石存》，《酉陽雜俎》，這些也都是石印本，只有《徐霞客》是鉛印，《酉陽雜俎》是木板翻刻本。書目看去似乎乾燥雜亂，但細看都是有道理的，這與後來魯迅的工作有關聯，其餘的可惜記不得了，所以不能多舉幾種出來。

五〇　仁房的大概

關於各房的事未曾說及，現在因為講到玉田，所以把仁房提前來一說吧。

仁房底下也分作三派，以禮義信為名。禮房的長輩已先死，剩下的是十三世，那裡又分兩房，長房三弟兄，以小名為號，六四字荸史，四七字思戩，五十字衍生，只有六四娶妻成家，有子名連元，字利賓，女名阿雲。次房子衡，小名曰惠，過四十後始娶，有子女，名字不具詳。

義房十二世弟兄甚多，在癸巳前後只存花塍，是個秀才，椒生名慶蕃，是舉人，玉田是秀才，藕琴在陝西。椒生有二子，長伯文，次仲翔，是秀才，玉田有二子，長伯是秀才，次仲陽。花塍無子，以伯文為後，信房十二世吉甫在平湖做教官，死於任所，無子女，以仲陽為後。那時住屋分配，第四進五進東頭兩幢歸於禮房，中部是義信兩房的，因承繼關係差不多都為義房所有了。

那裡也是一個小堂前，西邊後房花塍死後，為椒生住室，後房是玉田所居，將廊下隔斷，改造為小書房，南窗下放著書桌，魯迅所說各種名目很生的書籍，便是在這地方看見的。

那小堂前和小書房其實即與興房的東一東二正相對，中間是一個不大的明堂，卻用曲尺形的高牆隔開了，南面只剩了一條狹長的天井，北面的小明堂也就並不寬大，陽光不多，這於愛種珠蘭建蘭的人是很不方便的。

從白板門出去，走過大堂前，彎到那裡去很有一大段路，但如沒有那牆，就只有一個院子之隔，不過十步左右而已。戊戌以後，伯夫人為得慰問魯老太太喪兒之痛，時相過從，那時玉田公也去世了，她有時候便隔著牆叫話，問候起居，吃過飯沒有，便是利用這房屋特別的構造，若是兩間相並的房間，倒反而不能那麼容易傳聲了。

五一　玉田

玉田進秀才時，名兆藍，這與他的小名藍和玉田的號是相合的，後來有一時他改名瀚清，玉田也改了一字成為玉泉，又別號琴逸，我曾買到他的一部遺書，翻刻小本的《日知錄集注》，書面有他的題字，就用這個別號，和「玉泉」與「臣瀚清印」的兩方印章。

介孚公點了翰林的時候，族中從兄弟有的改名用「清」字排行，如這「瀚清」是合格的，但子京本名致祁，與介孚公舊名致福原是排行，卻改名為福疇，硬用福字去做排行，忘記了這是人家的小名，弄成了笑話，可是他自以為是，後來一直還是使用著。

玉田去世很早，我趕不上同他往來，所以他的學問志趣不很明瞭，所記得的只是在他那裡看見過《毛詩草木鳥獸蟲魚疏》和《篤素堂文集》，那桐城張氏父子的處世哲學還不能理解，其中一卷飯有十二合說卻覺得有意思，雖然那裡說的是些什麼話，於今也完全忘記了。後來收集本鄉人的著作，得著兩冊一部瘦吟廬詩抄，也是他的舊藏，從這零星的材料推測起來，他大概是一個較有學問藝術趣味的文人，雖是沒有什麼成就，但比那時只知道做八股的知識階級總是好得多了。

魯迅手抄本中有一冊《鑒湖竹枝詞》，共一百首，是玉田所著，乃是從手稿中抄出來的，卷末有小字記年月，侄孫樟壽謹錄字樣，大概是戊戌前半年吧，已在那次族中會議之後，但對他的感情還仍是很好，這也很可注意，可知他給魯迅的影響不淺，關係始終不壞。

在舊日記中梅里尖掃墓項下，抄有一首竹枝詞云：

「聳尖遙瞻梅里尖，孤峰高插勢凌天，露霜展謁先賢兆，詩學開科愧未傳。」原注云：「先太高祖韞山公諱璜，以集詩舉於鄉。」

詩並不佳，只是舉例罷了，韞山公是第六世，墳墓在梅里尖地方。

五二　藏書

這裡筆又要岔開去，一談家中舊有的藏書了。魯迅在說玉田的地方曾云：「在我們聚族而居的宅子裡，只有他書多，而且特別」，這就間接的把自己家裡也評定在裡邊了。

在有些本家的房間裡，的確看不到什麼書，除了一本上寫「夜觀無忌」四字的時憲書，鄉下只叫作曆日本，也不叫黃曆。這邊算是書香人家，當然不至於那樣，可是書並不能說多，而且更其缺少特別的書，換句話說就是制藝試帖關係以外的名目很生的書籍。

可能有些是毀於太平天國之戰，有些是在介孚公的京寓吧，總之家裡只有兩隻書箱，其一是伯宜公所製的，上面兩個抽屜，下面兩層的書櫥，其二是四腳的大櫥，放在地上比人還高，內中只分兩格，一堆書要疊得三尺高，不便拿進拿出，當作堆房而已。

櫥裡的書籍可以列舉出來的，石印《十三經注疏》，圖書集成局活字本四史，《綱鑒易知錄》，《古文析義》，《古唐詩合解》為一類，《康熙字典》大本和小本的各一部，也可以附在這裡。近人詩文集大都是贈送的，特別的是《洗齋病學草》和《娛園詩存》，上有伯宜公的題識，《說文新附考》，《詩韻釋音》，雖非集子也是刻書的人所送，又是一類。

此外雜的一類，如《王陽明全集》，謝文節集，《韓五泉詩》，《唐詩叩彈集》，《制義叢話》，《高厚蒙求》，《章氏遺書》即《文史通義》，《癸巳類稿》等。現在末一種書尚存，據說是伯宜公的手澤書，雖然沒有什麼印記，實在那些書中也就是這最有意義，至今還可以看得，《叩彈集》也還在，這是晚唐詩的選集，同類的書不多，但少有時間與興趣去看它了。

這與玉田的書相比，其啟發誘掖的力量當然要小不少，但很奇怪的是有一部科舉用書，想不到其力量在上記一切之上。這是石印的經策統纂，石印中本，一共有好幾十冊，是伯宜公帶到考場裡去用的，但裡邊收的東西很不少，不但有陸璣《詩疏》丁晏校本，還有郝氏《爾雅義疏》，後面又收有《四庫提要》的子集兩部分，這給予很大的影響，《四庫簡明目錄》之購求即是從這裡來的。經策統纂本來是十夾板吧，改用定做的小木箱裝盛，不可思議地經過好些災難卻還是保存著。

五三　抄書

沒有什麼好書，可以引起小孩讀書的興趣，但是他們自己能活動時，也可以利用，有如大人的破朝靴，穿了會得跳鍾馗捉鬼，表現得很好玩的。

這總在癸巳以前，在曾祖母臥室的空樓上，南窗下放著一張八仙桌，魯迅就在那裡開始抄書的工作。

說也奇怪，房間與桌椅空閒的也有，小孩卻一直沒有自己的書桌，不用說什麼自修室了，這是鄉下風習如此，反正功課都在書房裡做了，並沒有宿題帶回家來的。至於讀夜書，那是特別熱心科舉的人家才有，伯宜公自己不曾看見在讀八股，所以並不督率小孩，放學回來就讓他們玩去好了。

那時樓上有桌子，便拿來利用，後來魯迅影寫《詩中畫》，是在桂花明堂廊下，那裡也有桌子一兩張閒放著。最初在樓上所做的工作是抄古文奇字，從那小本的《康熙字典》的一部查起，把上邊所列的所謂古文，一個個的都抄下來，訂成一冊，其次是就《唐詩叩彈集》中抄尋百花詩，如梅花桃花分別錄出，這也搞了不少日子，不記得完成了沒有。這些小事情關係卻是很大。

不久不知道是不是從玉田那裡借來了一部唐代叢書，這本是世俗陋書，不大可靠，在那時卻是發見了一個新天地，這裡邊有多少有意思的東西呀。我只從其中抄了侯寧極其實大概是陶穀假造的百藥譜和于義方的《墨心符》，魯迅抄得更多，記得的有陸羽《茶經》三卷，陸龜蒙的《耒耜經》與《五木經》等。

這些抄本是沒有了，但現存的還有兩大冊《說郛錄要》，所錄都是花木類的譜錄，其中如竹譜筍譜等五六種是他的手抄，時代則是辛亥年春天了。不知道在戊戌前的哪一年，買到了一部二酉堂叢書，其中全是古逸書的輯本，有古史傳，地方誌，鄉賢遺集，自此抄書更有了方向，後來《古小說鉤沉》與《會稽郡故書雜集》就由此出發以至成功，虞喜謝沈等人的遺文則尚未能成就。

那些譜錄的抄寫，全是在做這輯錄工作時候的副產物，而其線路則是與最初《茶經》有關連的，這類東西之中他想校勘《南方草木狀》和《嶺表錄異》，有過若干準備，卻可惜也終於未曾做成。

五四　椒生

魯迅於戊戌年春間往南京進學堂去，這與仁房的椒生很有關係，現在要來說明一下。椒生名慶蕃，小名曰慶，魯迅這一輩叫他作慶爺爺，又因為他的大排行係十八，所以魯迅從前的日記上常寫作十八叔祖。

他是個舉人，這科名在以前不容易得到手，秀才只能稱相公，中了舉就可以叫老爺了，所以他自己也頗自傲，雖然「新台門周家」大家知道，他總要信上寫明「文魁第周宅」的，可是他的舉人乃是屬於最多數的一種，即是只能做八股，或者比一般秀才高一點，至於文章與學問還是幾乎談不到的，他以候補知縣的資格到南京去投奔妻族的長親，一個直樂施人姓施的，是個老幕友，以辦理洋務名，一直在兩江總督衙門裡，東家換了，這位西席總是不動的，因了他的幫忙，被派在江南水師學堂教漢文，兼當監督。

那時校長名叫總辦，照例由候補道充任，監督用州縣，彷彿是學監兼舍監的性質，不過那些官僚不懂得文化，只能管得宿舍的事情罷了。

水師學堂原有駕駛管輪和魚雷三班，椒生所任的是管輪堂監督，大概前後有十年之久。周氏子弟因了他的關係進那學堂的共有四人，最早是誠房的鳴山，本名鳳岐，由椒生為改作行芳，那時學校初辦，社會上很看不起，水陸師學生更受輕視，以為是同當兵差不多，因此讀書人覺得不值得拿真名字出去，隨便改一個充數。鳴山大抵是考的分數不夠，據他說是不幸分派在駕駛班，那邊的監督蔣超英和椒生有意見，所以把他開除了。

其次是伯升改名文治，於丁酉年入學，甲辰年畢業。得到「把總」的頂帶，上兵船去練習，仕至聯鯨軍艦正管輪。

魯迅是戊戌春間進去的，名字也是椒生所改，但他覺得裡邊「烏煙瘴氣」，於次年退學，改入陸師附設的礦路學堂，至辛丑冬畢業，壬寅派往日本留學。

我是末了的一個，辛丑秋天才進去，後來因為眼睛近視，改派學土木工程，於丙午夏離開學校了。在校的末後兩三年間，椒生已休職回家，總辦是那位蔣超英，他的水手（這名稱裡不含惡意）與副官氣的官僚作風在同學中雖然很被笑話，可是人並不壞，這是我和鳴山的意見全不相同的。

五五　監督

魯迅本名樟壽，字豫山，本來是介孚公給取的，後來因為同窗開玩笑叫他作雨傘，告訴祖父要改號，乃改一字曰豫才，及往南京去時，椒生為易名樹人，這與豫才的意義也拉得上，所以不再變換，雖然自己所喜歡的還是從張字出來的「弧孟」，又取索居之意號云「索士」或「索子」。

那時候考學堂本不難，只要有人肯去無不歡迎，所以魯迅的考入水師，本來並不靠什麼情面，不過假如椒生不在那裡，也未必老遠的跑到南京去，飲水思源，他的功勞也不可埋沒。魯老太太因此對他很是感激，在戊戌後每逢他年假回家的時候，總預備一隻燉雞送去，再三謝他的好意。

但是好意實在也就只能說到這裡為止，此後如在他的監督治下做學生，即使在他仍是很好的意思，但在受者便不免要漸引起反感來了。他以舉人知縣候補，幾次保舉到四品銜即用直隸州知州，根本上是個封建社會的士大夫，信奉三綱主義，隨帶的相信道士教（如惠定宇就注過《太上感應篇》），他每天在吃早飯之前也要在淨室去朗誦《感應篇》若干遍，那正是不足為奇的。

對於學生，特別是我們因為是他招來的本家，他最怕去搞革命，用心來防止，最初是勸說，措詞妙得很，說「從龍」成功了固然好，但失敗的多，便很是危險。看見勸阻無效，進一步來妨礙以至破壞，魯迅東京來信以及毫不相干的《浙江潮》等，屢次被扣留，日後好容易才要回來，最後索性暗地運動把我們開除。可是到那時候，他自己的時運已經不濟了，運動不能發生效力。

辛丑壬寅總辦是方碩輔，滿身大煙氣的道學家與桐城派，其時他很得意。癸卯來了黎錦彝，免去他的監督，讓他單教漢文，可是還嫌他舊，到了秋天他只得捲舖蓋回去了。這時候專辦洋務的施師爺大概已歸道山，否則總督即使由劉坤一換了魏光燾，也總還是要請他幫忙，而他假如坐在制台衙門裡，候補道也要敷衍他一點，那麼椒生的位置是不會失掉的。可是這也只能對付一個短時期而已，甲乙之間蔣超英以前游擊銜回來做總辦，椒生在那時也總不能不走了。

五六　監督（二）

椒生回鄉之後，因了他舉人的頭銜與辦過學堂的資格，就得到一個位置，即是紹興府學堂的監督。不知道是副監督還是什麼名義呢，總之有一個副手，此人非別，乃是後來刺殺恩銘的徐錫麟。

他那時是個貢生或是廩生，已經很是出名，暗地裡同了陳子英在打算「造反」，表面上卻看不出，只是主張新學，自己勤勉刻苦，雖然世間毀譽參半，總之這與平常人是有點不同的。大概是甲辰的秋天，我到府學堂去，看見在客堂上放著直徑五尺的地球儀，是徐伯蓀自己糊的，那時他在教操，殘暑尚在，他叫學生陰處稍息，獨自兀立在太陽下，身穿竹布大衫，足著皮鞋，光頭拖下一條細辮，留著當時心存不軌的人所常有的那樣小頂搭，鼻架鐵邊的近視眼鏡。

這樣的一個人，單就外表來看也可以知道那是和椒生的一套全合不來的，椒生穿的是上面三分之二白洋布，下面三分之一湖色綢的「接衫」，袖子大而且長，儼然是蕩湖船裡的腳色，他的那背誦《左傳》，做「穎考叔論」的功課，也不吃香，其走向碰壁正是難免的了，不久之後他又下了野，其原因不很明瞭，但徐伯蓀似乎也不長久幹下去，大抵在甲辰年往日本去一轉之後，就以道員往安徽去候補，兩年後就動手殺了恩銘，椒生還以為他早看出這個亂黨，自己有先見之明呢。

這之後，他只在家裡教幾個學生，從新做起塾師來了。辛丑年底藕琴從陝西回家，義房的住屋重行分配，舊日玉田椒生所用部分都歸了他，玉田妻媳移住後一進，伯文仲翔住在禮房偏東前後進屋內，利賓則搬在大門內的大書房裡去了。椒生回來的時候，裡邊沒有房子可住了，乃向誠房借用白板門內的「蘭花間」，教書也就是在那裡。

他是以道學家自居的，可是到了晚年露出了馬腳來，有一回因舉動不謹，為老媽子所打，他的二兒媳從樓窗望見，大聲說道：「打得好，打死這老昏蟲！」這類的事情很多，暴露出士大夫的真相，也是有意思的事，但是因為顧惜筆墨與紙面，所以就徑從節省了。

五七 軼事

椒生有兩個兒子。次子仲翔是個秀才，人頗機警，戊戌以後附和維新，與魯迅很談得來，有如朋友，清末在箔業小學教書，至民國八年時還在那裡。

長子伯文性稍暴烈，目睛突出，渾名曰「金魚」，當初和魯迅也常往來，因為能仿寫顏歐體字，故常請其題署，曾買得書賈以龍威秘書等板雜湊而成的叢書一部，名「藝苑捃華」，內有漢武外傳，南方草木疏，以至《麗體金膏》，共二十四冊，一一請其為寫書面，又戊戌冬椿壽病故，其墓碑「亡弟蔭軒處士之墓」八字，也是他所寫的。他的故事很不少，最初是在鄉間人家坐館，因為責罰學生，用竹枝打後，再用鹽擦，被東家解雇，這與子京的門縫裡夾耳朵可稱雙絕，平心說起來，廣思堂的私塾也還要文明得多了。

其次是己亥年院試，仲翔以四十名入學，伯文落第，他乃大怒，拔院子裡的小桂花樹出氣，自己臥地用盡力氣，終於把它連根拔起。人家勸慰他，答道：「我並不是為了兄弟進學而生氣，氣的乃是我隔壁的一號入了選。」

考試用彌封，院試揭曉初用字號，及複試後乃正式發表名字，他這裡將考試與彩票搖彩一樣看待，雖然說場中莫論文，卻總被人說作笑話了。

椒生晚年胡鬧，兒子們很是狼狽，仲翔偶然走進去，看他正在寫字，以為是什麼正經文字，近前一看乃是在寫憑票付洋若干，將來向兒子們好來要的債票，好在他重聽不知道，仲翔便又偷偷的走了出來。

有一天，誠房的子傳太太走過，看見蘭花間門口豎放著一條長板凳，問這是怎麼的，誰也不知道，便移開完事。後來伯文私下告訴人，那是他裝的「弶」，讓老昏蟲碰著摔一個跟斗，就此送了老命。

他雖是不第文童，可是他不贊成改革，痛恨革命黨，對於興房以後就很不好，雖然他們進學堂原先都是因了椒生的線索去的。辛亥冬天杭州已經光復，鄉下謠言很多，伯文正上大街，忽然聽傳說革命黨進城了，他立即雙腿發軟，再也站不起來，經旁人半扶半抬的把他弄回家來，自此以後雖是革命黨並不來為難他，卻是威風完全失盡，沒有什麼奇事可說，至癸丑年遂去世了。

五八 墓碑

上文講到椿壽的墓碑，所以連帶的說下去。椿壽小名曰春，蔭軒的號也是介孚公給取的。他死時才六歲，但那碑的格式卻頗闊氣，下署兄樟壽立，那時魯迅正從南京告假回家，大概是十月中到家，查舊日記這月份缺少，只記十一月初六日縣考，周氏去者數人，魯迅在內，初七日椿壽病重，初八日辰時身故，十一日魯迅往南京。

廿九日縣考出大案，凡十一圖，魯迅三圖三七，仲翔頭圖廿四，伯文四圖十九，案首為馬福田，即馬一浮是也。椿壽葬在南門外龜山，相去不遠還有一座小墳，墳前立片石，上題「亡女端姑之墓」，下款是伯宜，但下文看不清楚了。

龜山那裡臨河有一個廢廟或庵的遺址，除門口兩間住著看守人之外，其餘都改作為殯屋，與房也有一間，伯宜公的生母孫夫人的靈柩就停放在那裡，大抵是為了這個緣故，伯宜公所以把他的亡女去葬在殯屋背後的空地上的吧。

丙申年伯宜公去世，也殯在那裡別一間屋裡，和壽頤的父親桂軒在一起，他們生前原頗要好，常是一處吃酒的。隔了一年，椿壽也被送往龜山，不能像大人那麼停放，所以也就埋葬了，那裡有點是叢塚性質，端姑的近旁沒有地方了，就離開有一二十步的光景。

在逍遙溇地方買有本家不用的壽墳三穴，蔣老太太去世後，就給介孚公和兩位祖母下了葬，到了民八即一九一九年舉家北遷的時候，添做了一穴給伯宜公用，葬在龜山的端姑和椿壽也都遷去附葬在那裡了。

這遷葬的事是魯迅親自經手的，後來在《彷徨》的《在酒樓上》一篇小說裡，借了呂緯甫的口裡來說過一個大略。那因為是小說，所以說小兄弟是三歲上死的，雖然實在乃是六歲，至於說墳裡「什麼也沒有」了，那自然是事實。

當初埋葬是我經辦的，在寒風中看著泥水作慶福用磚鋪地，放上棺木，再拿磚砌成墓穴，叫作「等棺打」，這情形一直記憶著，直至聽到什麼也沒有的話以後，才算消了這個塊壘。

小妹妹比小兄弟的死要早十年，而且那時也還不到一周歲，雖然文中不曾說及，其完全復歸於土當更是沒有問題的了。

五九　講西遊記

義房的事情還有一部分沒有講到，現在來補說一下。

義房第十二世親兄弟共有九個，但是我們所能見到的後來只有四位罷了，末了的一個便是「九老爺」，號叫藕琴，這二字不知是什麼意思，大概或者是後來改的同音字吧。

他從小在外邊，大約是做幕友，卻也不知道是刑名還是錢穀，只聽說他向來在陝西韓城一帶做事，到了辛丑壬寅之交就退休回鄉，以後一直不再出門了。他的夫人是陝西人，他的一子一女，子號曰冠五，在陝西生長，連他自己都是陝西話，雖然他的自然不很道地，近於藍青官話，但在鄉下聽起來總是「拗聲」了。

他回家已是在二十世紀，所以在我們百草園的老話中間，不講到他也沒有什麼不可以，但是他的軼事有一說的價值，這一節說是有點破例也罷。

他從陝西回家的時候，介孚公也於大半年前從杭州回來了，至甲辰年介孚公去世為止，他們老兄弟有過三年盤桓，可是說也奇怪，這對於他好像是一樁苦事似的。

介孚公平日常站在大堂前，和誠房的人聊天，裡三房的人出入，經過那裡，也拉作談話的對手，因為介孚公喜歡批評人，大家都不大高興聽，這本是一般的實情。但藕琴是特別害怕，有時候要上大街去，不敢貿然出來，必須先叫冠五去一看，假如介孚公站在堂前，他的出行是只可無條件的延期了。

他怕的是什麼呢？介孚公也並不怎麼的麻煩他，一看見就同他談《西遊記》，特別是豬八戒的故事，即使他推說有事要急走，也不肯聽，總要留住他講幾句的。

介孚公的確喜歡《西遊記》，平常主張小孩應該看小說，可以把他文理弄通，再讀別的經書就容易了，而小說中則又以《西遊記》為最適宜。他愛講孫行者敗逃，化成破廟，尾巴沒法安排，變作一枝旗竿，豎在廟後門，立即被敵人看破，以為全是小孩想頭，寫得很好，這個我也同意。但不知對藕琴講的是些什麼，或是用意何在呢？我們在百草園裡破例記這件事，實在卻也已經是老話了，上邊說過的義房諸人現今只有冠五健在，多少知道這事的大概也就只是他了吧。

六〇　伯升

介乎公身邊的親人，如他在日記信札上所稱，是潘姨與升兒，因為他對家人有時過刻，所以大家對於他們或者未免有些不滿，其實也並不一定，平心說起來，有的本來不壞，有的也是難怪的。

伯升生於光緒壬午，生母章姨太太是湖北人，早年去世，他從五六歲（？）的時候歸潘姨太太管領，可是他並不是她的一系，回家以後對於嫡母及兄嫂很有禮貌，一直沒有改變。他於癸巳年同我在廳房裡從伯文讀書，乙未在三味書屋，丙申隨潘姨太太往杭州，丁酉進了南京水師學堂，甲辰畢業，以後一直在船上，至民國七年戊午歿於上海，年三十七。

他小時候在北京，生活大抵不差，後來卻很能吃苦，平常總是笑嘻嘻的，這很是難得。但是他有一種北京脾氣，便是愛看戲，在南京時有一個時期幾乎入了迷，每星期日非從城北走到城南去一看粉菊花（男性）的戲不可。

椒生正做著監督，伯升從他玻璃窗下偷偷走過，他本來近視也看不見，但是伯升穿著紅皮底響鞋，愈是小心也就愈響得厲害，監督聽到吱吱的響聲，也不舉起頭來，只高叫一聲道「阿升！」他就只好愕然站住，回步走到監督房裡去，這一天已是去不成了。

有時椒生苦心的羈縻他，星期六晚同他預約，明早到他那裡吃特別什麼點心，伯升唯唯，至期不到，監督往宿舍去找，只見帳門垂著，床前放著一雙布馬靴，顯得還在高臥，及至進去一看，卻已金蟬蛻殼，大概已走過鼓樓了。

他實在是個聰明人，只可惜不肯用功，成績一直在五成上下，那時標準頗寬，只要有五十分的分數就可及格，幸而也還有真是不大聰明的朋友，比他要少兩分，所以他還巴得牢末後二三名，不至於坐紅椅子。可是他並不為意，直弄到畢業，我覺得這也有點兒滑稽味的。

潘姨太太是北京人，據伯升說她名叫大鳳。她是與介孚公的小女兒同年的，所以推算當生於光緒戊辰年。一夫多妻的家庭照例有許多風波，這責任當然該由男子去負，做妾的女子在境遇上本是不幸，有些事情由於機緣造成，怪不得她們，所以這裡我想可以不必多說了。

六一　恆訓

介孚公愛罵人，自然是家裡的人最感痛苦，雖然一般人聽了也不愉快，因為不但罵的話沒有什麼好聽，有時話裡也會有刺，聽的人疑心是在指桑罵槐，那就更有點難受了。

他的罵人是自昏太后呆皇帝直至不成材的子侄輩五十四七，似乎很特別，但我推想也可能是師爺學風的餘留，如姚惜抱尺牘中曾記陳石士（？）在湖北甚為章實齋所苦，王子獻庚寅日記中屢次說及，席間越縵痛罵時人不已，又云：「縵師終席笑罵時人，子虞和之，余則默然，」是其前例。

他的罵法又頗是奇特，一種說是有人夢見什麼壞人反穿皮馬褂來告別，意思是說死後變成豬羊，還被害人的債，這還是平常的舊想頭，別的是說這壞人後來孤獨窮困，老了在那裡悔。後者的說法更是深刻，古代文人在《冥土旅行》中說判定極惡的霸王的刑罰是不給喝孟婆湯，讓他坐在地獄裡，老在回憶那過去的榮華與威力，比火河與狗咬更要利害，可以說有同樣的用意了。

介孚公著有一卷《恆訓》，大概是丙申年所寫，是給予子孫的家訓，原本已佚，只存魯迅當時在南京的手抄本。這裡邊便留存有不少這類的話，此外是警戒後人勿信西醫「戴冰帽」，據他說戴者必死，這大抵是指困冰枕頭或額上擱冰袋之類吧，還有旅行中須防匪人，勿露錢財，勿告訴姓名等事。

這一本家訓算來幾乎全是白寫，因為大家沒有記得一條，沒有發生一點效用。但是他的影響卻也並不是全沒有，小時候可以看小說，這一件事的好處我們確是承認，也是永不能忘的。

還有一件事是飯後吃點心，他自己有這個習慣，所以小時候我們也容許而且叫吃，這習慣也養成了，往往在飯前吃這一個月餅時，午飯就要減少，若是照例吃過午飯之後來吃，那麼一個兩個都可以不成問題。後來魯迅加以新的解說，戲稱之曰「一起消化」，五四後錢玄同往紹興縣館談天，飯後拿出點心來的時候，他便笑道：「一起消化麼？」也總努力奉陪吃下一個的。

六二　病

關於伯宜公的病，《朝華夕拾》中有專寫的一篇，但那是重在醫藥，對於江湖派的舊醫生下了一個總攻擊，其意義與力量是不可以小看的。但是病狀方面只說到是水腫，不曾細說，現在想來補充幾句，只是事隔半世紀以上，所記得的也不很多了。

伯宜公於丙申年九月初六日去世，這從舊日記上記他的忌日那裡查到，但他的病是甚麼時候起的呢，那就沒有地方去查了。《朝華夕拾》中說請姚芝仙看了兩年，又請何廉臣看了一百多天，約略估計起來，算是兩年四個月吧，那麼該是起於甲午年的四五月間。可是據我的記憶，伯宜公有一天在大廳明堂裡同了兩個本家弟兄談論中日戰爭，表示憂慮，那至早也當在甲午八月黃海戰敗之後，東關金家小姑母八月之喪他也是自己去吊的，所以他的病如在那一年發生，可能是在冬季吧。

最早的病象是吐狂血。因為是吐在北窗外的小天井裡，不能估量共有幾何，但總之是不很少。那時大家狼狽的情形至今還能記得。根據「醫者意也」的學說，中國相傳陳墨可以止血，取其墨色可以蓋過紅色，於是趕緊在墨海裡研起墨來，倒在茶杯裡，送去給他喝。小孩在尺八紙上寫字，屢次舔筆，弄得「烏嘴野貓」似的，極是平常，他那時也有這樣情形，想起來時還是悲哀的，雖是朦朧的存在眼前。

這以後卻也不再吐了，接著是醫方與單方並進，最初作為肺癰醫治，於新奇的藥引之外，尋找多年埋在地下化為清水的醃菜鹵，屋瓦上經過三年霜雪的蘿蔔菜，或得到或得不到，結果自然是毫無效驗。現在想起來，他的病並無肺結核的現象，那吐血不知是從哪裡來的。

隨後腳背浮腫，漸至小腿，乃又作水腫醫治，反正也只是吃「敗鼓皮丸」。終於腫到胸腹之間，他常訴說有如被一匹小布束緊著，其難受是可想而知的了。他逝世的時刻是在晚上，那時椿壽只有四歲，已經睡著了，特別叫了起來，所以時間大概在戌亥之間吧。

六三　大書房

要講到禮房和誠房其他的事情，都與大書房有相關，須得先把大書房所在的那一部分地方先來說明。這便是新台門西南部分，自大廳以西，桂花明堂以南，西至梁宅，南至街為界。其間又可以劃分為東西兩部。

店，西部另有街門，很早以前出租與人，曾祖母是古老嚴肅的人，不知怎的肯把這租給開棺材店，突出在東面一條牆上直行寫道：「張永興號龍游壽枋」。

東部的北頭一部分即是蘭花間，上文已曾說及，往南下去則是所謂廳房，再下去即是大書房了。廳房是興房所有，平常當作客室用，計朝西屋三間，朝北屋四間，成曲尺形，轉角這一間有門無窗，別無用處，院子不大，卻很有些樹木，有月桂，雖不是每月，秋季以外常發出桂花香來，可見的確開花的，羅漢松結子如小壺蘆，上青下紅，山茶花枇杷木瓜各一株，北窗均用和合窗，窗外有長石凳高低四列，可知以前是很種過些花，大概與蘭花間的名字是有關聯的。

大書房係南北大房各三間，中間一個明堂，靠西是一株桂花，東邊一個花壇，種著牡丹，兩邊是過廊，與南北房相連接。大書房的朝南正屋雖高大，但與廳房的朝北四間是同一屋頂，所以進身不算深，正中間梁上掛著一塊匾，寫著四個字道：「志伊學顏」，原來不知道是何人手筆，後來所見的乃是中房的芹侯所重寫，他通稱「廿八老爺」，乃是第十二世中頂小的一位了。

大書房最初是玉田督率他子侄輩讀書的地方，時代大概是癸巳甲午，那時牡丹桂花都還健在，伯文與仲陽常因下棋吵架，一個將棋盤撕碎，一個拿棋子撒滿明堂中，過了一會又決定從新比賽，便分頭去滿地揀拾黑白子，或往東昌坊口雜貨小鋪買紙棋盤去了。

本名孟夫子的那位孔乙己也常來枉顧，問有沒有文件要抄寫，也或順手拿一部書出來，被玉田碰見，問為什麼偷書，答說「竊書不是偷」，這句名言也出在那裡。這之後閒廢一時，由禮房四七誠房桐生先後寄居，末了禮房利賓全家移入，一部分租給中房月如日如兄弟，阿Q的老兄也即是《在酒樓上》所說的長富父女，也借住一角，於是這大書房乃大為熱鬧起來了。

六四　禮房的人們

禮房底下大概也有分派房份，但是現在說不清楚了。只知道其一派是子衡，小名阿惠，曾當過朱墨師爺之類，早已賦閒在家，晚年才成家，住在第四進堂前的一間樓上。他獨身時代是有名的「街楦」，整天在外坐茶館，聽謠言，自稱是狗眼，看得見鬼，說些鬼話嚇唬女人們，別的壞處也還沒有，卻常被介乎公引為罵人的資料，與四七五十同當作不肖子弟的實例。

上文說過六四四七五十是三兄弟，只有六四娶妻，生有子一連元，女一阿雲，四七與五十都始終是「光棍」。六四依靠姑夫陳秋舫，是個前清進士，薦在育嬰堂裡任司事，四七曾作長歌嘲之，於拜忌日時當眾朗誦，起首云：「紹興有個周六四，育嬰堂裡當司事」，此下有「雪白布頭包銀子」一句，其餘惜已記不得了。

他家裡的事沒有什麼特別可記的，除了阿雲的這一節。阿雲是一個不大得人歡喜的小姑娘，我們小時候常要戲弄她，故意吃東西給她看，卻不給她吃，害得她追著看。她於十二三歲時病死了，她的母親非常哀悼，幾乎寢食皆廢，聽到的人無不替她悲傷，雖然他們平時對於六四太太並沒有多少好感。

恰好不知從哪裡來了一個「夜牌頭」，就是自稱走陰差的，平常她們利用迷信騙人騙錢，一定要說那死姑娘怎麼在地獄受苦，要她去設法救助可以放免，這回卻並不然，她反肯排難解紛，說阿雲現今在塔子橋的社廟裡，給土地奶奶當從神，一切很好，比在家裡還要舒服，也是一番鬼話，卻發生了很好的效力。

六四太太不但立即停止了她的哀悼，叫人拿了好些紙糊東西到廟裡去焚化，給阿雲使用，一面又逢人宣布她的喜信，阿雲現在做了從神，在什麼地方，是什麼情形等。從前替她悲傷的人，這次聽了她歡喜的報告，又感到一種別的悲哀，因為這明明是一顆嗎啡止痛丸，看著她吞下去的，覺得人的受騙真是太容易了。

這「夜牌頭」的真相終於不曾明白，或者是她自動的說的也未可知，但一般推測是由於六四的計畫，囑咐她這樣的說，那也是可能的事。

六五　四七

四七與五十兩人不知道是誰居長，但總之是年紀都要比伯宜公為大，因為小孩們叫他們為伯伯，卻念作陽韻，上一字上聲，下一字平聲，雖然單讀如某伯時也仍念作藥韻。

四七看他的臉相可以知道他是雅片大癮，又喜喝酒，每在傍晚常看見他從外邊回來，一手捏著尺許長的潮煙管，一手拿了一大「貓砦碗」的酒（砦當是槽字的轉變，指餵養動物的食器），身穿破舊齷齪的竹布長衫，頭上歪戴了一頂癟進的瓜皮秋帽，十足一副癟三氣。但是據老輩說來，他並不是向來如此的，有一個時候相當的漂亮，也有點能幹，雖是不大肯務正路。

介孚公於同治辛未（一八七一）年中進士，點翰林，依照舊時封建遺風，在住宅和祠堂的門口須要懸掛匾額，那時匾上二尺見方的大字即是四七所寫，小時候看了一直覺得佩服。大概是癸巳年我同伯升在廳房裡讀書的時候，曾經請他寫過字看，前後相去二十多年，手已發抖寫不好了，可是看他的底子還在，比伯文自誇的顏歐各體要好得多。

介孚公往江西做知縣時，曾帶了他去，但是照例官親總不大能安分，所以不久同了介孚公的外甥一起被打發回家來了。這其間多少年的事情全不清楚，我所能記得的便是那一副落魄相了，臉上沒有煙酒氣，衣服整齊的時代該是哪麼個樣子，簡直沒法子想像，因為他後來的模樣完全是一個流氓了。

鄉下的流氓有這些分類，由訟師式的秀才文童組成的名為破靴黨，一般的低級的則叫作「破腳骨」，積極的進行訛詐，消極的維持地盤，第一要緊的條件是禁得起打，他們的行話叫作「受路足」。四七在本家中間不曾有過訛詐的行為，但聽他在吃忌日酒的時候自述，「打翻以（又）爬起，爬起以打翻」，頗能形容出他的受路足的工夫。

他的生活誠然窮苦，但每天的茶飯煙酒也相當要幾個錢，不知道他是怎麼籌畫來的，現在想起來還覺得是一個不可解的謎。大概這是破落大家出來的長衫幫「破腳骨」的一派作風吧，如孟夫子應當也是這一路，但比起來卻要狼狽得多，因為他的腳真是給人家打折了（參看《孔乙己》）。

六六　四七與五十

四七有一個時期住在後園的「三間頭」裡。上文已經說及那是仁房所有的房屋，在園的東北角，從大門口進去，要走通五進房子，再通過整個園地，這園裡傳說有一條大火練蛇，是要撲燈光的，夏天野草長得三四尺高，他於晚間在這當中來去自如，這倒也是很可佩服的。隨後他遷移到人書房裡，這不知道是在哪一時代，大抵已在他的晚年，他就在那裡病歿，至於年月那也已無可考了。

在大宗族的祠堂裡，舉行春秋祭祀，飲胙時小輩自由坐下在每桌的上下兩旁，只留下旁邊的一把太師高椅，等輩分上排定的人來坐。這人反正是不認識的，輩分至少要高三輩，叫他作太公總是不會錯的，可能是一個二三十歲的店夥，也可能是癟三樣的人，全是要碰巧。

在宗祠裡這種情形無法避免，平常吃忌日酒便比較好辦，例如四七那副尊容，衣服不乾淨，而且口多微詞，始終對於他的長兄夫婦醜詆惡罵，不肯休止；沒有固定坐位的小孩們便可以自主的不到他那一桌上去，沒有什麼困難。可是假如你不避忌他，跑去坐在他那裡，他也會知道你的好感，表示一點客氣，雖然他的嘲罵或是朗誦未必因而有所改變。對於他，大概只有用這兩極端中的某一種辦法。

四七這人給予你以一種不愉快的印象，即使他的言動於你毫無關係，相反的是五十，他是個大陰謀家，可是人家見了他不但不害怕，而且反覺得可親近。我想這好有一比，四七大抵有點像狗，特別是一隻外國的牛狗，而五十則是一頭貓吧。

五十據說曾在縣衙門的什麼庫房裡做過事，不過我們認識他時，早已什麼事都不幹，只在誠房寄食，過著相當舒適的生活。這也是一個不可解的謎。他平常總說，「沒有錢愁它什麼，到時候總自會來的。」這句話不知有何事實或理論的根據，但在他卻並不是說的玩話，因為我們的確看他沒有窮過，說他有錢呢，那也當然並不是的，這些難問題我們無法解答，所能知道的也就只是表面的瑣事罷了。

六七　五十在誠房

誠房的事情以前沒有講了，因為要等五十來補足，所以須得在說明了禮房以後再回過來說了。誠房的子林外出，子貞早死，只剩下子傳夫婦和他們的兒子鳴山，住在大堂前東邊的一間大房裡。西邊的兩間和蘭花間出租給李楚材，在子傳死後，鳴山要結婚的時候，才收了回來，由子傳太太和兒子媳婦分住，東屋就讓給了五十，所以我們所有的五十的印象是與那間大房分不開的。

五十也吃雅片煙，因此很瘦，夏天光著脊梁，辮子盤在頭上，肋骨一根根的顯露出來，像是臘鴨一樣，可是面色並不如四七那麼樣的青白，穿著一條綢褲子，用長柄的竹鍬攪著在銅鍋裡熬著的煙膏，在煮好了的時候，一鍬（讀如蹺）一鍬的裝進白磁圓缸裡去，看他那細膩精緻的作風，愉快滿足的神氣，簡直是一個藝術家的樣子。

那寄主家裡的鳴山雖是獨養子，年紀也比他輕得多，舒服還比不上他，若是拿去與四七相比，那更有雲泥之差，但是四七卻只怨恨六四，對於五十不曾有一句不平的話，這在五十更是極不易得的幸運了。

五十平常無論對什麼人都是笑嘻嘻的，就是對於年幼的弟侄輩也無不如此，你同他說話，不管是什麼他總表示贊同，連說「是呀是呀」，這在地方俗語裡說作「是咭是咭」，是字讀如什藹切，又急迫接連的說，所以音變如紹興音的「孩業」，小孩們遂給他起諢名曰「孩業」，意思即以表明他拍馬屁的工夫。因為這個緣故，大家對於他的一般的印象都很好，多和他去接交，結果不免受到他的若干損害。

《朝華夕拾》中說小孩打鏇子，衍太太鼓勵他多做，乃至摔倒受傷了，她又說風涼話，「這是旋不得的」，這是一例。還有重要的是探聽消息，製造謠言，向愛聽的人散布，引起糾紛，聽了覺得高興。

介孚公一面罵五十聊蕩不務正業，但是他或他們的話卻是愛聽的，雖然介孚公去世後已無所施其技，但在五十死時，祖母無意中念一句阿彌陀佛，也可見他影響之多麼深遠了。

六八　誠房之餘

誠房裡大房子林，通稱林大老爺，據說是頗有心計的人，但是我沒有見到他過，只是聽人說罷了。他有一子鳳桐，字桐生，生於光緒丁丑（一八七七）年，在這以後不久子林太太去世，他將兒子送往岳家代為撫養，自己便飄然往河南去找在那裡做官的親戚去了。以後回家來過一趟，又複出去，不再回來，就客死在外邊，關於他的故事因此沒有什麼可說。

只聽老輩傳說，他回來的那一次曾帶了一個人同來，這是親戚家子弟而生長在外邊的呢，還是不相干的河南人，那也弄不清楚了，總之這人頗有點錢而似乎不大聰明，聽了他的騙來到紹興，大概算是來遊覽的吧。

關於這人留下二三傳說，可以作為上邊評語的佐證。其一是說到了東郭門外，看見渡東橋下一片河水，大聲驚嘆道：「渡東橋是海羅！」其二是見了蕭山的紅皮甘蔗，非常賞識，每回買一苗籃，掛在脖頸下，一口氣吃完。

這位遊覽客不曉得在紹興耽擱了幾多天，末了銀子用完了，只好回河南去，子林也就一同走了。這一節故事，只是由他所導演，還不是他自己的事情，以他這麼一個能人卻不曾留下一個故事，這實在是可惜的。

他的兒子桐生養在外婆家的時候，記得有一次曾回家來拜年，假如這是在癸巳年，那麼他該是十七歲了，卻還是由一個老媽子帶領，顯得有點遲鈍，雖然衣冠楚楚，也穿得很整齊的。

據人說子林太太有點精神不足，桐生生產便是落在馬桶裡的，因此又或迷信他的晦氣所以很大，但是其一半原因也或出於後天，小時候什麼教育都沒有受，可能有很大的關係。

不多幾年他的外婆去世，舅父們不肯再管，就打發他歸宗，這辦法不能說不對，但他的厄運自此開始了。子傳太太什麼都不肯管，那是可以料到的，那麼叫他到哪裡去，怎麼辦呢？這一節不知怎的完全弄不清楚了，也不記得是哪一年，所有的印象只是住在門房裡的身外無長物的一個人，名稱還是被大家叫作桐少爺，但是其生活已遠在「自手至口」雇工人之下了。

六九　桐生

桐生是敗落大家子弟的另一派，與五十四七等截然不同，在他的生活上沒有什麼謎，他簡直的是沒有法子生活。起初有一個時期在藥鋪裡當夥計，那是義房的仲翔伯等人替他弄到的職業。藥鋪名叫泰山堂，開在東昌坊口的西南角，店主人名申屠泉，本是看風水的，有了一點錢就開了藥鋪，他的拜年名片上寫這個姓名，地方上只知道他是申屠，更知名的是諢號「矮癩胡」。

他的特徵是矮，鬍只是有普通的鬍鬚而已，癩則是禿髮，並非臘梨頭，這諢號三字相連，大抵只要有一二特徵，這名稱就應用得上，所以在廣思堂裡也有這名稱的塾師，那或者只可以說是副牌吧。

桐生這藥鋪夥計也不知道他是怎麼當的，他不認識什麼字，更不必說那些名醫龍蛇飛舞的大筆了，他替人家「撮藥」不會弄錯麼？我們小時候買玉竹來當點心吃，到泰山堂去買，桐生倒也不曾拿錯過，卻是因為本家的緣故，往往要多給些，這在他是好意，不過我們也要擔心，假如藥方裡有麻黃，他也照樣的多給了，那豈不糟麼？

話雖如此，他在藥鋪裡倒並不曾弄出什麼麻煩來過，只是藥鋪自身出了問題，所以他不能不連帶的歇業了。申屠在家裡忽然被外邊拋進來的一塊磚頭打破了腦袋，主人死了，那個小店自然也就只好關門了。

他的別的職業是行商。仲翔給他募集一點錢，買了一套賣麻花燒餅的傢伙，又替他向東昌坊口西北角的麻花攤擔保，每天付給若干貨色，至晚清算，如有短欠，由保人歸還。祠堂裡飲胙有坐位的長輩之中，有一個便是賣麻花燒餅的，所以這種行業雖小，卻也是有名譽的。

桐生賣了幾時，倒也規規矩矩的，但是他有一個小毛病，便是愛喝老酒，做賣買得來的利潤只夠糊口，有時喉嚨太乾了，他就只好將付麻花攤的錢挪去給了酒家，結果要保人賠一天的錢，有時還把竹籃也賣掉了。這種事情有過二三次之後，大家覺得不是辦法，只好中止，但是想不出別的方法來，於是他的行商也便因之停止了。

七〇　桐生（二）

桐生住在大書房裡不知始於何時，但是這裡所說的一件事發生於他住在那裡的時候，那總是確實的。

他失掉了生活的道路以後的方法大抵是高臥。有一回大概是賣掉了竹籃之後，有好幾天不曾出現，仲翔怕他餓下去不行，拿了些饅頭之類到大書房去，對他說道：「桐店王（店王本是店主的意思，後來變為一般通稱，店夥則稱店官，似乎原來封建氣很重的樣子），起來吃點東西吧。」他卻仍高臥不起，只說道：「擱下在那裡吧，你怕我會得餓死麼？」

仲翔出來傳述此事，他覺得桐店王的這股硬氣倒是很有意思的。可是他有時候也很懂得情理，並非一味胡來。他沒有四七五十的謀生的手段，時常要挨餓，等到饑渴難忍的時候，他也只好出來向人借錢，一角兩角錢可以過得一天了。

但是他的渴比饑還要緊，所以往往借來的錢都喝了酒，肚子還是讓他餓著。有一次他向魯老太太借錢，魯老太太對他說道：「錢可以借給你兩角，但是你要拿去吃飯，不可買酒喝。」

他正色道：「宜嫂嫂給我的錢，我決不買酒吃。」他說了果然做到，看他量了一升米，買柴買菜，回去準備煮飯去了。

桐生的智力短缺，照現代的說法大概可以說是屬於低能的，但是有時說話也頗中肯，特別是對於他的父親的。關於自己的不幸的生活他只怨恨父親，說他養兒子像是生蛆蟲似的，生下就不管了。

他還有一樣好處，便是決不偷竊。他的笑話只有一件，那就是《阿Q正傳》第四章「戀愛的悲劇」所記的事，他在義房的廚房裡對老媽子跪下道：「你給我做老婆吧。」結果如《正傳》所說，「蓬的一聲，頭上著了很粗的一下，他急忙回轉身去，那秀才便拿了一支大竹槓站在他面前。」

《正傳》裡說是被打的是阿Q，實際上卻是他的事情，又拿竹槓的實在是伯文，乃是文童而非秀才，小說中說文童便沒有什麼意思了。

七一　月如與日如

在四七死後，大書房裡增加了不少的住民。最早的要算是禮房的利賓夫婦，他們於父母去世後將原住房給了仲翔，自己帶領了子女搬到外邊來了。隨後來的是中房慰農的兩個兒子，壽恆字月如，小名泰，壽升字日如，小名升，他們和利賓都是周氏十四世，在那輩裡是年長者，月如居首，利賓第二，日如比魯迅稍小，但也不出前五名吧。

中房第十二世有名叫春農的，有三個兒子，叫作念農慰農憶農。慰農一派單獨留住在老台門裡，到他夫婦去世之後，下一代的人便放棄了老屋，也並到新台門來，這大概是大家沒落的照例的初步。

慰農人頗精明，但也是賦閒在家，與伯宜公很談得來，族中有婚喪等事，常被委託照料，慰農總管，伯宜公則動文筆，曾見過他給「孝子」代做的一兩篇祭文草稿，可惜現在都已散失了。

有一年憶農結婚，請他們陪「親送舅爺」，看看花燭時刻將到，兩人還是在吃酒談天，並無準備著衣帽陪客的意思，新郎發急去催促，說婚姻大事，豈可遲誤，他們聽說回答道：「你儘管大事，於我們何干」，反而更是悠然的吃起酒來了。結果是憶農說了好些好話，才哄得兩人放下酒杯，去換衣服，這一件事附屬於伯宜公軼事之部。曾聽魯老太太說過，所以流傳下來的。

慰農平時為人精幹，也稍嚴刻，但很有些例外。每逢祖先忌日，本家都聚集與祭，他目光炯炯的坐在廳上，看見小輩有不到的，便要問連元或是阿張為什麼不來。仲翔不平，反問道：「阿泰來了麼？」他沒法只得答說：「他是在陽家弄。」

慰農太太姓孫，原是陽家弄的大族。他又極喜打牌，那時還沒有馬將牌，只有一種大湖，就是上海稱為挖花的。他的工夫不差，但打牌多輸，他並不計較，因為他所喜歡的是打牌，目的並不在錢上邊。

有一回他照例的輸，可是忽然看見桌上發出來的牌中間有了六張「白拳頭」，即是普通骨牌中的么五，這顯然是有弊了，因為白牌是只有四張的，可是他並不發怒，只說不再玩了，這一副有弊的牌的輸贏他還是照算的。

七二　蘭星

中房的人移住到新台門來的，還有一個桂軒四太太。這一派的第十一世號叫一齋，是一個舉人，《越縵堂日記》中提起他過，說他同介孚公要想把章實齋《文史通義》的板本鏟去文字，重刻時文云云，其實這是錯誤的。

一齋大抵不免是個「劣紳」，但他對於書籍也還有點理解，他曾將茹三樵的《越言釋》縮刻為巾箱本，嘯園叢書本即是依據這個重刊的，《文史通義》也由介孚公和他找到木板，送給浙江官書局，修補印行，見於譚復堂日記中。

第十二世號揆初，曾重修本族的家譜，他的兒子就是桂軒，早已去世，留下一子壽頤，小名蘭星，曾在三味書屋讀書，魯迅最初得到《花鏡》，便是以二百錢代價問他買來的。介孚公去世，潘姨太太不久逸去，房屋空了出來，西偏吳送媽媽為首所典的一部分也早已期滿，乃一併租給了桂軒太太，不過經常只是她一個人居住，因為蘭星是給和記管事，住在那裡不回來的。

周氏致中兩房都有相當支派，唯獨和房一脈相傳，因此資產集中，最為富有，因為曾經營商業，所以那一房特別稱為「和記」，相仍不改。到了第十世沒有兒子，便向大房即致房下的智房要了一個繼承下去，那即是苓年公的幼弟，通稱「十五老太爺」。他一直活到己亥年，但因失明終年不出眠床來，也就沒有見過他的面。

第十二世號星曹，小名咸，本家恨他吝刻，綽號為「海沙」，實在只是鹽的別名而已，第十三世小名瑜，早卒，有一子一女，子名培生，也早卒，有遺腹子為第十五世了，女大概尚在，名從略。

照上邊所記系統說來，如以第十四世為本位，則和記與智房的人比較相近，但也是同高祖，若是別房的人乃是同第八世祖，比高祖還要遠兩代，在《爾雅・釋親》中已經沒有名稱了。不久四太太來訴說，他的兒子不好，與那姑娘發生戀愛，於是本家中議論紛然，拜忌日時蘭星也不便出來了。

對於那些偽道學的長輩，魯迅卻非常厭惡，他雖不明白說出，遇見蘭星便特別親切接待，這種無言的聲援的確也有不少力量，但那已是宣統年間事，距離庚子已經頗遠了。

七三　阿有與阿桂

外姓人家住在新台門裡的也有好幾家，今均從略，只挑取在魯迅小說中有得說及的一二件事來說一下。

其一是阿有。他姓謝，是有名的阿Q的老兄，他以給人家舂米為業，因此認得他的人很多，老太太多稱之為有老官，算是一種尊稱。鄉下常說這個人曰葛老官，潘姨太太初到紹興，聽人家說話裡常有這句話，心裡很懷疑，為什麼老是談論烏鴉的呢，因為這和老鴰的發音的確相差無幾。

他的妻已死，只留下一個女兒，很是能幹，就替他管理家務，井井有條。他們住在大書房裡，不知是在哪一角落，大概總是朝北的這一排屋內吧。他給人家做短工，因為舂米費力，可以多得一點工錢，反正也多不到哪裡去，但比起他兄弟來總好得不少了。

阿桂本來也是做短工的，可是他不能吃苦，時常改賣舊貨，有的受了敗落人家的委託，有的就不大靠得住，這樣就漸漸的降入下流，變成半工半偷的生活了。有時跑到哥哥那裡來借錢，說近來生意不順手，這便是說偷不到，阿有怒喝道：「你這什麼話？我要高聲說給人家聽了。」阿桂於是張惶的從大書房逃了出去，其實這問答的話大書房的人都已聽見，已不是什麼秘密了。

小說《在酒樓上》的主人公呂緯甫敘述奉母親之命，買兩朵剪絨花去送給舊日東鄰船戶長富的女兒順姑，等到找著了的時候，才知道她已病故了。這長富就是阿有，順姑的伯父偷雞賊長庚自然是阿桂了，不過阿有的女兒的病不是肺病，乃是傷寒初癒，不小心吃了石花，以致腸出血而死。

小說裡說長庚去硬借錢，順姑不給，長庚就冷笑說：「你不要驕氣，你的男人比我還不如！」這也是事實，雖然並沒有發生什麼影響。因為他的未婚夫是個小店夥，本來彼此都是知道的，無論如何總不會得比不上阿桂的。剪絨花一節當然是小說的虛構，順姑也不是本名。阿桂的事情出現於辛亥前後這兩三年中，他們弟兄到民國八年還健在，以後的消息不知道了。

七四　單媽媽

其二是單媽媽。她前夫姓單，帶著一個兒子名單阿和，年紀很小的養媳婦名阿運，住在大門內東首的一間門房內。但她雖是寡婦，卻不是獨身，因為她還有一個同居的男人，名叫阿緒，不知道是姓什麼。

他的職業是轎夫，平時固然也給人家抬轎，但他的專職是二府衙門的轎班，二府即是同知，衙門在南街，與東昌坊口相去不遠。聽說轎班是沒有錢的，因為這算是人民給官服役，但是又須得出一筆錢才能得到這差使，彷彿叫作買轎槓的錢。人民去服役，還要用錢去捐，這事似乎奇離得很，實在卻是很有理由的。

轎班去給官騎在頭上，可是他自己也就可以去騎在人民的頭上，這豈不是一種權利麼。轎班按時可以從市上攤販收取例規錢，假如不給就要受到報復，據說最普通的一例是抬著官的轎子故意繞到那裡，一腳踢掉那攤子，不但毀了一攤的貨色，還要問他幾乎撞倒官轎的罪。

阿緒平常看見總是笑嘻嘻的，但是他當然也是在搞那一套，因為否則他天天喝老酒，也吃點魚肉，那裡來的呢。阿和大概也是以抬轎為生，不過是否是什麼官府的轎班那就不清楚了。

他們兩人的關係很是微妙，好的時候像朋友似的一起談笑吃喝，有時怒目相向，不但互罵，而且有動手之勢，單媽媽在背後著急，想制止阿和，連呼「爹咭爹咭」，但了無用處，這時只有別的男子介入中間，硬把他們拉開，才能了事。阿緒與阿和都是頗為強壯的人，但是不知怎的在沒有幾年（說不定也有十年八年）之間相繼病故，單媽媽和阿運在門房住了些時之後，搬到不知什麼地方去了。

單媽媽的軼事今悉從略，只說小說《祝福》中祥林嫂問再嫁的女人死後是否要用鋸解，這話的出典即是從她來的。她曾對魯老太太訴說生平，幽幽的說道：「說是在陰司間裡還要去用鋸解作兩爿的呢。」她關於這一類稀奇的事情一定知道得很多，我們只可惜沒有機會聽到她說，所以此刻也就不能多記了。《祝福》中捐門檻之說，或者可能也是她所說的，但是精通這種學問的女太太們很多，沒有確證，不能斷定一定是她。

七五　四百年前

百草園裡的人物差不多都簡略的講到了，現在綜結一下，上溯一點上去，談一談先代的事情。

會稽姓周的大族很不少，但和我們都是同姓不宗。他們家譜上的世系從南北宋列記下來，有的可以上達漢唐，有五六十代之多，我們的便不行，從始遷祖算起到我們這一輩才有十四代，以三十年一代計算，只有四百年的歷史。

實際上這也是對的，據說第一世逸齋公移至紹興城內居住是在明正德年間，我們從正德元年（一五〇六）算起，至清末剛是四百年。一般家譜的辦法，始遷雖是晚近或微末，卻可以去別找一個闊的始祖來，最普通的是拉住那做過《愛蓮說》的周茂叔，喜歡往上爬的還可以硬說是周公之後，大家弄慣了也不以為可笑，但是我們的家譜上不曾採用此法，乾脆的說逸齋公以前不可考。

其實逸齋公雖有其人，卻也不大可考了，不但他從什麼地方移來，是什麼樣的人，都無從知悉，便是名字也已失傳，總之他帶了兩個兒子進城住下是事實，兒子長名壽一，次名壽二，以後世系完全存在，老太爺沒有名字不好叫，後來修譜的人便送他這一個筆名，逸齋者言逸其名也。朱洪武做了皇帝，臣下替他出主意，叫他認道學正宗朱文公做祖宗，他不答應，洪武做皇帝後很有些無道的行為，但是他這一種老實的態度總是可以佩服的。

據我們推測，逸齋公的一家當初或者是務農的，但在他搬進城來的時候一定也已由農轉而為商了，工也未始不可以，不過那更是空虛的揣測罷了。由農轉商，生活大概漸見寬裕，又因為在城市裡的便利，子弟可以進私塾，讀書以至趕考，運氣來時便又可由商工而進入士大夫隊裡去了。

壽一壽二以後隔了三世，第六世韞山公以舉人出現，這是一個轉變，他的一個兒子樂庵公分到覆盆橋老屋來住，下一代寅賓公生有三個兒子，分為致中和三房，如上邊所敘述。這三台門的組織維持了有百十年，在我們懂得人事的時候覺得漸已敗落，看著它差不多與清朝同時終於「解紐」了。

七六　台門的敗落

鄉下所謂台門意思是說邸第，是士大夫階級的住宅，與一般里弄的房屋不同，因此這裡邊的人，無論貧富老少，稱為台門貨，也與普通人有點不同。在家景好的時候可以坐食，及至中落無法謀生，只有走向沒落的一路。

根據他們的傳統，台門貨的出路是這幾條，其原有資產，可以做地主，或開當鋪錢店的，當然不在此限。其一是科舉，中了舉人進士，升官發財，或居鄉當紳士。其二是學幕，考試不利，或秀才以上不能進取，改學師爺，稱為佐治。其三是學生意，這也限於當鋪錢店，若綢緞布店以次便不屑幹了。

可是第一第二都要多少憑自己的才力，若是書讀得不通，或是知識短缺，也就難以成功，至於第三類也須要有力的後援，而且失業後不易再得，特別是當鋪的夥計，普通尊稱為朝奉，諢名則云夜壺鑞，因為它不能改製別的器皿也。照這樣情形，低不就，高不湊，結果只是坐吃山空，顯出那些不可思議的生活法，末了台門分散，混入人叢中不可再見了。

論他們的質地，即使不能歸田，很可能做個靈巧的工人，或是平常的店夥，可是懶得做或不屑做，這是台門的積習害了他們，上文所說的好多人情形不一樣，但其為台門悲劇的人物，原是根本相同的。

介孚公所寫的《恆訓》中有一節云，兄弟三人，長為官，次開大店鋪，大概是綢緞店之類，三隻開一爿豆腐作。後長次二家官敗店關，後人無所依賴，被招至豆腐店工作，始得成立。《恆訓》語多陳舊，現今看起來已過了時，但是這一節對於台門貨的箴言，卻是真實可取，這裡可以抄來做個有詩為證的。

七七　祭祀值年

無名的《魯迅的家世》中第三節云：「會稽周家是一個大家族，大家族的維持依靠一種經濟的關係。各房的祖宗常留有田產，叫做祭田，由派下的各房輪流收租，輪流辦理上墳祭掃及做忌辰等事情。比方覆盆房公共的祖宗忌日這一天，由值年的叫工人向各房邀請拜忌辰，各房派下的男女老幼都須去拜忌辰，男女大約各有數十人。」

這種祭祀值年的辦法大概鄉下一般多有，情形大同小異，現在只就周家來說一下。承辦一代祖先的一年間的祭祀，需要相當的費用，指定若干田地或房屋為祭田祭產，使值年的人先期收取，以便應用，大抵可以有些贏餘作為酬勞，一年應辦的事從年底算起，是除夕懸神像設祭，新年供養十八日，再設祭落像拜墳歲，這與三月上墳，十月送寒衣，係三次的墓祭，冬夏兩至及七月半，以及忌日。

忌日的日數不一定，普通自然是祖先兩位生忌諱忌各二日，但也有續娶的便要加算。祠祭及三月上墳均用三獻禮，此外只用普通拜法，此因鄉風各別，多有異同，今就本族所行禮式略記於此。

祭時家長先上香，依次行禮四跪四拜，拜畢焚紙錢，再各一跪四拜，家長奠酒，一揖，滅燭，再一揖，撤香禮畢。三獻時人多，不能與祭者於獻後分排行禮，四跪四拜畢即繼以一跪四拜，中間不再間斷。此種拜法不知始於何時，後半似近於明朝的四拜，四跪四拜禮數繁重，似屬可省。鄉下定例婦女只拜一次，大概還是肅拜的格式，男子的所謂拜則是叩首兼作揖，其一跪三叩首的拜法稱為官拜，唯弔喪時用之。

七八　做忌日

在以前舊家族裡，做忌日是一個很重要的節目。據《越縵堂日記》中所記，很有齋戒沐浴的神氣，雖然或者是筆下裝模作樣，但鄉風各別，異同可能很多，因此瑣屑記錄下來，也是民俗調查研究的一部分資料。現在只就值年的做忌日來說一下。

普通說是忌日，分開來說時有生忌諱忌兩種。祭祀形式完全相同，不過生忌的所供果品中在水果三品之外有麵和饅首各一盤，諱忌則只有饅首沒有麵。家常祭祀只用香爐蠟燭台，值年公堂忌日改用五事，即是於香爐蠟燭台的兩旁加上一對錫製方形瓶狀的東西，本是插花用的，雖然總是空著。

香花燈燭的說法恐怕是出自佛教，大概最初在寺院裡開始使用，隨後引用到家庭裡來的吧，可是香燭照常焚點，花卻省去了，於是那兩個錫瓶就成為無用的長物，平常也隨減五事為三事了。祭具是五事，前面掛紅桌幃，小型三牲，即雞一隻，肉一方，魚一尾，大抵用白鯗，水果麵食，祭菜十碗，酒飯筷子依照所祭祀的人數。在冬夏至，根據冬至餛飩夏至麵的成例，另添這一種食品，中元添加西瓜，與祭的人也得分享，有時候歉收瓜貴，非得供應不可，在值年人是一筆額外沉重的支出。

主辦的人是做忌日，與祭者則是拜忌日。拜的情形上文略有說明，這裡只補說一點蠟燭與拜的關係。蠟燭點上，算是祖先在享受祭祀了，及至拜畢，紙錢焚化畢，奠酒畢，乃滅一燭，向上一揖，告訴祖先這祭祀已畢，再滅燭一揖送別，便動手撤饌，有的更殷勤的把坐位移動一下，讓祖先可以出來，但似乎不是一定的規矩。

拜忌日時男左女右分立兩面，男子有功名的著外套大帽，餘人可用便服，但以長衣為限，婦女均須著有「挽袖」的女外套，頭上戴「頭笄」，這是民間的禮服，與滿清的典禮截不相同的，室女則便服，也不繫裙。行禮時男子居先，同輩中敘齒，婦女同輩中室女居先，妯娌輩不論年歲，以其夫的次序為準，此正出於三從的禮法，稱呼上叫丈夫的兄弟姊妹為伯叔諸姑，則又是低降了一輩了。

七九　忌日酒

《越諺》卷中飲食部下有云：「會酒，祀神散胙。忌日酒，祭祖散胙。上墳酒，掃墓散胙。三者皆筵席而以酒名。」這種筵席都是所謂「十碗頭」。《越諺》注云：「並無盤碟，每席皆然，唯迎娶請親送者有小碗盤碟，近二十年來亦加豐。」這如名字所示，用十大碗，《越諺》中「六葷四素」注云：「此葷素兩全之席，總以十碗頭為一席，吉事用全葷，懺事用全素，此席用之祭掃為多，以婦女多持齋也。」

做忌日時與祭者例得飲胙，便吃這十碗頭的忌日酒，豐儉不一定，須看這一代祭祀的祭產多少如何，例如三台門共同的七八世祖的致公祭，忌日酒每桌定價六百文，致房的九世祖佩公祭則八百文一桌，菜的內容很有些不同。

十碗頭的第一碗照例是三鮮什錦，主要成分是肉丸，魚圓，海參，都是大個大片，外加筍片蛋糕片，粉條墊底，若是八百文的酒席改用細什錦，那些東西都是小塊，沒有墊底，加團粉燴成羹狀，一稱蝴蝶參，不知道是什麼意義。其次是扣肉，黃花菜芋艿絲墊底，好的改用反扣，或是粉蒸肉，也一樣的用白切肉，不過精粗稍有差別罷了。

魚用煎魚或醋溜魚，雞用扣雞或白雞，此外有燴金鉤以及別的什麼葷菜，卻記不完全了。素菜方面有用豆腐皮做的素雞，香菇剪成長條做羹名白素鱔，千張（百葉）內捲入筍乾絲香菇等物名曰素蟶子，以及燉豆腐，味道都不在葷菜之下。

夏天還有一種甜菜，係用綠豆粉加糖，煮好凍結切塊，略如石花，顏色微碧，名曰梅糕，小孩最所愛吃，有時改用一碗糖醋拌藕片，夏至則一定用蒲絲餅，係以瓠子切絲瀹熟，和麵粉做成圓片油炟，也是一樣好吃的甜菜，雖然不及家庭自製的更是甜美。

吃忌日酒原是法定八人一桌，用的是八仙桌，四邊各坐兩個人，但是因為與祭的人數不齊，所以大抵也只是坐六人或七人而已。一桌照章是一壺酒，至多一斤吧，大家分喝只少不多，吃了各散，但在女桌便大為熱鬧了，她們難得聚會一處，喝了酒多少有醉意，談話便愈多也愈響，又要等待同來的媽媽們吃飯，所以在大廳上男桌早已撤去之後，大堂前的女太太們總還是坐著高談闊論哩。

八〇　風俗異同

鄉下墓祭一年間共有三次。這種風俗在中國雖是大同，卻多有小異，現在且來簡單的說一下子。據顧鐵卿的《清嘉錄》卷一云：「上年墳，擕糖茶果盒展墓，謂之上年墳。」注引錢塘黃書崖詩，按語云：「蓋杭俗上年墳多以肴饌楮鏹，吳俗則糖茶果盒而已。」又卷三云：「上墳，士庶並祭祖先墳墓，謂之上墳，以清明前一日至立夏日止，道遠則泛舟具饌以往，近則提壺擔盒而出，挑新土，燒楮錢，祭山神，奠墳鄰，皆向來之舊俗也。凡新娶婦，必挈以同行，謂之上花墳。」注中引《程氏遺書》，謂「拜墳十一月拜之，感霜露也，寒食則從常禮祭之」，但卷十一中無此一項，可見吳中沒有這種風俗。

范嘯風《越諺》卷中風俗部下列有三項，其一云：「拜墳歲，上元之前，兒孫數人，香燭紙錠謁墓。」其二云：「上墳，即掃墓也，清明前後，大備船筵鼓樂，男女兒孫盡室赴墓，近宗晚眷助祭羅拜，稱謂上墳市。」其三云：「送寒衣，十月祭墓之名，亦數人而已。」這裡會稽的送寒衣為吳中所無，雖然與宋朝河南的風俗倒是相近的，拜墳歲又跳過了杭州而與蘇州相同，假如廣泛的調查比較起來，這倒也是很有意思的事。

就百草園的舊例來說，拜墳歲的辦法倒是與黃書崖所說相合的，關於上墳可以說大旨都是一致，但是異同也仍不能免。例如同是住於東陶坊的人家，在百草園西邊的梁家和迤東河南岸的壽家即三味書屋，他們掃墓的儀式便截不相像，兩者都出於顧範的記錄之外。

百草園的近鄰有一個名叫四十的，以搖船為生，他有一兩隻中船小船，屢次送梁家壽家去上墳，據他所說梁家儀式繁重，上午早到墳頭，從獻面盆手巾，茶碗煙袋起，演到吃中飯，要花上小半天工夫，壽家則用小船，父子二人祭畢下舟，懷中各出燒餅兩個，吃了當飯，雖然沒有說明，大概只備香燭紙錠，並無什麼食品的。

這固然是極端的例，但湊巧都在會稽的同一個街坊內，正是難得，至於周家那是極平常的一般的辦法，與顧范二家所記大抵相同，或者可以說是最沒有特色的一種吧。

八一 掃墓

周家墓祭的規矩，拜墳歲和送寒衣都只有男子前去，佩公祭祖墳烏石頭一處，致公祭祖墳調馬場龍君莊兩處，用船三四隻不等。船在城內某一處會齊，由值年房分給每船茶炊一把，各人泡茶一碗，點心一桌，大抵是瓜子，花生，福祿糕，糖饅頭之類，菜一桌及柴米等。墳前行禮畢，回船散胙，與做忌日時差不多相同，但因為是在冬天，所以三鮮什錦改用火鍋而已。

清明上墳，規模就要大得多了，不但是婦女同去，還因為要舉行三獻禮，有些舊排場，所以於男女座船，火食船，廚司船之外，還有一隻吹手船，多的時候一總可以有十隻以上。

關於掃墓成規，在平步青所編的《平氏值年祭簿》上記得很是詳明，現在可以借用一下，其中記往婁公去的一項云：

「座船兩隻，今改大三道船一隻，酒飯船一隻，吹手船一隻，吹手四名。向例每只約船錢銀三錢幾分不等，臨時給船米七升五合，酒十五吊，魚二尾，雞蛋二個，折午飯九四錢百文，點心等俱無，後改一切俱包，回城上岸時每只給撣艙酒一升壺。」

「祀后土神祭品，肉一方，刀鹽一盤，腐一盤，太錠一副，燒紙一塊，上香，門宵燭一對，酒一壺，祝文。」

「墓前供菜十大碗，八葷兩素，內用特雞。三牲一副，鵝，魚，肉。水果三色，百子小首一盤，墳餅一盤，湯飯杯筷均六副。上香，門宵燭一對，橫溪紙一塊，大庫錠六百足，祝文。酒一壺，獻杯三隻。」

「在船子孫每房二人。值年房備茶，半路各給雙料葷首兩個，白糖雙酥燒餅兩個，粉湯一碗，近改用麵。散胙六桌，八葷兩素，自同治二年起減為兩桌。每桌酒幾壺不等，醬油醋各二碟。小桌二桌，三爐十碗。吹手水手半路各給小首兩個，燒餅兩個，粉湯一碗，近年改用麵一中碗。管墳人給九四錢二百文，酒一升壺。」

平氏雖屬山陰，上記成規，卻與會稽的周氏大抵一致，所以不妨借來應用，只有極小的地方略有不同，如祀后土及祭祖時普通用雙響炮仗五個十個，這倒頗合於驅逐山魈的原意，平氏祭簿上沒有，大概是特別的一種家風吧。

八二　祝文

《平氏祭簿》所記上墳用三牲為鵝，魚，肉，這裡值得注意是有鵝而不是雞，普通祭祀總是用特雞的。鄉下風俗上墳時必須用熏鵝，不知道是什麼道理，這據《越諺》上說是斗門市名物，但別處也都能做，其實與北京的烤鴨子差不多，只是鵝不能像鴨那麼養得肥，所以皮雖然也香脆，吃的還是那肉，用醬油醋蘸了吃，實在是很香甜的。

《祭簿》上又有祝文，祭后土即山神的和祭祖先的各一篇，上邊錄有全文，是很好的例子。

其一云：

「維年月日，信士平某敢昭告於某地后土尊神之位前曰，惟神正直聰明，職司此土。今某等躬修歲事於幾世祖考某某府君幾世祖妣某氏太君之墓，惟時保佑，實賴神庥，敢以牲醴，用申虔告。尚饗。」

其二云：

「維年月日，考宗孫某等，謹以清酌庶羞之奠，致祭於幾世祖考某某府君幾世祖妣某氏太君之墓前曰，嗚呼，歲序流易，節屆清明，瞻拜封塋，不勝永慕。謹具牲醴，用申奠獻。尚饗。」

這兩篇文都簡要得體，祭祖先的一篇尤其樸質可取，而且通用於各地的祖墳，尤有意思。大抵祭祀原是儀式，須要莊重，因此儀文言動也有一定規律，乃得見其整肅，這祝文或祭文程序的一致，我想即其一端。

庚子年日記三月初九日下，記「往梅里尖，為六世祖韞山公之墓，余與鳴山叔贊禮，祭文甚短，每首只十數句耳」。因此可知上代辦法亦是如此，雖是一處單用，文句也還簡單，不像後來的繁縟，如致祭佩祭所用的那麼樣，這些文章都已忘卻了，只記得烏石頭的祭文中有云：「山繞龍山，石蟠烏石」，聲調響亮，文詞華麗，卻反失了誠實與莊嚴，不大合式了。

說到烏石頭，令人聯想到一件舊的悲劇來，魯迅的小說《祝福》中說祥林嫂的小兒子在門口剝豆，給馬熊拖去吃了，這實在乃是烏石頭墳鄰的女人的事情，她因此悲傷至於「眼睛哭瞎」了。

大概魯老太太曾經聽見那女墳鄰親自對她講過，所以印象很深，直到晚年提起來時還是為之慘然，近年我遇到在浙江大學教書的同鄉，說抗戰時住在山裡，一個小孩為馬熊所拖去，這更令我不能忘記，因為那比烏石頭的事情又要遲五十年了。

八三　山頭的花木

在舊時代裡，上墳時節頂高興的是女人，其次是小孩們。從前讀書人家不准婦女外出，其唯一的機會是去上墳，固然是回娘家或拜忌日也可以出門，不過那只是走一趟路，不像上墳那樣坐了山轎，到山林田野兒一個圈子，況且又正是三月初暖的天氣，怎能不興會飆舉的呢？

小孩們本來就喜歡玩耍，住在城市裡的覺得鄉下特別有趣，書房裡關了兩個月，盼望清明節的到來，其追切之情是可以想像得來的。但他們的要求也只是遊玩而已，鄉下兒歌有云：「正月燈，二月鷂，三月上墳船裡看姣姣」，雖然說得很好，卻是成人替他們做的，因為這不能說是兒童的本心。某處地方有俗諺云：「花不如團子」，我覺得可以接續一句云：「女人不如花」，這至少在上墳船裡的小孩們是可以如此說的。

查閱舊日記，見上墳記事中多記花本事，這與我的記憶是相符合的。如己亥三月往調馬場，拔得刺柏四株，杜鵑花三株，折牛郎花數枝而回。十月往烏石頭，拔得老弗大二三十株，此係俗名，即平地木，以其不長大故名，高二三寸，葉如榛栗，子如天竹，鮮紅可愛，至冬不凋，烏石極多，他處亦有之。

庚子三月日記云：「正月中旬往調馬場拜墳歲，杜鵑花不多見，雖枝葉甚繁，而作花者只寥寥一二株，余家一樹自去年十一月起爛熳不絕，至二月杪始畢，而今又復蓓蕾盈枝，亦一奇也。」田野間無花木可採取，婦孺多去拔田裡的草紫，此本係肥料，故農夫也不很可惜，小孩採花朵作球，紅紫可觀，大人取莖葉用醃菜滷煮，味略如豌豆苗。

舊作《兒童生活詩》之八云：「牛郎雖好充魚毒，草紫苗鮮作夕供，最是兒童知採擇，船頭滿載映山紅。」注云：「牛郎花色黃，即羊躑躅，云羊食之中毒，或曰其根可以藥魚。草紫即紫雲莢，農夫多植以肥田，其嫩葉可瀹食。杜鵑花最多，遍山皆是，俗名映山紅，小兒折取玩弄，或掇花瓣咀嚼之，有酸味可口。」

八四　上墳船裡

上墳這事中國各處都有，但坐船去的地方大概不多，我們鄉下可以算是這種特別地方之一。因為是坐船去，不管道路遠近，大抵來回要花好大半天的工夫，於是必要在船上喝茶吃飯，這事情就麻煩起來了。

據張宗子在《陶庵夢憶》卷一上所說，明末的情形是如此的：

「越俗掃墓，二十年前，中人之家尚用平水屋幘船，男女分兩截坐，不座船，不鼓吹。後漸華靡，雖監門小戶男女必用兩座船，必巾，必鼓吹，必歡呼暢飲，下午必就其路之所近遊庵堂寺院及士大夫家花園，酒徒沽醉必岸幘囂嚎，唱無字曲，或舟中攘臂與儕列廝打。」

在二百多年後的清末，情形也差不多，據過去的記憶，庵堂寺院並不遊玩了，但吃上墳酒時大抵找一處寬適地方停泊，烏石頭就在那山村河岸，龍君莊則到相距不遠的百獅墳頭去，《兒童生活詩》中有一首云：

「掃墓歸來日未遲，南門門外雨如絲，燒鵝吃罷閒無事，繞遍墳頭數百獅。」

注云：「百獅墳頭在南門外，掃墓時多就其地泊舟會飲，不知是誰家墳墓，石工壯麗，相傳云共鑿有百獅，但細數之亦才有五六十耳。」

調馬場因路遠，下山即開船，所以只能一面搖著船，一面吃著酒了。船裡叫號打架的事情從來沒有，大家倒都是彬彬有禮的。大概是光緒丙申的春天，在拜墳歲的船中椒生發議各誦唐人詩句中有花字的，那時在三味書屋讀書，先生每晚給講《古唐詩合解》，所以記得不少，陸續背出了許多。

三月烏石頭掃墓，日記上記有仲翔口占一絕云：

「數聲簫鼓夕陽斜，記取輕舟泛若耶，
雙槳點波春水皺，清風送棹好歸家。」

數日後往龍君莊，伯仲翔諸人共作《越城鄙夫掃墓竹枝詞》，惜詩未記錄。又有一回不記何年，中房芹侯在往調馬場舟中，為魯迅篆刻一印，文曰「只有梅花是知己」，石是不圓不方的自然形，文字排列也頗好，不知怎地鈐印出來不大好看。這印是朱文的，此外還有一塊白文方印，也是他所刻，文曰「綠杉野屋」，似乎刻的不差，這兩顆印至今還保存著，足以作為這位多才多藝而不幸的廿八叔祖的紀念。

八五 祝福

祝福的名稱因了祥林嫂的故事而流通於中國全國了，但是在年底有這祝福的風俗的地方可能很不少，至於通用這祝福的名稱的恐怕就不很多了吧，《越諺》卷中風俗部下云「作福」，注云：「歲暮謝年祭神祖名此，開春致祭曰作春福。」鄉下讀祝字如竹，但這裡特別讀如作，不過這還是祝而不是作字，因為舊時婚禮於新夫婦拜堂時請老年人說幾句吉語，如多福多壽多男子之類，亦稱曰作壽，可以為證，至於為什麼不稱祝福而稱祝壽，原因不明，或者由於與祭名重複，又或者那老人是代表南極仙翁的，所以著重在壽，也未可知。

《清嘉錄》卷十二有過年一項云：

「擇日懸神軸，供佛馬，具牲醴糕果之屬，以祭百神，神前開爐熾炭，俗呼圓爐炭，鑼鼓敲動，街巷相聞，送神之時多放爆仗，謂之過年，云答一歲之安，亦名謝年。」

注引《說文》云：「冬至後三戌為臘，臘祭百神」，這是很對的，與《越諺》注的謝年說亦相合，但鄉下稱為祝福，則於報謝之外又重在將來的祈求了。

依照百草園的舊例，這事也由值年者主辦，因為事關合台門的六房，須得聯合舉行，所以規定每年一房輪值，職務是主持祝福，除夜接神，元旦送神，新正五天布施乞丐，到第六天就再也沒有他的事了。

大概在送灶之後，由值年房預先規定一天，通知各房，到那一天的午前託付工人砍取新竹筱，縛長竿上，撣掃大廳，那就是掛著「德壽堂」匾的地方，周氏舊稱寧壽堂，什麼時候改為德字雖不可知，總當在道光初年因為避諱之故吧。隨後又取一兩擔水來，將地面沖洗乾淨，偏向簷口放上四張八仙桌，到了後半夜即是次日的時辰已到，各房把三牲雞鵝肉加活鯉魚搬來陳列了，香燭爆仗茶酒鹽腐以及神馬由值年房置備，各房男子齊集禮拜。

照祭神的例，桌子須看木紋橫擺，與祭祖相反，叫作橫神直祖，拜時也與祭祖不同，卻在神馬後面向著外邊行禮，只拜一遍，焚化元寶（這與太錠都只用於神祇，有金銀兩色，祭祖用的是銀錠，用錫箔折成的名錁子），燃放爆仗，這祀典就算完成了。小孩參加的在家裡可以吃到小碗雞湯麵，這是鼓勵他半夜起來的東西，但這所謂小孩大抵也須得十多歲才行。

八六　分歲

除夕在鄉下稱為大年夜，亦稱三十日夜，大人小孩都相當重視，不過大人要應付帳目，重在經濟方面，還是苦的分子為多，所以感覺高興的也只有兒童罷了。這一天的行事大抵有三部分，一是拜像，二是辭歲，三是分歲。拜像是籌備最長，從下午起就要著手，依照世代尊卑，把先人的神像掛在牆上，前面放好桌子，杯筷香爐蠟燭台，繫上桌幃，這是第一段落。

其次是於點上蠟燭之後，先上供菜九碗，外加年糕粽子，斟酒盛飯，末後火鍋吱吱叫著端了上來，放在中間，這是最後的信號，家主就拿起香來點著，開始上香，繼以行禮了。這行禮只有一次，也不奠酒，因為祖先要留在家裡，供奉十八天，所以不舉行奉送的儀式。

神像是依世代分別供奉的，所以桌數相當的多，假如值年祭祀也都在本台門內，那麼一總算起來共有五桌，在伯宜公去世後又多添了一桌了。這還是說的直系，有時候對於誠房的兩代也要招呼，則僕僕亟拜，雖是小孩不大怕疲勞，卻也夠受的了。

這之後是辭歲，又是跪拜，而且這與拜年不同，似乎只限於小輩對尊長施禮，平輩的人大抵並不實行。壓歲錢大概即是對於小輩辭歲的酬勞，但並不普遍，給的只是祖母和父母，最大的數目不過是板方大錢一百文而已。

分歲所用的飯菜與拜像用的祭菜一樣，仍是十碗頭，其中之一是火鍋，稱曰暖鍋。暖鍋裡照例是三鮮什錦，此外特別的菜有羹凍肉，碗面上一定擱上一個白羹頭，並無可吃的地方，卻尊稱之曰「有想頭」，只看不吃，又有一碗煎魚也是不吃的，稱作「吃過有餘」。

處州的茶筍，米泔水久浸，油煎加醬醋煮，又藕切塊，加白果紅棗紅糖煮熟，名為「藕脯」，卻讀若油脯，也是必要的，蓋取「偶偶湊湊」之意云。最特殊的是年糕之外必配以粽子，義取「高中」，這種風俗為別府所無，說也奇怪，到了端午卻並不吃粽子，這個道理我至今還不明白。粽子都是尖角的，有極細尖的稱「尖腳粽」，又有一大一小或一大二小並裹在一起的叫作「抱兒粽」，兒讀作倪，大抵純用白米，不夾雜棗栗在內。

八七　祭書神

除夕夜裡有些人家實行守歲，這是一種古風，也覺得有意思，但實行有困難，明日新年很有些事情，昏昏沉沉的怎麼弄得來。小孩們在吃過年夜飯之後，大抵只在守歲的大紅燭底下玩耍一會兒，等分到了壓歲錢，便預備睡覺，到明朝一覺醒來，在枕上吃橘子，依照阿長的囑咐說「恭喜恭喜」了。

舊日記從戊戌年寫起，戊己兩年的除夕沒有什麼特別記事，庚子年的稍詳，文曰，「晴，下午接神，夜拜像，又向諸尊長辭歲，及畢疲甚。飯後祭書神長恩，豫才兄作文祝之，稿存後，又閒談至十一點鐘睡。」祭書神文如下：

「上章困敦之歲，賈子祭詩之夕，會稽戛劍生等謹以寒泉冷華，祀書神長恩而綴之以俚詞曰：今之夕兮除夕，香焰絪兮燭焰赤。錢神醉兮錢奴忙，君獨何為兮守殘籍。華筵開兮臘酒香，更點點兮夜長。人喧呼兮入醉鄉，誰薦君兮一觴。絕交阿堵兮尚剩殘書，把酒大呼兮君臨我居。緗旗兮芸輿，挈脈望兮駕蠹魚。寒泉兮菊菹，狂誦《離騷》兮為君娛。君之來兮毋徐徐。君友渟妃兮管城侯。向筆海而嘯傲兮，倚文塚以淹留。不妨導脈望而登仙兮，引蠹魚之來游。俗丁傖父兮為君仇，勿使履閾兮增君羞。若弗聽兮止以吳鉤，示之《丘》《索》兮棘其喉。令管城脫穎以出兮，使彼惙惙以心憂。寧召書癖兮來詩囚。君為我守兮樂未休，他年芹茂而樨香兮，購異籍以相酬。」

八八　茶水

這裡詳細敘述鄉下的風俗，如婚喪及歲時儀節，不是我的本意，實在也在能力之外，因為有許多事體都已忘記，或是記不清了，家中現在又以我為最年老，此外沒有人再可以請教，所以即使想要這樣做，也是心有餘而力不足了。我所想做的只是把生活的細微的幾點，以百草園的情形為標準，再記錄一點下來，這第一件就是關於飲食的。

同是在一個城裡或鄉里，飲食的方式往往隨人家而有差異，不必說是隔縣了。即如興房舊例，一面起早煮飯，一面也在燒水泡茶，所以在吃早飯之前就隨便有茶水可吃，但是往安橋頭魯家去作客，就大不方便，因為那裡早晨沒有茶吃，大概是要煮了飯之後再來燒水的。在家裡大茶几上放著一把大錫壺，棉套之外再加草囤，保護它的溫度，早晚三次倒滿了，另外沖一悶碗濃茶汁，自由的配合了來吃。

夏天則又用大缽頭滿沖了青蒿或金銀花湯，等涼了用碗舀，要吃多少是多少。平常用井水煮飯做菜，飲料則用的是天落水，經常在一兩隻七石缸裡儲蓄著，塵土倒不要緊，反正用明礬治過，但蚊子的幼蟲（俗名水蛆）卻是不免繁殖起來，雖然上面照例有兩片半圓的木板蓋著。話雖如此，茶水裡邊也永看不見有煮熟了的水蛆，這理由想起來也很簡單，大抵打開板蓋，把「水竹管」（用毛竹一節削去大部分外皮，斜刺的裝一個柄，高可五寸，口徑二寸餘的舀水竹筒）放進水裡去的時候，噌咚一下那些水蛆都已亂翻跟斗的逃開了，要想舀它也不容易。向來習慣只吃綠茶，請客時當然也用龍井之類，平時只是吃的一種本山茶，多出於平水一帶，由山裡人自做，直接買賣，不是去問茶店買來的。紹興越里的茶店都是徽州人開的，所賣大概都是徽杭的出品，店夥對客人說紹興話，但他們自己說話便全用鄉談，別人一句都聽不懂了。

八九　飯菜

隔著一條錢塘江的杭州，每天早晨大都吃水泡飯，這事便大為紹興的老百姓所看不起，因為他們自己是一天三頓煮飯吃的。每頓剩下來的冷飯，他們並不那麼對付的吃了，卻仍是放到鍋（本地叫作鑊）裡同米一起煮，而且據說沒有這個便煮不好飯，因為純米煮成的飯是不「漲」的。

因了三餐煮飯的關係，在做菜的方法上也發生了特別的情形，這便是偏重在蒸，方言叫作熯，這與用蒸籠去蒸的方法不同，只是在飯鍋內擱在「飯架」上去，等到生米成為熟飯，它也一起的熟了。

普通的家常菜頂簡單而又是頂重要的是乾菜，醃菜，黴莧菜梗，其次是紅黴豆腐與臭黴豆腐。乾菜這裡所說的是白菜乾，外邊通稱為黴乾菜，其實並沒有什麼黴，是整棵的曬乾，吃時在飯上蒸過，一葉葉撕下來，就是那麼咬了吃，老百姓往往托了一碗飯站著吃著，飯碗上蟠著一長條烏黑的乾菜。

此外有芥菜乾，是切碎了再醃的，鮮時稱備甕（讀作佩翁）菜，曬乾了則名叫倒督菜，實在並不倒督，係裝在缸甏裡，因為它是怕潮濕的。醃菜也用白菜，普通都是切段蒸食，一缸可供一年的使用，生醃菜細切加麻油，是很好的粥菜，新的時候色如黃金，隔年過夏顏色發黑，叫作臭醃菜，又別有風味，但在外鄉人恐怕不能領略，雖然他們也能吃得「臭豆腐」。

莧菜梗據《越諺》卷中飲食部說，莧菜其梗如蔗，段之醃之，氣臭味佳，最下飯。我的舊文章裡也曾說及：「莧菜梗的製法，須俟其抽莖如人長，肌肉充實的時候，去葉取梗，切作寸許長短，用鹽醃藏瓦罈中，候發酵即成，生熟皆可食。民間幾乎家家皆製，每食必備，與乾菜等為日用的副食物，莧菜梗鹵中又可浸豆腐乾，鹵可蒸豆腐，味與柳豆腐相似，稍帶苦澀，別有一種山野之趣。」

這裡的話並沒有說錯，但是遺漏了一點，便是醃莧菜梗要擱上些鹽奶，所以它會得和柳豆腐相像，有點兒澀味。據《越諺》說，煎鹽時鹵漏篾縫，遇火成乳，研食味較鮮於鹽云，這在柳豆腐中是不可缺的作料，但真的難得，或以竹箬包鹽火燒製成，只是約略近似而已。

九〇　蒸煮

飯鍋上蒸了吃的菜裡，最普通的是打鴨子和柳豆腐。這柳字是假借用的，也有人寫作溜，但那是一種動作，讀作上聲，或者應當照柳字之例，於剔手旁寫一個卯字，但是鉛字裡沒有，所以不好使用。

這豆腐的製法很簡單，豆腐放在陶鉢內（實在乃是缸鉢，因為是用做缸的土質燒成的），用五六隻竹筷捏在一起，用力圓轉，這就叫作柳，柳得愈多愈好，隨後加研細的鹽奶，或者是融化的水，蒸熟即成。這裡還有一層秘密，便是柳豆腐不貴新鮮，若是吃剩再蒸，經過兩次蒸熯之後，它的味道就更厚實好吃，這對於寒儉的家庭是非常有利的。

打鴨子即是北京的溜黃菜，有地方叫作雞蛋糕，本地人卻很聽不慣，因為點心裡有這一種名稱，覺得容易相混。打與柳的意思相去不遠，動作也相像，不同的地方在於柳的物質多少是半固體，雞鴨蛋的內容差不多是液體，而且鄉下人儉約，碗裡還要摻大半的水，用筷子可以很爽利地打去，所以這就不叫做柳了。

此外的東西我們只好簡要的一說。豆腐一項，可以加上切碎的乾菜去蒸，又或芋艿切片別蒸，隨後與蒸過的豆腐同拌加醬麻油，芋艿也可以拌千張（即百葉）或豆腐皮，不過芋艿千張都切了絲。說也奇怪，北方也有芋頭，只是沒有那麼的黏滑，所以就不適用，想要仿做亦不可能。茄子茭白之類便整個的放在飯裡，叫作熓，熟後用手撕片，澆上麻油醬油，吃起來味道特別好，與用刀切的迴不相同。

葷菜也同樣的蒸熯，白鯗或鰵魚鯗切塊，加上幾個蝦米（俗名開洋），加水一蒸，成為很好的一碗鯗湯。鰱魚或胖頭魚的小塊，用鹽醃一晚，蒸了吃不比煎魚為差。青蝦用鹽乾烤固佳，平常也就只放在碗內，用碟子蓋住，防它跳出來，加醬油一蒸即好。

大蝦擠蝦仁後與乾菜少許，老筍頭蒸湯，內中無甚可吃，可是湯卻頗好，這種蝦殼筍頭湯大概在別處也是少見的。鄉下常有老太太們吃素，但同一鍋內蒸葷菜卻並不犯忌，這不是沒有注意到，大概因為這事牽涉家庭經濟，沒法改變，所以只好默認了吧。

九一　燈火

這裡題目寫的是燈火，但裡邊所包含的實在有發火與照明兩個問題。在甲午前後，大概家裡也已有火柴了，現今通稱洋火，鄉下則稱自來火，第一字又或讀為篦，意思是擦，可以解作擦一下有火出來吧。不過那只是用在內房裡，若是廚房或是退堂後放著小風爐的地方，那還是用的打火的傢伙，藤編的長形容器內放著火石，鐵片，毛頭紙的粗紙煤插在竹管內的，這都還清楚的記憶著。

「開火」工作很不容易，如不熟練不但點不著紙煤，連火星也不大出來。鄉下有一句諺語道：「一賊，二先生，三撐船，四老倅」，《越諺》注云：「此言火刀火石取火，快者一刀即著，二三四各分其人。」賊入事主家，假如點不著火，老是篤篤的用火刀敲著火石，未免要誤事，這是容易瞭解的，教書先生為什麼那麼敏捷，他開火只要兩刀，他的本領還超出「撐船人客」（婦孺們叫舟夫的名稱）之上呢？這理由范嘯風不曾說明，我也至今不得其解。

老倅即是看門的人，倅讀如上海的浜字，我想這或者是伯字之轉也未可知，因為鄉下對於幫工的人常用叔伯稱呼，有如上文說及過的慶叔王甫叔。不過這類考據易涉牽強，所以這裡只作為閒談，隨便說說罷了。

洋油燈自然也早有了吧，但據我的記憶所及，曾祖母不必說，祖母房裡在辛丑年總還是點著香油燈的。這燈有好幾種，頂普通的是用黃銅所製，主要部分是椅子背似的東西，頭部寬闊，鏤空鑿花，稍下突出一個銅圈，上擱燈盞，底部是圓的銅盤，高可寸許，中置陶碗，承接燈盞下的滴油，以及燈花餘燼等。

這名叫燈盞，又一種可以叫作燈檯，大抵是錫做的，形如圓的燭臺，不過頂上是一個小盤，擱著油盞而已。曾見過一個磁的燈檯，承油盞的直柱只有二寸高，下面即是磁片，別有一個圓罩，高七八寸，上部周圍有長短直行空隙，頂上偏著開一孔，可以蓋在燈上，使得燈光幽暗，只從空隙射出一點來，像是一堵花牆，這是徹夜不滅燈時所用，需要亮光時把罩當作台，上邊擱上燈盞，高低也剛適合。

這東西在曾祖母時已用著，至少也是百年前物了，現今假如還有這樣古雅的器物，固然已經不適實用，但實在做得很好，值得保存在國家美術館裡的。

九二　燈火（二）

上邊所說的燈是不能夠移動的一類，此外還有一類可以移動，即是可以拿著走路的，也需要來說一下。這裡面最重要的自然是燈籠，不過那是外出時才用，假如在大門內，即使有好一段路，大抵也不提燈籠而是用別的東西的。這可能是蠟燭台，其實和燈籠差不多，只是插蠟燭的方法不同，比起燈籠來要輕便得多，但也有一個缺點，即是風吹了要流淚，所以在那時候是不很合宜的。

其次是油紙拈，俗稱紙拈頭，大抵利用包藥材的藥紙，酌量需要，搓成長短大小適中的紙拈，蘸上香油，點起火來，拿在手裡即是很好的手燈。這點剩了一部分，可以放在燈盞下陶碗內，下次再用，但是中途不夠了的時候便沒有辦法，能夠補救這缺點的，就是這其三的所謂水蠟燭了。

名稱是水蠟燭，實際仍是香油燈，用黃銅作壺，約容油二兩，口作螺旋，孔中出棉線燈芯，壺下短柱與底台接連，壺與台之間裝一把手，以便執持。這有油紙拈的便利，即是用香油點火，禁得起風吹，不會熄滅，油量充足，又無匱乏之虞，在那時候可以說是最實用的移動照明具了。

我所說的只是根據自己的經驗，不知道別人家是否如此，仔細回想起來，彷彿祖母房裡便沒有這種傢伙，只有魯老太太常在使用水蠟燭，也不記得本家的誰用過，難道這是安橋頭來的系統麼，這個問題現在卻也無從弄得清楚了。

點用洋油燈最早的大概是伯宜公的房裡，所用的洋燈也是國貨，是用錫做的，略為扁圓的油壺上裝著一個螺旋，可以配上「龍頭」，再加玻璃罩就可以點了。不過不知怎的，關於洋油燈的印象一直很是微弱，沒有什麼值得說的。大抵小時候睡得很早，後來的習慣也不在燈下做什麼事情，無論用功或是遊玩，所以對於燈缺少親近的感覺，古人云：「青燈有味似兒時」，那是很幸福的經驗，我卻是沒有。

九三 寒暑

紹興是故鄉，百草園是故居，在人情上不能沒有什麼留戀。但是這到底有什麼好呢？那麼具體的也說不出什麼來。譬如說氣候吧，這不能比別的地方好。冬天其實並不冷，這只要看河水不冰，有許多花木都可以在屋外過冬，有如梅花桂花，杜鵑山茶之類，這些在北京如不入花窖，也總須放到屋裡去才能保存的，可以知道。

但因為房屋構造的關係，門窗洞開，屋頂磚瓦縫中風雪可以進來，坐在屋裡與在外邊所差無幾，只靠棉衣和暖爐的力量實在有點敵不過來。別的不說，手腳的凍瘃就不能免，我在民國初元鄉居六年，後來住在北方經過三十多年之久，手上看不出了，腳跟上凍瘡的痕跡至今還是存在，這是一個顯明的例證。

冬天睡在床上半夜裡的冷醒，與夏天半夜裡的熱醒，都是極平常的事，不說也罷，單講夏季的蚊子就很受不了，這不但非鐵紗門所能防，恐怕「滴滴涕」也有點應付不過來。

房間高大，幾乎每一立方寸的空間都飛著蚊子，黃昏蚊市中行走，嘴不閉好固然有蚊子會得飛進幾個去，就是不給牠這機會，也要在眼睛鼻頭上亂碰，這時間噴藥水要幾何才能有效呢？鄉下的土法子是點「蚊煙藥」，它的方法是日夜不斷地放出一種煙幕，把目的物不管是人或眠床整個地包在裡面，至於上下四旁任憑蚊子在空間活動，只要不能侵入煙幕裡來就得。

小時候的事情不算，就那六年的經驗來說，正如冬天苦寒苦凍瘃一樣，夏天便在苦蚊，終日鑽在蚊煙裡，熏得個不亦樂乎，結果還要時常被咬幾口去，最初是搔和掐，搽唾沫，後來是塗阿摩尼亞水，雖然手腳上不留什麼痕跡，也實在是很不愉快的事。

可是在這種不討人喜歡的氣候中間，冬天的鮝凍肉與糟雞等，夏天的筍與楊梅，真的石花，再遲下去是大菱，卻都是好的，都值得記憶。因此我們或者可以說，關於故鄉的回憶大抵以風俗與物產為主，地方名勝在其次，至於天時自然是最少關係的了。

九四　園的最後

百草園的事情說來很長，但是按下去說，它的歷史實在是相當的短的。寧壽堂的匾額改為德壽堂，顯然為了避清道光的諱，這已是十九世紀的事，即使說新台門的成立提早在嘉慶時代，也還是十八世紀末年而已。

至於園的作用時間更是短了，以前以後仍是一個荒園或菜園，只有在中間這幾年發揮了百草園的作用，如《朝華夕拾》中所說的，大概至多不過七八年，即自癸巳至庚子之間。鳴蟬與黃蜂，蟋蟀與斑蝥，何首烏與覆盆子，它們可能長久存在，但是如沒有人和它們發生聯繫，那麼這也是徒然的，只是應時自生自滅罷了。

新台門於民國八年如《朝華夕拾》上所說賣給了朱文公的子孫了，可是那園卻早已半身不遂，也可以說被陰間小鬼鋸作兩爿，簡直不成樣子了。朱家最初住在東鄰，後來逐漸向外發展，收買了王廣思堂的北部，在咸歡河沿開門，接著也歸併了百草園貼鄰的孫家房屋。

民國二三年頃，仁房的人公議出賣園地，作價一千元，讓與朱家，乃於園中央築上一堵高牆，東半部拿去不打緊，剩下的西半部也成了一長條，顯得狹小，雖然種菜還是可以。東邊本來有孫家的高牆，但那邊大概是住宅，嚴密也還當然，幸而園地寬大，西邊梁家交界只是泥牆，既低而又多傾圮，西南一片淡竹林映影過來，彷彿是在一個園裡的樣子，所以並不覺得怎麼，如今碉堡似的磚牆直逼到園中心來，這園至少也總是死掉了一半了。

在北伐軍入北京以前，大家來往過金鼇玉橋，看見橋上靠南那一堵大牆，非常感覺不愉快，事情大小不一樣，但是感覺卻是很有點相像的。北海橋上的牆現今早已拆除，百草園中間的牆大概也是拆了吧，即使別的方面不能恢復原狀，這一點卻是必要的，因為在《朝華夕拾》上，在我這文章上所說的都是整個的百草園，中間是沒有什麼間隔的。

第二分　園的内外

一　孔乙己的時代

這題目該是「孔乙己時代的東昌坊口」，因為太長一點，所以從略，雖然意思稍欠明瞭。孔乙己本來通稱孟夫子，不知道住在什麼地方，但是他時常走過這條街，來到咸亨酒店吃酒，料想他總是住的不遠吧。

那時東昌坊口是一條冷落的街，可是酒店卻有兩家，都是坐南朝北，西口一家曰德興，東口的即咸亨，是魯迅的遠房本家所開設，才有兩三年就關門了。這本是東西街，其名稱卻起因於西端的十字路口，由那裡往南是都亭橋，往北是塔子橋，往西是秋官第，往東則仍稱東昌坊口，大概以張馬橋為界，與覆盆橋相連接。

德興坐落在十字路的東南角，東北角為水果蓮生的店鋪，西邊路北是麻花攤，路南為泰山堂藥店，店主申屠泉以看風水起家，綽號「矮癩胡」更為出名。路南德興酒店之東有高全盛油燭店，申屠泉住宅，再隔幾家是小船埠頭，傅澄記米店，間壁即是咸亨，再過去是屠姓柴鋪和一家錫箔鋪，往南拐便是張馬橋了。

路北與水果鋪隔著兩三家有賣紮肉醃鴨子的沒有店號的鋪子，養榮堂藥店，小船埠頭的對過是梁姓大台門，其東為張永興棺材店，魯迅的舊家，朱滋仁家，到了這裡就算完了，下去是別一條街了。中間有些住宅不能知道，但是顯明的店鋪差不多都有了，關於這些有故事可說的想記一點出來，只是事隔半世紀，遺忘的恐怕不少，也記不出多少罷了。

二　咸亨的老闆

咸亨酒店的老闆之一是魯迅的遠房本家，是一個秀才，他的父親是舉人，哥哥則只是童生而已。某一年道考落第後，他發憤用功，一夏天在高樓上大聲念八股文，音調鏗鏘，有似唱戲，發生了效力，次年便進了學，他哥哥仍舊不成，可是他的鄰號生考上了，好像是買彩票差了一號，大生其氣，終於睡倒在地上把一棵小桂花拔了起來。

那父親是老舉人，平常很講道學，日誦《太上感應篇》，看見我們上學堂的人有點近於亂黨，曾致忠告云：「從龍成功固好，但危險卻亦很多」，這是他對於清末革命的看法。晚年在家教私塾，年過從心所欲，卻逾了矩，對傭媪毛手毛腳的，亂寫憑票予人，為秀才所見，大罵為老不死，一日為媼所毆，媳婦遙見，連呼「老昏蟲該打」。有一回，本家老太太見童生匆匆走去，及過舉人房門外，乃見有一長凳直豎門口，便告知主人去之，後問童生，則笑答是他裝的弶，蓋以孝廉公為雉兔之類，望其觸弶一跌而斃也。

同時在台門內做短工的有一個人，通稱皇甫，還不知道是王富，有一天在東家灶頭同他兒子一起吃飯，有一碗醃魚，兒子用筷指著說道：「你這娘殺吃吃，」父親答道：「我這娘殺弗吃，你這娘殺吃吧。」娘殺是鄉下罵人的惡話，但這裡也只當作語助詞罷了。

這兩件都是實事，我覺得很有意思，多少年來一直記著，現在寫了出來，恰好作為孔乙己時代之二吧。

三　小酒店裡

無論咸亨也罷，德興也罷，反正酒店的設備都是差不多的。一間門面，門口曲尺形的櫃檯，靠牆一帶放些中型酒瓶，上貼玫瑰燒五加皮等字，藍布包砂土為蓋。直櫃檯下置酒罈，給客人吊酒時順便摻水，手法便捷，是酒店官本領之所在，橫櫃檯臨街，上設半截柵欄，陳列各種下酒物。

店的後半就是雅座，擺上幾個狹板桌條凳，可以坐上八九十來個人，就算是很寬大的了。下酒的東西，頂普通的是雞肫豆與茴香豆。雞肫豆乃是用白豆鹽煮漉乾，軟硬得中，自有風味，以細草紙包作粽子樣，一文一包，內有豆可二三十粒。

為什麼叫作雞肫豆的呢？其理由不明白，大約為的嚼著有點軟帶硬，彷彿像雞肫似的吧。茴香豆是用蠶豆，即鄉下所謂羅漢豆所製，只是乾煮加香料，大茴香或是桂皮，也是一文起碼，亦可以說是為限，因為這種豆不曾聽說買上若干文，總是一文一把抓，夥計也很有經驗，一手抓去數量都差不多，也就擺作一碟。

此外現成的炒洋花生，豆腐乾，鹽豆豉等大略具備，但是說也奇怪，這裡沒有葷腥味，連皮蛋也沒有，不要說魚乾鳥肉了。

本來這裡是賣酒附帶吃酒，與飯館不同，是很平民的所在，並不預備闊客的降臨，所以只有簡單的食品，和樸陋的設備正相稱。但是五十年前，讀書人都不上茶館，認為有失身分，吃酒卻是可以，無論是怎樣的小酒店，這個風氣也是很有點特別的。

四　泰山堂裡的人

泰山堂藥店在東昌坊口的西南拐角，店主是申屠泉，有魯迅的一個同高祖的堂叔在裡邊做夥計，通稱桐少爺。他的父親浪遊在外，客死河南，人極乖巧，有點偏於促狹，而其子極愚鈍，幼育於外婆家，外婆歿後送還本家，其叔母不肯收容，遂流落宿門房中。曾以族人保薦，申屠用為夥計，本家人往買蘇葉薄荷或蒼術白芷，輒多給好些，但亦有人危懼，如買大黃麻黃而亦如此，那就大要誤事了。

申屠家臨街北向，內即堂屋，外為半截門，稱曰搖門，搖讀作去聲，一日申屠方午飯，忽有人從門外抛進一塊磚頭來，正打中他的禿頭，遂以斃命，凶手逃走無蹤，街坊上亦無人見者，成為疑案。或云：申屠為人看風水，圖謀別家墳地，因而招怨，亦未可知，唯抛磚暗殺，方法甚奇，一擊命中，如此本領亦屬少有，或只因妒其暴發，略施騷擾，不意擊中耳。

申屠既死，桐少爺遂復失業，族人醵資，令賣麻花燒餅，聊以自給，但性喜酒，好好的賣了幾天之後，常去喝一次，不但本錢即竹籃也就不見了，歸來愧見本家，則掩戶高臥，族人恐其餓死，反加勸慰，再買一籃予之。

桐少爺雖愚鈍而頗質直，平生不作竊盜，有時出語亦殊有理致，一日自嘆運蹇，詈其父曰：「只是下蛆似的下了就算。」我們局外人傳開了這句話，也著實替他感到一種心痛，誠如魯迅昔時戲言，父範學堂之設置，其切要正不下於師範也。

五 水果蓮生

東昌坊口東北角的水果攤其實也是一間店面，西南兩面開放，白天撤去排板門，臺上擺著些水果，似攤而有屋，似店而無招牌字號，主人名蓮生，所以大家並其人與店而稱之曰「水果蓮生」云。

平常是主婦看店，水果蓮生則挑了一擔水果，除沿街叫賣外，按時上近地各主顧家去銷售。這擔總有百十來斤重，挑起來很費氣力，所以他這行業是商而兼工的，主顧們都是街坊，看他把這一副沉重的擔子挑到堂前來，覺得不大好意思讓他原擔挑了出去，所以多少要買他一點，無論是楊梅桃子或是香瓜之類。

東昌坊口距離大街很遠，就是大雲橋也不很近，臨時想買點東西只好上水果蓮生那裡去，其價錢較貴也可以說是無怪的。近處有一個小流氓，自稱姜太公之後，他曾說水果蓮生所賣的水果是仙丹，所以那麼貴，又一轉而稱店主人曰華陀，因為仙丹只有那裡發售，但小孩們所怕的卻並非華陀而是華陀太太，因為她的出手當然要更緊一點了。

這店裡銷路最好的自然是甘蔗荸薺，其中更以甘蔗為大宗，雖然初夏時節的櫻桃，體格瘦小，面色蒼白，引不起詩人的興趣來的，卻大為孩子們所賞識，一堆一堆的也要銷去不少。至於大顆的，鮮紅飽滿的那種櫻桃呢，那只有大街裡才有，價錢當然貴，可是一聽也並不怎麼大，因為賣櫻桃照例用的是「老十六兩」秤，原來是老實六兩，那麼半斤也只是說三兩的價錢而已。

六　傅澄記米店

在小船埠頭與張馬橋之間，只有幾家人家，即是傅澄記米店，咸亨酒店，某姓棧房，居家小店，又一家似是錫箔店老闆的住宅。傅澄記在人們口頭上只稱傅通源，因為是從那裡分出來的，老干人竭力聲明，他是傅澄記，招牌上也明明寫著，可是大家都不理會，在他們看來這似乎是多事，而且說慣了也難改。

那小主人通稱小店王，年少氣盛，又有點傻頭傻腦的，常與街坊衝突，碰著破落大家子弟，便要被「投地保」，結果討饒了事，拿一對紅蠟燭，和一堂小清音，實在只幾個人亂吹打一陣，算是賠禮，這樣的事不止一次，有一回和咸亨的那文童吵架，大家記得最是清楚。

他娶妻後幾年沒有兒子，乃根據不孝有三，無後為大的道理，又娶了一房小，可是米店從此就大為熱鬧，風潮不斷發生，時常逼得小店王走投無路，只要尋死。

有一天他大叫要去投河，可是後門臨河他並不跳，卻要往禹跡寺前去，相距有半里以上，適值下雨，他又穿起釘鞋，撐了雨傘，走出店門，街上看的人不少，都只當作戲文看，沒有一個人去攔阻他，直等他一面喊著投河去，在雨中走了幾丈路之後，這才由店裡的舂米師傅挽著「扭糾頭」，赤著膊冒雨追上去，拉了他回來。

這個喜劇如不真是有人看見，大抵說來不易相信，真好像是《笑林廣記》裡的故事，而且還是編得不大好的，但這實在是街坊的一個典故，不單是知道，就是看見的人也還有，可以說是一點沒有虛假，就只是太簡略，但存一個梗概罷了。

七　屠家小店

屠家小店沒有字號，但他們自稱是屠正泰，大概從前曾經開過這麼一個店，所以名號還保存著，現在的卻是牌號什麼都沒有，只是臨街一間店面，也沒有櫃檯，當街一個木柵欄，直角放著錢櫃，也算是曲尺形。

簷下橫放鋪板，陳列十幾堆炒豆炒花生之類，每堆一文錢，一個長方木盒，上蓋玻璃，中分數格，放置圓眼糖，粽子糖，茄脯梅餅，也是一文一件，還有幾塊長方的梨膏糖，每塊四文，那銷路就比較的鈍了。裡邊存放著多少松毛柴和小塘柴，這小店的貨色便盡於此了。

店裡的主人是個老太婆，名叫寶林太娘，娘家在山裡，那些柴便是由她的兄弟隨時送來的，兩個兒子都在外路學生意，身邊只留存一個女兒，近地小孩們去買豆和糖，和她很稔熟，稱之曰寶姊姊。

老太婆照例念佛宿山，這位寶林太娘卻更是熱心，每年夏天發起宣卷，在本坊捐集一點錢，在她小店的對過搭起台來，高宣寶卷。寶姑娘每日坐在小店裡研紙，可是聽熟了寶卷，看慣了台門裡人的斯文生活，影響了她的人生觀，造成小小的悲劇。

她從小許給山裡的遠親，家貧不能備禮，男家便來搶親，她從後樓窗爬出，想逃往東鄰的樓裡去，失足落水，河裡恰泊著男家的船，被撈起來載了去了。她終於不肯屈服，末了提出條件，要親郎不罵娘殺，不赤腳，才可成婚，男人是種田，實在辦不到，結果只好退還聘禮解約。

她回到家裡以後，常在樓上，店頭就少看見，不久病死了，在鄉下說是女兒癆，大概只是肺病吧，這時期與孔乙己之歸道山當相去不遠。這種事在鄉下常有，是一個小悲劇罷了，但這事實在卻是很可悲的。

八　長慶寺

魯迅在小說《懷舊》中說及張睢陽廟，原是指塔子橋的唐將軍廟，不過事實上還有點出入。唐將軍附屬在長慶寺裡，只有一間廟，一座墳，不能擺下幾桌酒席，所以實際上或者要間壁的穆神廟才能應付，那裡在清末曾經辦過小學堂。

長慶寺是坐西朝東的一個大寺，小姑母家在那裡做過水陸道場，我住了好幾天，知道得很清楚，那時的住持是傳忠傳榮與阿和這一代，但是上一代更有名，便是魯迅的記名師父，阿隆師父，他法名的一字失傳，當面只叫隆師父，背後通稱阿隆而已。

據先君說，有一天他在那裡，阿隆正躺在大煙榻上，聽見隔壁房內兩個小和尚吵鬧扭結，問知乃是搶奪解結錢，起來大聲喝止，這一件小事很能傳出禪房裡的空氣來。人家做法事，有「解結」一段落，用黃頭繩各串二三十文制錢，由閨秀打成各種複雜花結，裝瓷盤內，和尚們口念「解結解結解冤結」等歌詞，一面把結解開，連繩帶錢都放進袖子裡去，算是一宗外快。

那小和尚便是傳忠傳榮，是阿隆的嫡傳法嗣，此外還有一個阿和，則是普通的徒弟，法名應是「傳和」，卻也失傳了。

民國以來的第三代通稱阿毛或毛師父，似乎已經沒有法名，有人問他家在哪裡，他回答說的是哪一個家，因為他家有三個，即寺裡，父家與妻家，真是所謂出了家更忙了。

隆師父自必有其隆師母，傳榮法師曾有名言，說「要不然小菩薩是哪裡來的呢」，只是未見經傳，齊甘君的連環圖畫上所見的大概是她唯一的喜容吧（見《魯迅的童年》上冊中）。

九　兩種書房

現代的青年大都沒有受過塾師的薰陶，這是一種幸福，但依據塞翁得馬的規律，同時也不免是損失。

私塾裡的教法多是嚴厲煩瑣得不合理的，往往養成翹課，不愛用功的習慣，能夠避免這種境遇是很好的事，但因此不知道書房的情形，看小說或傳記時便不很能瞭解。例如魯迅在《朝華夕拾》裡所講三味書屋的先生，和《懷舊》裡的禿先生不是一回事，這在文章的性質上，一是自述，一是小說，固然很明瞭，在所記事件上也一樣的清楚，不可能混為一談的。

因為三味書屋是私塾，先生在家裡開館授徒，每節收束修若干，學生早出晚歸，路近的中午也回家去吃飯，有錢人家則設家塾，雇先生來教書，住在東家的家裡，如禿先生那樣，這完全是兩種辦法。

魯迅家裡一直請不起先生，只是往先生家走讀，所以三味書屋當是實在情狀，《懷舊》裡的家塾則是虛擬的描寫，乃是小說而非真的回憶，即如讀夜書，非在家塾也是沒有的事。

有人講魯迅的故事，把這兩件事團作一起，原因一半是由於不明白從前書房的區別，但是把人品迥不相同的兩位先生當做一個人，未免對於三味書屋的老先生很是失敬了。《懷舊》裡影射辛亥革命時事，那時魯迅已是三十一歲，自然也不能據為信史，說他是正在讀《論語》了吧。

一〇 禿先生是誰

魯迅的第一篇小說，民國元年用文言所寫的，登在《小說月報》上面，經發見出來，在雜誌上轉載過，雖然錯字甚多，但總之已有人注意了。不過這裡發生一個誤解，有好些人以為禿先生就是三味書屋的主人，這是一個很大的錯誤。

魯迅在書房裡的老師只有這一位壽懷鑒先生，是個飽學秀才，方正廉介，書錢一年四節，每節兩元，不論所讀何書，魯迅曾從他讀過《爾雅》，這在全城裡塾中也是沒有的事。在《朝華夕拾》中著者對於他有相當敬意，那兩句「金叵羅顛倒淋漓，千杯未醉，鐵如意指揮倜儻，一座皆驚」，顯出老先生的神氣，卻不是仰聖先生模樣，這和《懷舊》比較就可以知道的。

禿先生的名稱或者從王廣思堂坐館的矮癩胡先生出來也未可知，其舉動言語別無依據，只是描寫那麼一個庸俗惡劣的塾師，集合而成的罷了。但中間敘說他，「先生能處任何時世，而使己身無幾微之痏，故雖自盤古開闢天地後，代有戰爭殺伐，治亂興衰，而仰聖先生一家，雖不殉難而亡，亦未從賊而死，綿綿至今」，深刻的嘲罵鄉原，與後來的小說同一氣脈，很可注意。

耀宗擬設席招待，乃是實事，所謂張睢陽廟，則是指那狙擊元將琶八之宋衛士唐將軍祠也。後圃古池雖係實有，卻亦不明晰，至於撲螢墮蘆蕩事乃是涉筆成趣，未可據為典故，正如起首云

「門外有青桐一株，高可三十尺，每歲實如繁星」，也並非事實，不過所寫的那個景象的確是極好的。

一一　壽先生

覆盆橋壽家，即是三味書屋，前清末年在紹興東半城是相當聞名的。壽先生名懷鑒，字鏡吾，是個老秀才，以教讀為生，他的書房是有規矩而不嚴厲，一年四節，從讀《大學》起至《爾雅》止，一律每節大洋兩元，可是遠近學生總是坐滿一屋的。

說也奇怪，學生中間並不曾出若干秀才舉人，大抵只是為讀書識字而來，有大部分乃是商家子弟，有的還做著錫箔店的老闆吧。壽先生教書與一般塾師有不同的一點，給學生上書時必先講解一遍，大概只有一個例外，便是魯迅讀完五經和《周禮》之後，再讀一部《爾雅》，這「初哉首基俶落權輿」一連串無可發揮，也只好讀讀而已。

先生居家很是儉樸，有一年夏天，只備一件夏布大衫，掛在書房牆壁上，他有兩個成年兒子，一矮一長，父子三人外出時輪流著用，長的（先生身材也很高）覺得短一點，矮的穿了又很有點拖拖曳曳了。

這已是光緒戊戌以前的事，壽先生的次子移居北京，現今住在三味書屋的已經都是孫輩，對於那時的事情什麼都不能知道了。

一二　壽先生（二）

凡是品行惡劣的人，必定要裝出一副道學面孔，而公正規矩，真正可以稱得道學家的，卻反是平易近人，一點都不擺什麼架子。我有一個本家長輩，是前清舉人，平日服膺程朱，不以詞色假人，每早又必朗誦《陰騭文》若干遍，可是晚年漁色，演出種種醜態。相反的是三味書屋的壽先生，他持身治家十分謹嚴，一介不取與，叫兒子往街換錢，說定九八通行制錢，回來一百百的複算，發見中間一處有缺，立即叫兒子肩了去要求補足，他拿出給人家時也總是實數（九八，九六或五四，依照慣例，不再缺少），可以通用的錢，決不摻雜標準以下的小錢以及沙殼白板。

他的兒子進了秀才，報單到時，他托出三百文板方大錢來，門斗嫌少，他便說這是父親時代傳來的老規矩，如若不滿意，可以把秀才拿回去吧。但是他平常對人無論上下總是很和氣的，在書房裡也決不看《陰騭文》等異端的書或《近思錄》，只是仰著頭高吟：「鐵如意，指揮倜儻，一座皆驚呢；金叵羅，顛倒淋漓噫，千杯未醉呵。」這兩句話記在魯迅的《朝華夕拾》中，卻不知道是什麼人的賦，或者是吳谷人的吧。

一三　馬面鬼

中國向來不大贊成無鬼論，至少如書中所記錄，《晉書》的阮瞻，《玄怪錄》的崔尚，《睽車志》的宗岱，著了無鬼論，終於被鬼現形所折服，其論亦遂不傳。我雖然做不出什麼論，可是也不相信有鬼的，這樣我說得稍為客氣點，留出餘地讓人家可以也相信有鬼，我自己則深信形滅神不能獨存，也沒有見過鬼形聽到鬼聲的經驗。

這種經驗是可以有的，我們見聞好些這一類的報告，並不一定是虛謊，有一部分是精神錯亂的幻覺，一部分是疑心生暗鬼的誤會。二者之中以後者比較的為多，譬如說看見一團白物，這可能是白衣人或一隻白狗，聽見吱吱呷呷的鬼叫，這或者本來就是老鼠蝙蝠以及鴨子。

先君是不信鬼的，卻見過鬼，有一回在光緒初年他在親戚家吃酒，回家時已過半夜，提著一盞燈籠獨自走著，走進一條小弄的時候，忽然看見不遠地方站著一個矮鬼，身子只有三尺，臉狹而長卻有一尺多，披著長頭髮分散兩邊。他心想這回倒好，有運氣看到鬼了，一直走上去，那鬼也不退避，還是站在那裡，及至走得很近，舉起燈籠來在鬼面上一照，這才呼了一聲掉轉頭跑了去了。

原來外邊是個廢園，泥牆半坍了，有一匹白馬在缺處伸出頭來觀望著。後來先君常說，「我好容易見到了馬面鬼，就只可惜乃是一匹真的馬。」

他很頑固的主張無鬼，說他死了也不會變鬼的，在他三十七歲故去的時候還說一無所見，這個庭訓我總是真心遵守的。

一四　三個醫生

《朝華夕拾》第七篇是《父親的病》，裡邊講到三個醫生，雖然只說出了一個人的名字，即是陳蓮河本名何廉臣，是最後的一個。說「舌乃心之靈苗」，一種什麼丹點在舌頭上，可以見效的，實在乃是最初的醫生，只記得姓馮，名字已失傳，當時病人還能走出到堂前廊下來看病，可以為證。

他大概只來了兩三回，就不再請了，這倒與心之靈苗無關，原因是上一次說「老兄的病不輕，令郎的沒有什麼」，下回來時卻說的相反了，他穿了古銅色的夾緞袍，酒氣拂拂，其說不清楚或者也是無足怪的。

靈苗一說未曾和他的大名一同散逸，卻也成了佚文，沒有歸宿，所以便借掛在何大夫的賬上，雖然實在並不是他所說的。

中間的醫生是姚芝仙，醫方的花樣最多，彷彿是江湖派的代表，至於篇首所記的一個名醫的故事，那時候的確有這傳說，事實究竟如何，現在不能確說。

此外有盛名的醫生本來還有一個朱滋仁，就住在東邊貼間壁，幾乎有華陀轉世的名譽，可惜他自己先歸道山了，來不及請教他，他雖然在上海洋場上很久，可是江湖氣似乎還不很重。《從百草園到三味書屋》中說園與房子現在賣給了朱文公的子孫，那就是他的兒子朱朗仙是也。

一五　魯老太太

魯老太太是魯迅的母親，她母家姓魯，住在會稽的安橋頭，住民差不多全是姓魯的。她的父親號晴軒，是個舉人，曾在戶部當主事，因病辭職回家，於光緒甲申年去世。她有兩個姊姊，一個哥哥，號怡堂，一個兄弟，號寄湘，都是秀才，大約在民國前後也都故去了。

她生於清咸豐七年即一八五七年，於民國三十二年（一九四三）在北京去世，年八十七歲。她沒有正式讀過書，卻能識字看書，早年唯讀彈詞說部，六十以後移居北京，開始閱報，日備大小報紙兩三份，看了之後與家人好談時事，對於段張馮蔣諸人都有批評。

她是閨秀出身，可是有老百姓的堅韌性。清末天足運動興起，她就放了腳，本家中有不第文童，綽號「金魚」的頑固黨揚言曰：「某人放了大腳，要去嫁給外國鬼子了。」她聽到了這話，並不去找「金魚」評理，卻只冷冷說道：「可不是麼，那倒真是很難說的呀。」

她晚年在北京常把這話告訴家裡人聽，所以有些人知道，別的事情也有可以講的，但這一件就很足以代表她的戰鬥性，不必再多說了。「金魚」最恨革命黨，辛亥光復前夕往大街，聽謠言說革命黨進城了，立即癱軟走不成路，由旁人扶掖送回，傳為笑柄。

一六　一幅畫

我有一幅畫，到我的手裡有八九年了，我不知道怎麼辦才好。這如說是畫，也就是的，可是又並不是，因為此乃是畫師想像出來的一個人的小像。

這人是我的四弟，他名叫椿壽，生於清光緒癸巳（一八九三）年，四歲時死了父親，六歲時他自己也死了，時為光緒戊戌。他很聰明，相貌身體也很好。可是生了一種什麼肺炎，現在或者可以醫治的，那時只請中醫看了一回，就無救了。

母親的悲傷是可以想像的，住房無可掉換，她把板壁移動，改住在朝北的套房裡，桌椅擺設也都變更了位置。她叫我去找畫神像的人給他憑空畫一個小照，說得出的只是白白胖胖的，很可愛的樣子，頂上留著三仙髮，感謝那畫師葉雨香，他居然畫了這樣的一個，母親看了非常喜歡，雖然老實說我是覺得沒有什麼像。

這畫得很特別，是一張小中堂，一棵樹底下有圓扁的大石頭，前面站著一個小孩，頭上有三仙發，穿著藕色斜領的衣服，手裡拈著一朵蘭花。如不說明是小影，當作畫看也無不可，只是沒有一點題記和署名。

她把這畫掛在房裡前後足足有四十五年，在她老人家八十七歲時撒手西歸之後，我把這畫卷起，連同她所常常玩耍，也還是祖母所傳下來的一副骨牌，拿了過來，便一直放在箱子裡，沒有打開來過。

這畫是我經手去托畫裱好拿來的，現在又回到我的手裡來，我應當怎麼辦呢？我想最好有一天把它火化了吧，因為流傳下來它也已沒有意義，現在世上認識他的人原來就只有我一個人了。

【補記】

在本文發表之後，這所說的一幅畫，已由我的兒子拿去捐獻給文化部，掛在魯迅故居的原來地方了。

一七　姑母的事情

我有過兩個姑母，她們在舊式婦女並不算怎麼不幸，可是也決不是幸福，大概上兩代的女人差不多就是那麼樣吧。

大姑母生於清咸豐戊午（一八五八）年，出嫁很遲，在吳融馬家做繼室，只生了一個女兒，有一年從母家回鄉去，坐了一隻小船，中途遇見大風，船翻了，舟夫幸而免，她卻淹死了。

小姑母生於同治戊辰（一八六八）年，嫁在東關金家，丈夫是個秀才，感情似頗好，可是舅姑很難侍候，遇著好許多磨折。她不知是哪一年出嫁的，她有一個女兒是屬兔的，即光緒辛卯（一八九一）年所生，算來結婚當是己丑庚寅之間吧，她平常對幾個小侄兒都很好，講故事唱歌給他們聽，所以她出閣那一天，大家特別戀戀不捨，這事情一直到後來還不曾忘記。

至甲午（一八九四）年她產後發熱，不久母子皆死，這大抵是產褥熱，假如她生在現代，那是不會得死的。

她的死耗也使得內侄們特別悲傷，據說她在高熱中說胡話，看見有紅蝙蝠飛來，當時魯迅寫過祭文似的東西，內容卻是質問天或神明的，裡邊特別說及這紅蝙蝠的問題，這是神的使者還是魔鬼呢，總之它使好人早夭，乃是不可恕的了。魯迅後來在日記上記著她的忌日，可見他也是很久還記憶著的。

一八　丁耀卿

丁耀卿這名字，大概現今知道的人已經很少了吧。我當初也不認識他，辛丑八月中我同了封德三的一家從鄉下來到南京，輪船在下關靠了躉船的時候，有幾個人下來迎接，有一個據說是封君的母族長輩，年紀卻很輕，看他在講話，可是我一句都聽不出。

原來他就是丁耀卿，紹興人，礦路學堂本屆畢業生，是魯迅的同班至友，生了肺病，如今結核菌到了喉頭，所以聲帶啞了，說起話來沒有聲音。

這之後我就沒有機會看見他，到了十二月初，就聽見人說丁君已於上月廿六日去世，這一條寫在舊日記上，還錄有兩副人家送給他的輓聯。其一署名豫才周樹人，文曰：「男兒死耳，恨壯志未酬，何日令威來華表。魂兮歸去，知夜台難瞑，深更幽魄繞萱幃。」其二署名秋平蔣桂鳴，文曰：「使君是終軍長吉一流，學業將成，三年嘔盡心頭血。故鄉在鏡水稽山之地，家書未達，千里猶縫遊子衣。」

蔣君大概是陸師學堂的學生，記得年紀較大，在前清還有點功名，不知道是秀才還是廩生了，也是浙江人，或者是台州人也說不定（魯迅在南京時的日記如尚保存，當有更多的資料可以找到）。

一九　胡韻仙

胡韻仙為鉛山胡朝梁（詩廬）的兄弟，初名朝棟，進水師學堂，與魯迅同學，及魯迅退學，他也因事出來了。過了些時改名胡鼎，和我同考「雲從龍風從虎論」，以第一名錄取，補副額（即二班），洋漢文功課均佳。壬寅二月魯迅將往東京，韻仙拿了三首詩來送他，今錄於下：

「憶昔同學，曾幾何時，弟年歲徒增，而善狀則一無可述，茲聞兄有東瀛之行，壯哉大志，欽慕何如，爰賦數語，以志別情，猶望斧正為荷。

英雄大志總難侔，誇向東瀛作遠遊。極目中原深暮色，回天責任在君流。

總角相逢憶昔年，羨君先著祖生鞭。敢雲附驥雲泥判，臨別江干獨愴然。

乘風破浪氣豪哉，上國文光異地開。舊域江山幾破碎，勸君更展濟時才。」

這幾首在他的詩裡不算是佳作，我請他寫一個扇面，寫的是自作的兩首詩，一是彭蠡遇風，一是送兄之作，暑假時拿回去為祖父所見，詢是同班學生，曾鄭重的說，同學中有這樣人才，不可大意，須要加倍用功。

韻仙很有才氣，能說話，能寫文章，能做事，在我們少數的朋友中間，沒有一個人及得他來。他曾自評云：「落拓不羈，小有才具。」自謙之中也有自知之明。他在駕駛堂的宿舍，獨佔一間，末了一個時期忽將板床拆去，只留三張半桌，放在房子中間，晚上便在這上邊睡覺，平常將衣服打成背包，背著繞了桌子走。問他是什麼意思，答說中國這樣下去非垮臺不可，大家學習逃難要緊。

聽的人都以為狂，其實他自然是在鍛煉吃苦，想去參加革命，轉入陸師後環境較好，同志也可能多一點，但是他不久病故，所以並沒有能夠幹得什麼事，倒是他的老兄到民國初年尚在，在教育部做官，專門做江西派的詩，當年的志氣也一點都沒有了。

二〇 秋瑾

秋瑾與魯迅同時在日本留學。取締規則發表後，留學生大起反對，秋瑾為首，主張全體回國，老學生多不贊成，因為知道取締二字的意義並不怎麼不好，因此這些人被秋瑾在留學生會館宣告了死刑，有魯迅許壽裳在內，魯迅還看見她將一把小刀拋在桌上，以示威嚇。不久她歸國，在江浙一轉，回到故鄉去，主持大通體育學堂，為革命運動機關，及徐錫麟案發被捕，只留下「秋雨秋風愁殺人」的口供，在古軒亭口的丁字街上被殺，革命成功了六七年之後，魯迅在《新青年》上發表了一篇《藥》，紀念她的事情，夏瑜這名字很是顯明的，荒草離離的墳上有人插花，表明中國人不曾忘記了她。

在日本報上見到徐案消息的時候，留在東京的這一派人對於與徐秋有關的人的安全很是憂慮，卻沒有人可以前去，末後託了一個能懂中國話的日本同志，設法混進紹興去，可是一切混亂，關係的人一個都找不到，竺紹康王金發大概逃回山裡，陶成章陳子英等人隨即溜到東京來了。

這個探信的人大抵未曾留辮子，異言異服的，不曾被做公的抓了去，實屬運氣之至，可見清朝稽查還不密，那時城中還沒有客棧，所以無處安身，只好在一家雅片煙館裡混了兩晚，他也不會抽大煙，不知道是怎麼的對付過來的。他的姓名現在已不記得，這事件遠在四十多年以前，所以知道的人現在活著的也只有一兩個人了吧。

二一　袁文藪與蔣抑卮

袁文藪與蔣抑卮都是魯迅的老朋友。魯迅從仙台醫學校退了學，來到東京，決心要做文學運動，先來出一個雜誌，定名叫作「新生」，是借用但丁的一本書名的。他拉到了兩個同鄉友人，給《新生》寫文章，一個是許季茀，一個即是袁文藪。許是在東京高等師範念書，袁不知學的是什麼，但未曾畢業，不久轉往英國留學去了。袁與魯迅很是要好，至少關於辦雜誌談得很投合吧，可是離開了東京之後就永無音信，所以這裡關於他的故事也終結了。

蔣抑卮是杭州的銀行家，大概是浙江興業銀行的理事吧，他本與許季茀相識，一九〇八年他往東京割治耳病，先到本鄉許處寄居，魯迅原住在那裡，所以認識了。

他雖是銀行家，卻頗有見識，舊學也很好，因此很談得來，他知道魯迅有介紹外國小說的意思，願意幫忙，墊付印刷費，賣了後再行還他。這結果便是那兩冊有名的《域外小說集》，第一冊一千本，墊了一百元，第二冊減少只印了五百冊，又借了五十元，假如沒有這墊款，那小說集是不會得出世的。

此書在東京的群益書社寄售，上海總經售處是一家綢緞莊，很是別致，其實說明了也極平常，因為這鋪子就是蔣家所開的。《域外小說集》的故事已經有些人講過了，但是關於出資的人似尚未提及，我覺得也值得介紹一下。

民國以後，魯迅在北京的時候，蔣抑卮北來必去拜訪，可見他們的交情一直是很好的了。

二二 蔣觀雲

魯迅在東京的朋友不很多，據我所知道的大概不過一打之數，有的還是平常不大往來的。現在我便來講這樣的兩個人，即是蔣觀雲與范愛農。

觀雲名蔣智由，是那時的新黨，避地東京，在《清議報》什麼上面寫些文章，年紀比魯迅總要大上二三十歲了，因為他是蔣伯器的父親，所以同鄉學生都尊他為前輩，魯迅與許季茀也常去問候他。可是到了徐錫麟案發作，他們對他就失了敬意了。

當時紹興屬的留學生開了一次會議，本來沒有什麼善後辦法，大抵只是憤慨罷了，不料蔣觀雲已與梁任公組織「政聞社」，主張君主立憲了，會中便主張發電報給清廷，要求不再濫殺黨人，主張排滿的青年們大為反對。

蔣辯說豬被殺也要叫幾聲，又以狗叫為例，魯迅答說，豬才只好叫叫，人不能只是這樣便罷。當初蔣觀雲有贈陶煥卿詩，中云：「敢云吾髮短，要使此心存」，魯迅常傳誦之，至此時乃仿作打油詩云：「敢云豬叫響，要使狗心存，」原有八句，現在只記得這兩句而已。

蔣著有《海上觀雲集》，在橫濱出版，以舊詩論大概還有價值，可是現今知道的人恐怕已經不多了吧。

二三　范愛農

范愛農是《越諺》著者范寅的本家，在日本留學大概是學理工的，起初與魯迅並不認識，第一次相見乃是在同鄉學生討論徐案的會場上。其時蔣觀雲主張發電報給清廷，有許多人反對，中間有一個人蹲在屋角落頭（因為會場是一間日本式房子，大家本是坐在席上的），自言自語的說道：「死的死掉了，殺的殺掉了，還打什麼鳥電報。」

他也是反對電報的，只是態度很是特別，魯迅看他那神氣覺得不大順眼，所以並未和他接談，也不打聽他的姓名，便分散了。

這是一九〇六年的事情，事隔五年之後，辛亥革命那年，紹興光復，王金發設立軍政分府，聘請魯迅為師範學校校長，范某為副校長，就任之日一看原來即是那蹲在屋角落頭的人，這時候才知道他叫范愛農，所用的官名大家都已不記得了。

自此以後他們成為好友，新年前後常常頭戴農夫的氈帽，釘鞋雨傘雪夜去訪魯迅，吃老酒談天到二三更時候。不久魯迅往南京進教育部，范愛農離開師校，很不得意，落水而死，魯迅作五律三首哀之，今收在集裡。

二四　蒯若木

蒯若木在日本不知道學的是什麼，彷彿似是工業，卻也不大像。他與魯迅來往很少，但頗稔熟，大概是在南京時相識的吧。他看見魯迅總談佛法，魯迅很看過些佛書，可是佛教卻是不相信，所以話不能投機，卻還是各說各的。一九〇六年以後魯迅熱心學習德文，若木便說：「你還是先學佛法，學成之後自有神通，其一是他心通，那時什麼外國語都自然能夠通解了。」

事隔十年，大約是五四直前的時候，若木搞什麼政治活動，在北京出現，魯迅在路上遇到他，後來對朋友笑說：「若木似乎佛法也還未學成，因為前天我路上遇見他坐了馬車走過，要不然有了神足通，何必再要什麼馬車呢。」

若木又有一句口頭禪云「現居士身而說法」，魯迅說起他時，常要學他的合肥話，把而字讀作挨，又拉得很長的。

關於這句話，還附帶的有一件故事，很有點可笑，現在且從略。魯迅對於蒯若木雖然有時要譏笑，可是並無什麼惡意，因為他們本是兩個境界的人，意見合不來，也不會發生正面衝突，所以不妨各說各的，旋各自散去也。

二五　周瘦鵑

關於魯迅與周瘦鵑的事情，以前曾經有人在報上說及，因為周君所譯的《歐美小說譯叢》三冊，由出版書店送往教育部審定登記，批覆甚為讚許，其時魯迅在社會教育司任科長，這事就是他所辦的。

批語當初見過，已記不清了，大意對於周君採譯英美以外的大陸作家的小說一點最為稱賞，只是可惜不多，那時大概是民國六年夏天，《域外小說集》早已失敗，不意在此書中看出類似的傾向，當不勝有空谷足音之感吧。

魯迅原來很希望他繼續譯下去，給新文學增加些力量，不知怎的後來周君不再見有著作出來了，直至文學研究會接編了《小說月報》，翻譯歐陸特別是弱小民族作品的風氣這才大興，有許多重要的名著都介紹來到中國，但這已在五六年之後了。

魯迅自己譯了很不少，如《小約翰》與《死魂靈》都很費氣力，但有兩三種作品，為他所最珍重，多年說要想翻譯的，如芬蘭乞食詩人丕威林太的短篇集，匈牙利革命詩人裴象飛的唯一小說，名叫「絞吏之繩」的，都是德國「勒克蘭姆」叢刊本，終於未曾譯出，也可以說是他未完的心願吧（在《域外小說集》後面預告中似登有目錄，哪一位有那兩冊初印本的可以一查）。

這兩種文學都不是歐語統系，實在太難了，中國如有人想讀那些書的，也只好利用德文，英美對於弱小民族的文學不大注意，譯本殆不可得。

二六　俟堂與陳師曾

魯迅在教育部的同事中有幾個熟朋友，以時代先後為序是張燮和，陳師曾，其次是許季茀。他於清戊戌（一八九八）年考入江南陸師學堂附設的礦路學堂，同宿舍的便是張邦華，字燮和，還有芮體乾，畢業後改名顧琅，字石臣。陸師學堂的總辦最初是錢德培，後來換了俞明震，陳師曾是俞家的近親，那時便住在學堂裡，雖然原是讀書人，與礦路學生一樣的只穿著便服，不知怎的為他們所歧視，送他一個徽號叫作「官親」。

及至礦路班畢業，選送日本留學，師曾也一同自費出去，這個歧視才算解除，在高等師範肄業，已與魯迅開始交往，若干年後在教育部重逢，那時師曾的書畫篆刻已大成就，很為魯迅所重，二人的交誼也就更深一層了。

洪憲發作以前，北京空氣惡劣，知識階級多已預感危險，魯迅那時自號俟堂，本來也就是古人的待死堂的意思，或者要引經傳，說出於「君子居易以俟命」亦無不可，實在卻沒有那樣曲折，只是說「我等著，任憑什麼都請來吧」。

後來在《新青年》上面發表東西，小說署名魯迅，係用從前在《河南》雜誌寄稿時的筆名迅行，冠上了一個姓，詩與雜感則署唐俟，即是俟堂二字的倒置，唐像是姓，又照古文上「功不唐捐」的用例，可作空虛的意思講，也就是說空等，這可以表明他那時候的思想的一面。

師曾給魯迅刻過好幾塊印章，其中刻「俟堂」二字的白文石章最佳，也有幾張畫，大家都想慢慢的再揩他的油，卻不料他因看護老太爺的病傳染了傷寒，忽然去世了。

二七　陳師曾的風俗畫

陳師曾的畫世上已有定評，我們外行沒有什麼意見可說，在時間上他的畫是上承吳昌碩，下接齊白石，卻比二人似乎要高一等，因為是有書卷氣，這話雖舊，我倒是同意的，或者就算是外行人的代表意見吧。手邊適值有師曾的《北京風俗圖》影印本二冊，翻閱一過，深覺得這裡有社會的意義，學問與藝術的價值，不是一般畫師所能到的。

畫上有各人題句，是民國五六年所書，大略可以知道作畫的年代，其時魯迅在教育部，時常邀集二三友人到絨線胡同西口路南的回教館樓上吃牛肉麵，從東鐵匠胡同斜穿馬路過去，路沒多遠，有一次適有結婚儀仗經過，師曾離開大家，獨自跟著花轎看，幾乎與執事相撞，友人們便挖苦他，說師曾心不老，看花轎看迷了，隨後知道他在畫風俗圖，才明白他追花轎的意思，圖中有吹鼓手打執事，都是屬於這一類的。

印本題曰「菉猗室京俗詞題陳畫」，前後各十七闋，姚茫父自書所作詞，道人即師曾畫北京風俗共三十四幅，有陳孝起程穆庵何芷舲等人題句，淳菁閣印行，早已絕板。

其第十九圖送香火，畫作老嫗蓬首垢面，敝衣小腳，右執布帚，左持香炷，逐洋車乞錢，程穆庵題曰：「予觀師曾所畫北京風俗，尤極重視此幅，蓋著筆處均極能曲盡貧民情狀，昔東坡贈楊耆詩，嘗自序云：『女無美惡富者妍，士無賢不肖貧者鄙。』然則師曾此作用心亦良苦矣。」

其實這三十幾幅多是如此，除旗妝仕女及喇嘛外皆是無告者也，其意義與《流民圖》何異，只可惜道人死後此種漫畫作風遂成了「廣陵散」了。

二八 魯迅在S會館

S會館的名稱始見於《吶喊》自序中。這本名山會邑館，是山陰會稽兩縣人的會館，在李越縵日記中常有提及，清末山會合並稱為紹興縣，也就改名紹興縣館。

出宣武門一直往南，到了前清殺人的地方菜市口，迤西路南即是北半截胡同，在廣和居門前分路，東南岔去是褲腿胡同，西南是南半截胡同，其實這也是一隻褲腿，不知何以獨承了半截的正統。

離胡同北口不遠即是會館，坐西朝東，進了頭門二門之後照例是一個大院子，正屋是歷代鄉賢的祠堂，從右側弄堂往西去，後邊一進平房，是魯迅寄住過的地方。

小小一個院落，南首有圓洞門通到東邊，門內一棵大槐樹，北首兩間下房，正面一排四間，名為「補樹書屋」，只因極北一間被下房擋住了陽光，所以關閉不用，魯迅所用的就是那外邊三間罷了。

他大概從民二住起直至民八，這裡所說只是末三年的情形，其時他睡在靠北的一間裡，南頭作為我的臥室及客室，中間房內放著一張破畫桌和方桌，是洗臉吃飯的地方。他的臥榻設在窗口靠北的牆下，旁邊是一張書桌和藤椅，此外幾個書架和方桌都堆著已裱未裱的石刻拓本，各種印本的金石書史書等。

下午四五點下班，回寓吃飯談天，如無來客，在八九點時便回到房裡做他的工作，那時輯書已終結，從民四起一直弄碑刻，從拓本上抄寫本文與《金石萃編》等相校，看出許多錯誤來，這樣校錄至於半夜，有時或至一二點鐘才睡。

次晨九十點時起來，盥洗後不吃早餐便到部裡去，雖然有人說他八點必到班，事實上北京的衙門沒有八點就辦公的，而且魯迅的價值也並不在黽勉從公這一點上，這樣的說倒有點像給在臉上抹點香粉，至少總是失卻本色了吧。

二九　S會館的來客

到S會館來訪問魯迅的客並不多，因為白天主人不在寓，相識的友人大抵都在教育部裡，依了認識的年代說來，如張燮和，陳師曾，許季茀，齊壽山，許季上等人，天天見面，別無登門拜訪之必要。偶然有些舊學生，是浙五中或兩級師範出身的，或同鄉後輩，於星期日來訪，主人往往到青雲閣或琉璃廠去了，也難得遇見。

其中只有一位疑古先生，即是《吶喊》序中之金心異，常來談天，總在傍晚主人下班時走來，靠在唯一的藤躺椅上，古今中外的談起來，照例去從有名的廣和居叫蹩腳的菜來，炸丸子，木犀肉，酸辣湯之類，用貓飯碗似的器具盛了來，吃過了直談至十一點鐘，回到後孫公園的師大教員宿舍去。

他原是「民報社」聽講的同學，一向很能談話，在太炎講了之後，他常常請益，雖然盤腳坐在席上，卻有不覺膝前之勢，魯迅與許季茀曾給他起綽號叫作「爬來爬去」，他以這種氣勢向魯迅進攻，魯迅響應《新青年》運動，開始寫小說，這在《吶喊》上邊曾經說明，讀者自當還都記得。

疑古知道並記得的事情極多，都與中國文化有關，可惜不曾記錄一點下來，如今已多半遺忘了。他往補樹書屋談天，大概繼續有三年之久，至民八冬魯迅遷出S會館，這才中斷。

三〇　魯迅與書店

魯迅對大書店向來有些反感。還是在東京留學的時候，他們翻譯了一部小說，是哈葛得做的，那時正在時行，共有十萬字，寄給書店，以千字二元的代價賣掉，後邊附有注解十多頁，本來是不算錢的，但在印出來時全給刪卻了。

過了一年，又賣了一部稿子，自己算好有六萬幾千字，可是寄賣契和錢來的時候差不多減少了萬字之譜，他倒也很幽默，就那麼收下，等了一年後書印了出來，特地買來一冊，一五一十的仔細計算，查出原來的數目不錯，於是去信追補，結果要來了大洋拾幾元幾角幾分，因為那時書店是這樣精細的算的。

第三次是在辛亥革命之後，他同范愛農合辦師範學校幾個月，與軍政分府的王金發部下不大弄得來，就辭了職，想到上海去當編輯。他托了蔡谷卿介紹，向大書店去說，不久寄了一頁德文來，叫翻譯了拿來看。他在大家公用的沒有門窗的大廳裡踱了大半天，終於決定應考，因為考取了可以有一百多元的薪水。他抄好了譯文，郵寄上海，適值蔡子民的信來到，叫他到南京的教育部去，於是他立即動身，那考試的結果如何也不去管它，所以沒有人記得這是及第還是落地了。這些都是小事，但他對於大書店的反感便是那麼的來的。

三一　惜花詩

在舊日記中找出抄存魯迅舊詩四首，係辛丑（一九〇一）年春天所作，題曰「惜花四律，步湘州藏春園主人元韻」。藏春園主人不知其真姓名，原作載當時的海上文社日錄上，大抵是流寓文士，大家結社徵詩，以日錄（或是什麼報的附張吧）為機關報，魯迅看見偶爾擬作，未必是應徵的。

詩為七律，頗有些佳句，如其一第三聯云：「天於絕代偏多妒，時至將離倍有情」，其二第三聯云：「莫教夕照催長笛，且踏春陽過板橋」，其三第三聯云：「慰我素心香滿袖，撩人藍尾酒盈卮」，都很流麗。原作云：「淺深秀媚如含恨，濃淡丰姿若有情」，「青埃碧漢三千界，綠意紅情廿四橋」，「參天壅漢窺雲壑，大地陽春泛酒卮」，比較起來差得很多，不但沒甚意趣，而且多犯合掌之弊。

魯迅和詩其二的第二句云：「金屋何時貯阿嬌。」本係押韻，亦切惜花意，他的祖父看見了頗有微詞，假如是說的玩笑話，也可以算是老頭兒的風趣。文社日錄本來是他所有的，大概這類和詩一定也不少，魯迅曾經抄集若干為《桐華閣詩錄》，只聽說有「水月電燈歌」之類，惜花詩則似未見云。

三二　筆述的詩文

翻閱唐弢先生所編《魯迅全集補遺》，覺得搜集很費苦心，雖然有的可疑的錯誤收入，有的也不免還有遺漏。巴人的《百草書屋札記》，這回改訂五板時已經刪除了，在《越鐸日報》上恐怕查不出這條來，假如有人還保存著民國三年的報紙。

遺漏的有些筆述的譯文，如《河南》上的《裴彖飛詩論》半篇，在這以前還有《紅星佚史》裡的詩歌，共有十八九篇之多，有幾篇長至二十行以上。這譯本不是用魯迅出名，但其中韻文部分出於他的筆述，那是的確可靠的。我們試將第二編第五章裡的一首詩抄在下面。

「載辭舊歡兮，夢痕溘其都盡。載離長眠兮，為夫君而終醒。
惡夢襲斯匡床兮，深宵見茲大魅。鬘汝歡以新生兮，兼幽情與古愛。
胡惡夢大魅為兮，惟聖且神。相思相失兮，忍余死以待君。」

這是一九〇六年的作品，差不多同時候自譯的有赫納（通稱海涅）的詩，收在《補遺》卷頭，可以拿來比較一下。

「余淚泛瀾兮繁花，餘聲悱亹兮鶯歌。
使君心其愛余兮，余將捧繁花而獻之。
流鶯鳴其嚶嚶兮，傍吾歡之罘罳。」

固然赫納的詩溫麗雅馴，所以看去似乎更好，但是這兩者筆調卻總可以有些相通的地方。那十八九篇譯詩，內容不同，譯文成績也不一樣，其中最有意思的，也就要算這一篇了吧。

三三　筆述的詩文（二）

《河南》雜誌上魯迅的文章，後來大抵收在論文集《墳》裡，只有半篇《裴象飛詩論》未曾收入。這本是奧匈人愛彌耳賴息用英文寫的《匈加利文學論》的第二十七章，經我口譯，由魯迅筆述的，所以應當算作他的文字，譯稿分上下兩部，後《河南》停刊，下半不曾登出，原稿也遺失了，上半篇收存在我的合訂本中，現在只有一部分，因為抄在別的書本裡，尚可查考，今錄於下以見一斑。

「平原之在匈加利者，數凡三千，而奪勃來欽左近之呵多巴格最有名，常見於裴象飛吟詠。諸平原為狀，各各殊異。或皆田圃，植大麥煙草，荏粟成林，或為平蕪下隰，間以池塘，且時或茂密，時或荒寒，時或蒼涼，時或豔美。……旅人先過荒野無數，漸入一市，常見是中人物如繪，咸作大野景色。

「有村人甚謹厚，其婦稱小天（匈加利婦人之尊稱），便給善言。又有羊豕牛馬之牧者，衣飾不同，人亦具諸色相。牧羊人在草野間，視羔羖一大隊，性溫和，善音樂，且知秘密醫方，蓋所牧羊或病，輒自擇草食之，旋癒，牧者審諦，因以博識草木，熟習自然，類術士焉。

「牧牛者掌大物牝牡，秉性乃野莽好鬥，怒牛奔突欲入澤，輒與之角，又鬥原上竊牛之賊。牧豕者最下，性陰鬱，不得意，又善怒，易流為盜。唯牧馬者為勝，日引多馬遊食草原之上，勇健敏捷，長於歌舞，能即與賦詩，生與馬相習，所以御馬與馬盜之術皆曉徹，披繡衣，廣袖飄揚，又年少英武，女郎多愛慕之。

「第眾中最奇特者，莫如可憐兒，即原上暴客，世傳其事多吊詭之趣，蓋人謂其違法逆經，必緣敗北於人世，或傷於愛戀故也。若夫景色之勝，則為海市，每屆長夏，亭午溽暑，空中往往見城寨樓塔，大澤山林之象，光輝朗然。行人遇之，如入仙鄉，而頃刻盡滅，不留蹤影。為匈加利平野者蓋如此。」

第三分　魯迅在東京

一　伏見館

魯迅往日本留學，頭一次往東京是在壬寅（一九〇二）年二月，至丙午（一九〇六）年夏回鄉結婚。秋天再往東京，這裡所說的是第二次的事情。

那時他已從仙台醫學專門學校中途退了學，住在本鄉區湯島二丁目的伏見館裡，房間在樓上路南這一排的靠近西端，照例是四張半席子大小，點洋油燈，卻有浴室，大概一星期可以有兩次洗浴，不另外要錢（本來外邊洗浴也不過兩三分錢）。

這公寓的飯食招待不能算好，大抵還過得去，可是因了洗浴的緣故，終於發生糾紛，在次年春間搬了出來了。

魯迅平常看不起的留學生第一是頭上有「富士山」（辮子盤在頭上，帽頂凸出之雅號）的速成科，其次是岩倉鐵道明治法政的專門科，認定他們的目的是專在升官發財的，恰巧那裡的客有些是這一路的人，雖然沒有「富士山」的那麼面目可憎，卻是語言很是無味，特別是有一個他們同伴叫他法豪的，白癡似的大聲談笑，隔著兩間房聽了也難免要發火。

尤其是他們對於洗浴有興趣，只要澡堂一燒好，他們就自鑽了進去，不依照公寓的規則，那時魯迅是老房客，照例公寓要先來請他，每次卻都被法豪輩搶了去，他並不一定要先洗，但這很使他生氣，所以決心移到別處去了。

二　中越館

魯迅第二次寄居的地方仍在本鄉，離伏見館不遠，叫作東竹町，原是一家人家，因為寄居的客共有三人，員警一定要以公寓論，所以後來掛了一塊中越館的招牌。

主人是一個老太婆，帶了她的小女兒，住在門內一間屋裡，西邊兩大間和樓上一間都租給人住，地點很是清靜，可是房飯錢比較貴，吃食卻很壞。有一種圓豆腐，中間加些素菜，徑可兩寸半，名字意譯可云素天鵝肉，本來也可以吃，但是煮的不入味，又是三日兩頭的給吃，真有點吃傷了，魯迅只好隨時花五角錢，自己買一個長方罐頭醃牛肉來補充。

那老太婆賺錢很凶，但是很守舊規矩，走進屋裡拿開水壺或是洋燈來的時候，總是屈身爬著似的走路。這爬便很為魯迅所不喜歡，可是也無可奈何她。

那小女兒名叫富子，大概是小學三四年級生，放學回來倒也是很肯做事的，晚上早就睡覺，到了十點鐘左右，老太婆總要硬把她叫醒，說道：「阿富，快睡吧，明天一早要上學哩。」其實她本來是睡著了的，卻被叫醒了來聽她的訓誨，這也是魯迅所討厭的一件事，好在阿富並不在乎，或者連聽也不大聽見，還是繼續她的甜睡，這事情就算完了。

三　中越館（二）

在中越館裡還有一個老頭兒，不知道是房東的兄弟還是什麼，白天大抵在家，屋角落裡睡著，蓋著一點薄被，到下午便不見了。魯迅睡得很遲，吃煙看書，往往要到午夜，那時聽見老頭兒回來了，一進來老太婆便要問他今天哪裡有火燭。

魯迅當初很覺奇怪，給他綽號叫「放火的老頭兒」，事實自然並非如此，他乃是消防隊瞭望台的值夜班的，時間大概是從傍晚到半夜吧。

這公寓裡因為客人少，所以這一方面別無問題，樓上的房客是但燾，他是很安靜的，雖然他的同鄉劉麻子從美國來，在他那裡住了些時，鬧了點不大不小的事件。

有一天劉麻子外出，晚上沒有回來，大門就關上了，次早房東起來看時，門已大開，嚇了一跳，以為是著了賊，可是東西並沒有什麼缺少，走到樓上一看，只見劉麻子高臥未醒，原來是他夜裡並未叫門，不知怎麼弄開了就一直上樓去了。

又有一次，拿著梳子梳髮，奔向壁間所掛的鏡面前去，把中間的火鉢踢翻了，並不回顧，還自在那裡理他的頭髮，由老太婆趕去收拾，雖然燒壞了席子，總算沒有燒了起來。不久他離開中越館，大概又往美國去了吧，於是這裡邊的和平也就得以恢復了。

四　中越館（三）

東竹町在順天堂病院的右側，中越館又在路右，講起方向來，大概是坐北朝南吧。魯迅住的房子是在樓下，大小兩間，大的十席吧，朝西有一個紙窗，小的六席，紙門都南向，人家住房照例有板廊，外邊又有曲尺形的一個天井，有些樹木，所以那西向的窗戶在夏天也並不覺得西曬。平常有客來，都在那大間裡坐，炭盆上擱著開水壺，隨時沖茶倒給客人喝。大概因為這裡比較公寓方便，來的客也比以前多了，雖然本來也無非那幾個人，不是亡命者，便是懶得去上學的人，他們不是星期日也是閒空的。

這裡主要的是陶煥卿，龔未生，陳子英，陶望潮這些人，差不多隔兩天總有一個跑來，上天下地的談上半天，天晴雨雪都沒有關係，就只可惜錢德潛那時沒有加入，不然更要熱鬧了，他也是在早稻田掛名，卻是不去上課的。

談到吃飯的時候，主人如抽斗裡有錢，買罐頭牛肉來添菜，否則只好請用普通客飯，大抵總只是圓豆腐之外一木碗的豆瓣醬湯，好在來訪的客人只圖談天，吃食不在乎，例如陶煥卿即使給他一杯燕菜他也當作粉條喝下去，不覺得有什麼好的。

在這四五年中間，中越館這一段雖然過的也是窮日子，大概可以算是最蕭散了吧。

五　伍舍

假如不是許壽裳要租房子，招大家去品住，魯迅未必會搬出中越館，雖然吃食太壞，他常常訴苦說被這老太婆做弄（欺侮）得夠了。

許壽裳找到了一所夏目漱石住過的房子，在本鄉西片町十番地乙字七號，硬拉朋友去湊數，魯迅也被拉去，一總是五個人，門口路燈上便標題曰伍舍，魯迅於一九〇八年四月八日遷去，因為那天還下雪，所以日子便記住了。

那房子的確不錯，也是曲尺形的，南向兩間，西向兩間，都是一大一小，即十席與六席，拐角處為門口，另有下房幾間，西向小間住了錢某，大間作為食堂客堂，魯迅住在南向小間裡，大間裡是許與朱某，這一轉換不打緊，卻使得魯迅本來不寬裕的經濟更受了影響，每月入不敷出，因為房租增加了，飯食雖是好了，可是負擔也大，沒有餘力再到青木堂去喝杯牛奶果子露了。

這樣支撐著過了年，同居人中間終於發生了意見，錢朱二人提議散夥，其餘三人仍在一起，在近地找了一所較小的房屋搬了過去，還是西片町十番地，不過是丙字十九號罷了。在乙字七號雖然住了不到十個月，但也有些事情可以記錄，這且在下一次再說吧。

六 校對

魯迅那時的學費是年額四百元，每月只能領到三十三元。在伍舍居住時就很感不足，須得設法來補充了。譯書因為有上海大書局的過去經驗，不想再嘗試，遊歷官不再來了，也沒有當舌人的機會，不得已只好來做校對。

適值湖北要翻印同文會所編的《支那經濟全書》，由湖北學生分擔譯出，正在付印，經理這事的陳某畢業回去，將未了事務托許壽裳代辦，魯迅便去拿了一部分校正的稿來工作。這報酬大概不會多，但沒有別的法子，總可以收入一點錢吧。

有一處講到納妾的事，翻譯的人忽然文思勃發，加上了許多話去，什麼小家碧玉呀，什麼河東獅吼呀，很替小星鳴其不平，魯迅看了大生其氣，竟逸出校對範圍之外，拿起紅墨水筆來，把那位先生苦心寫上去的文章都一筆勾銷了。平常文字有不通順處也稍加修改，但是那麼的大手術卻只此一次而已。

擔任印刷的是神田印刷所，派來接洽的人很得要領，與魯迅說得來，所以後來印《域外小說集》，也是叫那印刷所承辦的。魯迅給《河南》雜誌寫文章，也是住在那裡時的事情。

七　青木堂

青木堂在東大赤門前東頭，離湯島很近，夏天晚上往大學前看夜店，總要走過他門口，時常進去喝一杯冷飲。那時大概還不時行冰激淋，魯迅所喝的多是別一種東西，用英語叫作密耳克舍克，可以譯為搖乳吧，將牛乳雞蛋果子露等放玻璃杯內，裝入機器裡搖轉一會兒，這就成了。那裡有各種罐頭瓶頭，很是完備，魯迅常買的不過是長方罐的醃牛肉，只有一回買過特別貨色，是一個碗形的罐，上大下小，標題土耳其雞與舌頭，打開看時，上面是些火雞的白肉，底下是整個的牛舌頭，不，整個怕裝不下，或者是半個吧？魯迅對於西餐的「冷舌頭」很是賞識，大概買的目的是如此，卻連帶的吃了火雞，恐怕也就只是這一次罷了。價格是一元半，在那時要算是很貴了。

此外又買過兩次豬肉的「琉球煮」，其實煮法也不特別，大抵同中國差不多，其不擱糖的一點或者更與紹興相似，但是後來就不見了，原因當是不受主顧的歡迎。

多年之後看到講琉球生活的書，說那邊的廁所很大，裡邊養著豬，與河北定縣情形相同，二者都有中山之稱，覺得很是巧合，但也因此想到那「琉球煮」的豬肉不能銷行，未必不與這事無關。孫伏園昔在定縣請客吃豬肚，經他的大世兄一句話說穿，主客為之擱箸，正是一個很好的例證。

八　學俄文

魯迅學俄文是在一九〇七年的秋天吧，那時住在中越館，每晚徒步至神田，路不很遠，次年春遷居西片町，已經散夥，實在路遠也不能去了。這事大概是由陶望潮發起，一共六個人，其中只有陳子英後來還獨自繼續往讀，可以看書，別的人都半途而廢了。

教師是馬理亞孔特夫人，這姓是西歐系統，可能是猶太人，當時住在日本，年紀大約三十餘歲，不會說日本話，只用俄語教授，有一個姓山內的書生（寄食主人家，半工半讀的學生），是外國語專門學校的肄業生，有時叫來翻譯，不過那些文法上的說明大家多已明白，所以山內屢次申說，如諸位所已經知道，呐呐的說不好，來了一兩天之後便不再來了。

大家自己用字典文法查看一下，再去聽先生講讀，差不多只是聽發音，照樣的念而已。俄文發音雖然不算容易，總比英語好，而且拼字又很規則，在初學只是覺得長一點，不知怎的有一位汪君總是念不好，往往加上些雜音去，彷彿起頭多用「僕」字音，每聽他僕僕的讀不出的時候，不但教師替他著急，就是旁邊坐著的許壽裳和魯迅也緊張得渾身發熱起來，他們常玩笑說，上課猶可，僕僕難當。

汪君是劉申叔的親戚，陶望潮去拉來參加的，後來在上海為同盟會人所暗殺，那時劉申叔投效在端方那裡，汪君的死大概與此有關。

九　民報社聽講

魯迅住在東竹町的時候，由陶望潮發起，往神田到一個俄國女人那裡學俄文，因學費太貴（其實也只每月五元）而中止，在伍舍時由龔未生發起，往小石川到民報社請章太炎先生講《說文》，到了伍舍散夥時，那一班也幾乎拆散了。

結果是錢某走了，搬到丙字十九號的三人還繼續前去，可是這也沒有多久也就中止，因為許壽裳與魯迅於四五月間陸續回國，往杭州兩級師範學堂去當教員。

魯迅所擔任的生理學，有油印講義尚存，許壽裳為題字曰「人生象學」，學字右邊有反文，一眼看去像是教字。那時的校長（大概是稱作監督吧）是沈衡山先生，他是浙江前輩翰林，可是對人非常謙恭，說話時常說「鈞儒以為」怎麼樣，後來魯迅還時常說及這事。

教員有好些是太炎的學生，民國成立後多轉入浙江教育司辦事，初任司長也就是沈衡山，有一部人則跟了蔡孑民進了教育部，如許壽裳，魯迅均是。在教育司的人逐漸向北京走，進了高等師範和北京大學，養成許多文字音韻學家，至今還是很有勢力。養成學者是好事情，但是輾轉講學，薪傳不絕，而沒有做得出總結來，使文字學研究有一個結果，讓不預備專攻深入的人，能夠知道大略，這也可以說是一個缺陷吧。

一〇 民報社聽講（一）

往民報社聽講《說文》，是一九〇八至九年的事。太炎在東京一面主持《民報》，一面辦國學講習會，借神田的大成中學講堂定期講學，在留學界很有影響。魯迅與許壽裳與龔未生談起，想聽章先生講書，怕大班太雜遝，未生去對太炎說了，請他可否星期日午前在民報社另開一班，他便答應了。伍舍方面去了四人，未生和錢夏，朱希祖，朱宗萊都是原來在大成的，也跑來參加，一總是八個聽講的人，民報社在小石川區新小川町，一間八席的房子，當中放了一張矮桌子，先生坐在一面，學生圍著三面聽，用的書是《說文解字》，一個字一個字的講下去，有的沿用舊說，有的發揮新義，魯迅曾借未生的筆記抄錄，其第一卷的抄本至今尚存。

太炎對於闊人要發脾氣，可是對學生卻極好，隨便談笑，同家人朋友一樣，夏天盤膝坐在席上，光著膀子，只穿一件長背心，留著一點泥鰍鬍，笑嘻嘻的講書，莊諧雜出，看去好像是一尊廟裡的哈喇菩薩。

中國文字中本來有些素樸的說法，太炎也便笑嘻嘻的加以申明，特別是卷八屍部中尼字，據說原意訓近，即後世的暱字，而許叔重的話很有點怪裡怪氣，這裡也不能說得更好，而且又拉上孔夫子的尼丘來說，所以更是不大雅馴了。

一一　民報案

在往民報社聽講的期間，《民報》被日本政府所禁止了。原因自然由於清政府的請求，表面則說是違反出版法，因為改變出版人的名義，沒有向警廳報告，結果是發行禁止之外，還處以百五十元的罰金。《民報》雖說是同盟會的機關報，但孫中山系早已不管，這回罰金也要章太炎自己去付，過期付不出，便要一元一天拉去作苦工了。

到得末了一天，龔未生來找魯迅商量，結果轉請許壽裳挪用了《支那經濟全書》譯本的印費一部分，這才解了這場危難。為了這件事，魯迅對於孫系的同盟會很是不滿，特別後來孫中山叫胡漢民等在法國復刊《民報》，仍從禁止的二十四期起，卻並未重印太炎的那一份，而是從新寫過，更顯示出他們偏狹的態度來了。

《民報》的文章雖是古奧，未能通俗，大概在南洋方面難得瞭解，但在東京及中國內地的學生中間力量也不小。太炎的有些文章，現在收在《章氏叢書》內，只像是古文，當時卻含有革命意義的，魯迅的佩服太炎可以說即在於此，即國學與革命這兩點。

太炎去世以後，魯迅所寫的紀念文章裡面，把國學一面按下了，特別表彰他的革命精神，這正是很有見地的。知道太炎的學問，把他看作舊學的祖師極是普通，稱讚他的革命便知道的更深了，雖然如許壽裳那麼說他是國民黨二傑之一，那也是不對的。

二二　蔣抑卮

魯迅移居西片町後，來客漸稀少，因為路稍不便，離電車站大概有兩里路，而且房間狹窄，客室係公用，又與錢某住房連接，所以平常就不去使用它。丙字十九號也是差不多的情形，但那時卻來了不速之客，是許壽裳魯迅的友人，主人們乃不得不擠到一大間裡去，把小間讓出來給客人住。

來者是蔣抑卮夫婦二人，蔣君因耳朵裡的病，來東京就醫，在那裡寄住幾時之後，由許君為在近地找了一所房子，後來就搬過去了。因為也是西片町十號，相去不遠，除了中間進病院割治之外，幾乎每天跑來談天，那時許君已在高師畢了業，魯迅則通常總是在家的。

蔣君家裡開著綢緞莊，自己是辦銀行的，可是人很開通，對於文學很有理解，在商業界中是很難得的人。癸卯（一九〇三）年秋間，魯迅在杭州遇見伍崇學（礦路同班），一同到上海，寄寓在十六鋪一家水果行裡，主人名張芝芳，是伍君的友人，也很開通，那時出版的新書他都購讀，雖然魯迅只在那裡住了三天，後來也沒有往還，卻也值得記述，或者比蔣君更為難得亦未可知，因為蔣抑卮原是秀才，其能瞭解新學不算什麼稀奇吧。

一三　眼睛石硬

魯迅自己在日本留學，對於留學生的態度卻很不敬，有人或者要奇怪，這豈不是有點矛盾麼？其實這並不然。魯迅自從仙台醫校退學之後，決心搞文學，譯小說，辦雜誌，對於熱中於做官發財的人都不大看得起，何況法政，鐵路以至速成師範，在他看來還不全是目的只在弄錢麼？

可是留學生之中又以這幾路的人為最多，在各種速成班沒有停辦之前，東京一處的留學生人數超過二萬以上，什九聚在神田和早稻田兩處，每到晚上往表神保町（神田）一看，只見街上行走的人大半是留學生而且頂上大都有「富士山」的。

這是一條新舊書店會萃的街，魯迅常要去逛，可是那裡偏遇著這許多憧憧往來各式各樣的怪人，使他看了生氣，時常對許壽裳訴說，其普通的一句惡罵是「眼睛石硬」。

這四個字用在那時的許多仁兄上的確非常切貼而且得神，但是現在似乎過了時，要想找一個代表出來恐怕很不容易，辛亥革命以來這四十年間，雖然教育發達不快，卻是已發生了效力，在這下一代中已經不大有眼睛石硬的人了。在那時候，魯迅的憤慨確是無怪，如今講起來已成陳跡，這在中國正是一件好事情，大可以紀念的。

一四　同鄉學生

魯迅在東京時的朋友，除上邊說及的那些人之外，同鄉中間有邵明之名文鎔，蔡谷清名元康，陳公俠名毅，後改名儀，還有一個張承禮，杭州人，也是學陸軍的，有一張武裝的照片送給魯迅，後來死於戴戡之難。

南京礦路的同學一同出去的有張邦華，伍崇學，顧琅三人，只有張君有時來訪，顧雖曾經屬魯迅編譯《中國礦產志》，二人列名出版，可是以後卻不來往了。魯迅常外出逛書店，卻不去訪問友人，只等他們來談，只有蔣觀雲尚未組織政聞社的時候，住在本鄉的什麼館，他曾去問候他過。

他沒有日本的朋友，只是在一九〇六年秋冬之交，他去訪一次宮崎寅藏，即隨同孫中山革命的白浪庵滔天，他的《三十三年落花夢》其時中國早有譯本了，原因是那年有人托帶一件羊皮背心，一個紫砂茶壺，給在東京留學的吳女士，由宮崎轉交，所以他特地送了去，大概他們談得很好，所以這以後不久又到堺利彥等人所辦的平民新聞社去訪問他，因為宮崎住的很遠，約他在那裡相見的吧。這以後沒有來往，直到多少年後宮崎的侄兒龍介和夫人白蓮在上海看見他，題詩相贈，其時白浪庵恐已早歸道山了。

一五　日常生活

魯迅在東京的日常生活，說起來似乎有點特別，因為他雖說是留學，學籍是獨逸語學會的獨逸語學校，實在他不是在那裡當學生，卻是在準備他一生的文學工作。這可以說是前期，後期則是民初在北京教育部的五六年。

他早上起得很遲，特別是在中越館的時期，那時最是自由無拘束。大抵在十時以後，醒後伏在枕上先吸一兩枝香煙，那是名叫「敷島」的，只有半段，所以兩枝也只是抵一枝罷了。盥洗之後，不再吃早點心，坐一會兒看看新聞，就用午飯，不管怎麼壞吃了就算，朋友們知道他的生活習慣，大抵下午來訪，假如沒有人來，到了差不多的時候就出去看舊書，不管有沒有錢，反正德文舊雜誌不貴，總可以買得一二冊的。

有一個時期在學習俄文，晚飯後便要出發，徒步走到神田駿河台下，不知道學了幾個月，那一本俄文讀本沒有完了，可見時間並不很長。回家來之後就在洋油燈下看書，要到什麼時候睡覺，別人不大曉得，因為大抵都先睡了，到了明天早晨，房東來拿洋燈，整理炭盆，只見盆裡插滿了煙蒂頭，像是一個大馬蜂窠，就這上面估計起來，也約略可以想見那夜是相當的深了。

一六　舊書店

魯迅平常多看舊書店，假如懷中有點錢的時候，也去看新書，西文書是日本橋的丸善和神田的中西屋，德文則本鄉的南江堂，但是因為中西屋在駿河台下，時常走到，所以平時也多進去一轉，再到東京堂看日本新刊書與雜誌。

至於文求堂的中文舊書就難得去買，曾以六元購得《古謠諺》二十四冊，不能算貴，大概只是那時不需要罷了。

舊書店中大抵都有些西文書，比較多的有郁文堂和南陽堂總分店，都在本鄉，那一家總店在水道橋迤北，交通便利，魯迅與許壽裳便經常去看看，回寓後便說不知道又是哪一個小文學家死了，因為書架上發現了些新的文學書，說這話時很有點幽默氣，可是內裡也是足夠悲慘的，在這裡就可以知道當時文人的苦況了。

舊書店以神田為最多，其次是本鄉，大概因為神田學生太多良莠不齊的緣由吧，那裡的書店老闆與小夥計也更顯得精明，跪坐在賬桌一隅，目光炯炯，監視著看書的人，魯迅說這很像是大蜘蛛蹲踞在網中心，樣子很有點可怕，這個譬喻實在比「蹲山老虎」還要得神。交易幾回，有點熟識了，自然就好得多，特別是真砂町相模屋的主人小澤，書雖不多，卻肯替人往丸善取書（因為他曾在那裡當過學徒）。與魯迅很要好，有許多西書都是由他去托丸善往歐洲去買來的。

一七　服裝

魯迅在弘文學院與仙台醫專的時代，當然穿的是制服，但是後來在東京就全是穿和服，大概只在丙午年從中國出來，以及己酉年回國去的時候，才改了裝，那也不是西服，實在只是立領的學生裝罷了。他平常無論往哪裡去，都是那一套服色，便帽即打鳥帽，和服繫裳，其形很像鄉下農民冬天所著的攏褲，腳下穿皮靴。

除了這皮靴之外，他的樣子像是一個本地窮學生，在留學生中間也有穿和服的，但不是聳肩曲背，便很顯得拖遝擁腫，總不能那麼服貼。但閒中去逛書店，或看夜市，也常穿用木屐，這在留學生中也很少見，因為他們多把腳包得緊緊的，足指搭了起來，運動不靈，穿不上木屐了。

和服都是布做的，襯衫之外，有單夾棉（極薄）三套，又有一件外衣，也是夾的，冬天加在上邊，褲則只是短褲，別人也有穿絨布長腳襯褲的，他卻一直不用。東京冬天的氣候大抵與上海差不多，他便是那麼的對付過去。棉被一墊一蓋，是日本式的，蓋被厚而且重，冷天固然合用，春秋兩季也一樣的使用，並沒有薄棉被。這些衣被都是以前所有的，在東京這幾年中間差不多沒有添置什麼東西。

一八　落花生

傳說魯迅最愛吃糖，這自然也是事實，他在南京的時候常常花兩三角錢到下關「辦館」買一瓶摩爾登糖來吃，那扁圓的玻璃瓶上面就貼著寫得怪裡怪氣的這四個字。那時候這糖的味道的確不差，比現今的水果糖彷彿要鮮得多，但事隔四五十年，這比較也就無從參證了。

魯迅在東京當然糖也吃，但似乎並不那麼多，倒是落花生的確吃得不少，特別有客來的時候，後來收拾花生殼往往是用大張的報紙包了出去的。假如手頭有錢，也要買點較好的吃食，本鄉三丁目的藤村製的栗饅頭與羊羹（豆沙糕）比較名貴，今川小路的風月堂的西洋點心，名字是說不出了。

有一回魯迅買了風月堂新出的一種細點來，名叫烏勃利，說是法國做法，廣告上說什麼風味淡泊，覺得很有意思，可是打開重重的紙包時，簇新洋鐵方盒裡所裝的只是二三十個鄉下的「蛋捲」，不過做得精巧罷了。查法文字典，烏勃利原意乃是「捲煎餅」，說得很明白，事先不知道，不覺上了一個小當。

在本鄉一處小店裡曾買到寄售的大垣名產柿羊羹，裝在對劈開的毛竹內，上貼竹箬作蓋，倒真是價廉物美，可是買了幾回之後，卻再也不見了，覺得很是可惜，雖然這如自己試做，也大概可以做成功的。

一九　酒

魯迅酒量不大，可是喜歡喝幾杯，特別有朋友對談的時候，例如在鄉下辦師範學堂那時，與范愛農對酌，後來在北京S會館，有時也從有名的廣和居飯館叫兩樣蹩腳菜，炸丸子與酸辣湯，打開一瓶雙合盛的五星啤酒來喝。但是在東京卻不知怎的簡直不喝，雖然蒲桃酒與啤酒都很便宜，清酒不大好吃，那也算了。

只是有一回，搬到西片町不久，大概是初秋天氣，忽然大家興致好起來，從近地叫作一白舍的一家西洋料理店要了幾樣西餐來吃，那時喝了些啤酒。後來許壽裳給他的杭州朋友金九如餞行，又有一次聚會，用的是中國菜，客人恭維說，現在嘴巴先回到中國了。

陪客邵明之引用典故，說這是最後之晚餐了，大為主人所非笑，但那時沒有什麼酒，不知是什麼緣故。魯迅不常在外邊吃飯，只是有時拉許壽裳一二人到神樂阪去吃「支那料理」，那是日本人所開的，店名記不得了，菜並不好，遠不及維新號，就只是雅座好，尤其沒有「富士山」，算是一件可取的地方。

在我看來，實在還是維新號好得多，他的嘈雜也只是同東安市場的五芳齋相仿，味道好總是實惠，吃完擦嘴走出就完了。魯迅在北京也上青雲閣喝茶吃點心，可見他的態度隨後也有改變了。

二〇　矮腳書几

留學生多不慣席地而坐，必須於小房間內擺上桌椅，高坐而看法政講義，最為魯迅所譏笑，雖然在伍舍時許朱錢諸公也都是如此的。

他自己只席地用矮腳書几，別人的大抵普通是三尺長，二尺寬吧，他所用的卻特別小，長只二尺，寬不到一尺半，有兩個小抽斗，放剪刀，表和零錢，桌上一塊長方的小硯臺，上有木蓋，是日本製一般小學生所用，墨也是日本製品，筆卻是中國的狼毫水筆，不拘什麼名稱，大概是從神田的中國店裡買來的。

紙則全是用的日本紙，預備辦《新生》雜誌的時候，特別印了些稿紙，長方一張，十四行每行二十四字，紙是楮質，格子不大，毛筆寫起來不大合式，如用自來水筆，倒還適宜，但他向不用這類筆，便是開單托書店買西文書，也還是拿毛筆寫德國字。

雜誌辦不成，稿紙剩得不少，後來也沒有什麼用處。平常抄文章，總用一種藍印直行的紙，店裡現成的很多，自己打格子襯著寫，多少任意，比較的方便。

大部的翻譯小說，有十萬多字的《勁草》和《紅星佚史》，都是用這種稿紙，在那小書桌上抄錄出來的。後者賣掉了，前者退了回來，在別處也碰了兩個釘子，終於下落不明。

二二 勁草

《勁草》這部小說是從英文翻譯出來的，英文名為「可怕的伊凡」，是講伊凡四世時的一部歷史小說。原作者是俄國的亞歷舍托爾斯泰，比那老托爾斯泰還要早，他著作不多，這書卻很有名，原來的書名是「克虐茲舍勒勃良尼」，譯意可以說是「銀公爵」。

克虐茲的英譯是潑林斯，普通多稱親王，不過親王總該是王族，所以異姓的潑林斯應是公爵吧，舍勒勃良尼意云銀，他是裡邊的主人公，忠義不屈，所以中文譯本改稱書名為「勁草」，意思是表彰他，實在那書中的主人公也本不是伊凡。伊凡四世是俄國史上有名的暴君，後人批評他說恐怕有點神經病，因為他的凶殘與虔敬都是異乎尋常的。他雖不是主腳，卻寫得特別好，與那怯弱迷信的，能在水桶裡看出未來的磨工是好一對，書裡有好些緊張或幽默的場面，令人不能忘記，在稿子遺失之後，魯迅有時提起磨工來，還覺得很有興趣。

這書抄好，寄給某書店去看，說已經有了，便退了回來，後來那邊出了一部《不測之威》，即是此書的另一譯本。民國以後魯迅把《勁草》拿給別家書店看過，當然沒有希望，有人說什麼報上可以登，乃改名為「銀公爵」，交了過去，也沒有消息，這事大概在民五吧，已是三十五年前事，那部藍格抄本就從此杳如黃鶴了。

二二　河南雜誌

魯迅的《新生》雜誌沒有辦起來，或者有人覺得可惜，其實退後幾年來看，他並不曾完全失敗，只是時間稍為遲延，工作也分散一點罷了。所想要翻譯介紹的小說，第一批差不多都在《域外小說集》第一二兩冊上發表了，這是一九〇八至〇九年的事，一九〇八年裡給《河南》雜誌寫了幾篇文章，這些意思原來也就是想在《新生》上發表的。

假使把這兩部分配搭一下，也可以出兩三本雜誌，問題只是這乃是清一色，若是雜誌，總得還有拉來的稿子吧。他雖是替河南省分的刊物寫文章，說的還是自己的話，至少是《文化偏至論》與《摩羅詩力說》，在《新生》裡也一定會得有的，因為這多是他非說不可的話。他那時頂佩服拜倫，其次是匈牙利俄國波蘭的愛國詩人，拜倫在英國被稱為撒但派詩人，也即是惡魔派，不過魔字起於梁武帝，以前只用音譯摩羅，這便是題目的由來。

本來想從拜倫謝理講到別國，可惜沒有寫全。許壽裳也寫有文章，是關於歷史的吧，也未寫完。他寫文章很用心，先要泡好茶，買西洋點心來吃，好容易寄一次稿，得來的稿費就所餘無幾了。他寫好文章，想不出用什麼筆名，經魯迅提示，用了「旒其」二字，那時正在讀俄文，這乃是人民的意義云。

二三　新生

魯迅的《新生》雜誌終於沒有辦成，但計畫早已定好，有些具體的辦法也已有了。稿紙定印了不少，至今還留下有好些。第一期的插畫也已擬定，是英國十九世紀畫家瓦支的油畫，題云「希望」，畫作一個詩人，包著眼睛，抱了豎琴，跪在地球上面。

英國出版的《瓦支畫集》買有一冊，材料就出在這裡邊，還有俄國反戰的戰爭畫家威勒須卻庚他也很喜歡，特別其中的髑髏塔，和英國軍隊把印度革命者縛在炮口處決的圖，這些大概是預備用在後來幾期上的吧。

雜誌擱淺的原因最大是經費，這一關通不過，便什麼都沒有辦法，第二關則是人力，實在也是一個很大的問題。魯迅當時很看重袁文藪，他們在東京談得很好，袁就要往英國去，答應以後一定寄稿來，可是一去無消息，有如斷線的風箏了。

此外連他自己只有三個人，就是十分努力，也難湊得成一冊雜誌。那時我得到兩三冊安特路朗的著書，想來抄譯成一篇文章，寫出一節，題曰「三辰神話」，魯迅用稿紙謄清了，等許壽裳來時傳觀一下，鼓勵大家來動手，可是也沒有什麼後文。

幸而報未辦成，那文章也未寫出發表，否則將是一場笑話，現今拿出那幾本書來看，覺得根據了寫《三辰神話》實在是不夠的。

二四　吃茶

魯迅的抽紙煙是有名的，又說他愛吃糖，這在東京時卻並不顯著，但是他的吃茶可以一說。在老家裡有一種習慣，草囤裡加棉花套，中間一把大錫壺，滿裝開水，另外一隻茶缸，泡上濃茶汁，隨時可以倒取，摻和了喝，從早到晚沒有缺乏。

日本也喝清茶，但與西洋相仿，大抵在吃飯時用，或者有客到來，臨時泡茶，沒有整天預備著的。魯迅用的是舊方法，隨時要喝茶，要用開水，所以在他的房間裡與別人不同，就是在三伏天，也還要火爐，這是一個炭缽，外有方形木匣，灰中放著鐵的三腳架，以便安放開水壺。茶壺照例只是所謂「急須」，與潮汕人吃工夫茶所用的相仿，泡一壺只可供給兩三個人各一杯罷了，因此屢次加水，不久淡了，便須換新茶葉。

這裡用得著別一隻陶缸，那原來是倒茶腳用的，舊茶葉也就放在這裡邊，普通頓底飯碗大的容器內每天總是滿滿的一缸，有客人來的時候，還要臨時去倒掉一次才行。所用的茶葉大抵是中等的綠茶，好的玉露以上，粗的番茶，他都不用，中間的有十文目，二十目，三十目幾種，平常總是買的「二十目」，兩角錢有四兩吧，經他這吃法也就只夠一星期而已。買「二十目」的茶葉，這在那時留學生中間，大概知道的人也是很少的。

二五　看戲

魯迅在鄉下常看社戲，小時候到東關看過五猖會，記在《朝華夕拾》裡，他對於民間這種娛樂很有興趣，但戲園裡的戲似乎看得不多。他自己說在仙台時常常同了學生們進戲館去「立看」，沒有座位，在後邊站著看一二幕，價目很便宜，也很好玩。

在東京沒有這辦法，他也不曾去過，只是有一回，大概是一九〇七年春天，幾個同鄉遇著，有許壽裳，邵明之，蔡谷清夫婦等，說去看戲去吧，便到春木町的本鄉座，看泉鏡花原作叫做「風流線」的新劇。

主人公是一個偽善的資本家，標榜溫情主義，欺騙工農人等，終於被俠客打倒，很有點浪漫色彩的，其中說他設立救濟工人的機關，名叫救小屋，實在也是剝削人的地方，這救小屋的名稱後來為這幾個人所引用，常用作談笑的資料。

還有一次是春柳社表演《黑奴籲天錄》，大概因為佩服李息霜的緣故，他們二三人也去一看，那是一個盛會，來看的人實在不少，但是魯迅似乎不很滿意，關於這事，他自己不曾說什麼。他那時最喜歡伊勃生（《新青年》上稱為「易卜生」，為他所反對）的著作，或者比較起來以為差一點，也未可知吧。新劇中有時不免有舊戲的作風，這當然也是他所不贊成的。

二六　畫譜

魯迅在日本居住，自壬寅至己酉，前後有八年之久，中間兩三年又在沒有中國人的仙台，與日本學生在一起，他的語學能力在留學生中是很不差的。

但是他對於日本文學不感什麼興趣，只佩服一個夏目漱石，把他的小說《我是貓》《漾虛集》《鶉籠》《永日小品》，以至乾燥的《文學論》都買了來，又為讀他的新作《虞美人草》定閱

《朝日新聞》，隨後單行本出版時又去買了一冊，此外只有專譯俄國小說的長谷川二葉亭，講南歐文學的上田敏博士，聽說他們要發表創作了，也在新聞上每天讀那兩種小說，即是《平凡》與《渦卷》，實在乃是對人不對事，所以那單行本就不再買了。

他為什麼喜歡夏目，這問題且不談，總之他是喜歡，後來翻譯幾個日本文人的小說，我覺得也是那篇《克萊格先生》譯得最好。日本舊畫譜他也有點喜歡，那時浮世繪出版的風氣未開，只有審美書院的幾種，價目貴得出奇，他只好找吉川弘文館舊版新印的書買，主要是自稱「畫狂老人」的那葛飾北齋的畫譜，平均每冊五十錢，陸續買了好些，可是頂有名的《北齋漫畫》一部十五冊，價七元半，也就買不起了。

北齋的人物畫，在光緒中上海出版的《古今名人畫譜》（石印四冊）中曾收有幾幅，不過署名沒有，所以無人知悉，只覺得有點畫得奇怪罷了。

二七　花瓶

魯迅從小喜歡「花書」，於有圖的《山海經》《爾雅》之外，還買些《古今名人畫譜》之類的石印本，很羨慕《芥窗小品》，可是終於未能買到。這與在東京買「北齋」是連貫的，也可以說他後來愛木刻畫的一個原因。

民國以後他搞石刻，連帶的收集一點金石小品，如古錢，土偶，墓磚，石刻小佛像等，只是看了喜歡；尤其是價值不貴，這才買來，說不到收藏，有如人家買一個花瓶來放在桌上看看罷了。

說到花瓶，他曾在北京地攤上買過一個，是膽瓶式的，白地藍花，草草的幾筆，說不出是什麼花，那時在看講朝鮮陶器的書，覺得這很有相像的地方，便買了來，卻也未能斷定究竟是否。還有一個景泰藍的，日本名為七寶燒，是在東京買的，這可以算是他那時代所有的唯一的文玩。這花瓶高三寸，口徑一寸，上下一般大，方形而略帶圓勢，裡面黑色，外面淺紫，上現一枝牽牛花，下有木座，售價五角。

一九〇六年東京開博覽會於上野，去溜達一趟之後，如入寶山卻不肯空手回，便買了這一件，放在伏見館的矮桌上，後來幾次搬家都帶著走，雖然不曾插過一次花，卻總在什麼角落有它的一個位置。這件古董一直帶到紹興，北京，大概在十年前還曾經看到過，假如沒有失掉，那麼現在一定還是存在的吧（這話說得有點可笑，卻是事實）。

二八　咳嗽藥

魯迅在中國時常有胃病，不知是飯前還是飯後，便要作痛，所以把桌子的抽屜拉出來，肚子靠在抽屜角上，一面在看書籍。可是在東京這病卻沒有了，別的毛病也沒有生過，大概感冒風寒總是有的，因為他所備的藥品有一瓶安知必林，那時愛司匹林錠還沒有出現，這是頭痛身熱最好的藥了。

此外有一種叫作腦丸的丸藥，也常預備著，這名字似乎是治腦病的什麼藥，其實乃是瀉藥的一種，意思是說瀉了便頭腦清爽，有如韋廉士的補丸，但是吃了不肚痛，這是它的好處。還有一樣似藥非藥的東西，有一個時候也是常備的，這是橙皮舍利別，本是咳嗽藥，但很香甜好吃，用水沖了可以當果子露用，一磅的玻璃瓶大概只賣五角錢，在果子露中也是便宜的。

中國吃五加皮酒，略為有點相像，但五加皮究竟有點藥味，若是茵陳燒，這就差不多了。安知必林與腦丸因為用處不多，所以長久的留存著，橙皮舍利別容易喝完，大約喝過一兩瓶之後也就不再買了。在中國藥房裡這應該也有，大概叫作陳皮糖漿吧。夏天小孩要吃果子露，買這個來應用，至少是真的橘子皮，總比化學製品要好吧。

二九　維新號

魯迅在東京這幾年，衣食住都很隨便，他不穿洋服，不用桌椅，有些留學生苦於無床，便將壁廚上層作臥榻，大為魯迅所非笑，他自己是席上坐臥都無不可，假如到了一處地方只在地上鋪稻草，他是也照樣會睡的。關於吃食，雖然在《朝華夕拾》的小引中曾這樣說：「我有一時，曾經屢次憶起兒時在故鄉所吃的蔬果：菱角，羅漢豆，茭白，香瓜。凡這些，都是極其鮮美可口的；都曾是使我思鄉的蠱惑。」

事實上卻並不如是，或者這有一時只是在南京的時候，看庚子辛丑的有些詩可以知道，至少在東京那時總沒有這種跡象，他並不怎麼去搜求故鄉的東西來吃。

神田的維新號樓下是雜貨鋪，羅列著種種中國好吃的物事，自火腿以至醬豆腐，可是他不曾買過什麼，除了狼毫筆以外。一般留學生大抵不能那樣淡泊，對於火腿總是懷念著，有一個朋友才從南京出來，魯迅招待他住在伏見館，他拿了一小方火腿叫公寓的下女替他蒸一下，豈知她們把它切塊煮了一鍋湯，他大生其氣，見人便訴說他那火腿這一件事，魯迅因此送他諢名就叫作「火腿」。

這位朋友是河南人，一個好好先生，與魯迅的關係一直很好，回國後在海軍部當軍法官，仍與魯迅往還，不久病故，我就不曾在北京見到他過。

三〇　諢名

魯迅不常給人起諢名，但有時也要起一兩個，這習慣大概可以說是從書房裡來的，那裡的綽號並沒有什麼惡意，不久也公認了成了第二個名字。譬如說小麻子，尖耳朵，固然最初是有點嘲弄的意思，但是抓住特點，容易認識，真夠得上說「表德」，這與《水滸》上的赤髮鬼，《左傳》上的黑臀正是一樣的切實。

魯迅給人起的諢名一部分是根據形象，大半是從本人的言行出來的。邵明之在北海道留學，面大多鬚，綽號曰「熊」，當面也稱之曰熊兄。陶煥卿連絡會黨，運動起事，太炎戲稱為「煥強盜」「煥皇帝」，因襲稱之為煥皇帝。蔣抑卮曰「撥伊銅鈿」，吳一齋曰「火腿」，都有本事，錢德潛與太炎談論，兩手揮動，坐席前移，故曰「爬來爬去」，這些諢名都沒有什麼惡意。杭州章君是許壽裳的同學，聽路上賣唱的，人問這唱的是什麼，答說：「這是唱戀歌呀。」以後就諢名為「戀歌」。後來在教育部時，有同鄉的候補人員往見，欲表示敬意，說自己是後輩，卻自稱小輩，大受魯迅的訓斥，以後且稱此公曰「小輩」。這兩個例，就很含有不敬的意思。

魯迅同學顧琅在學堂時名芮體乾，改讀字音稱之曰「芮體干」，雖然可以當面使用，卻也是屬於這一類的。

三一　南江堂

魯迅所學的歐語是德文，原因是礦路學堂附設在江南陸師學堂裡，那裡是教德文的，後來進醫學校也是如此，所以這就成為他的第二外國語了。

在東京買德文書的地方很不多，中西屋只有英文，丸善書店德法文有一點兒，專賣德文書的僅有一家南江堂，在本鄉「切通」，即是把山坡切開造成的街路，是往上野去的要道。

在那裡書籍很多，價目也不貴，就只可惜都是醫學書，它開在那裡也是專為接待醫科大學的師生們的。可是它有幾種德文小叢書，大都價廉物美，一種名「葛興」的是各種學藝的總結，每冊日金四角；又一種名「勒克拉謨」，紙面，每冊一角至五角，看號數多少，什麼書都有，不知道有幾千號了。

窮學生本來沒有什麼錢買書，這叢書最為適宜，而且其中有很難得的東西，例如魯迅所要的弱小民族文學作品，別國不但很少，有時還很珍貴，在這裡卻容易得到，因為多是小冊子，至多三號就是三角錢罷了。

魯迅的這一類書，可以說是他苦心收羅的成績，看去薄薄的一本桂黃色紙面的書，當時卻是托了相模屋書店交給丸善，特地寫信向出版所去要來的，發單上開列好些種，一總價格卻不過兩三元。

其中也有在舊書攤上得來的，如匈牙利人裴象飛的小說，原價一角，大概七八分錢買來的吧，訂書的鐵絲已爛，書頁也散了，可是誰料得到這是他所頂珍重的一冊書呢。

三二 德文書

魯迅學了德文，可是對於德國文學沒有什麼興趣。在東京雖然德文書不很多，但德國古典名著卻容易買到，價錢也很便宜，魯迅只有一部海涅的詩集，那兩首「眸子青地丁，輔頰紅薔薇」的譯詩，大概還是仙台時期的手筆，可見他對於這猶太系詩人是很有點喜歡的。

奇怪的是他沒有一本哥德的詩文，雖然在讀本上當然念過，但並不重視他，十九世紀的作品也並沒有什麼。這裡尼采可以算是一個例外，《察拉圖斯忒拉如是說》一冊多年保存在他書櫥裡，到了一九二〇年左右，他還把那第一篇譯出，發表在《新潮》雜誌上面。

他常稱述尼采的一句話道：「你看見車子要倒了，不要去扶它，還是去推它一把吧。」這話不知道是否在《察拉圖斯忒拉》裡，還是在別的書裡，想起來確也有理，假如應用於舊社會舊秩序上面。

他利用德文，譯了好些別國的有意義的文藝作品，有兩部德文的《文學通史》也給了許多助力，這種書籍那時在英文中還是沒有的。一部是三冊本，凱爾沛來斯著，魯迅所譯《小俄羅斯文學略說》即取材於此，一部是一厚冊，大概著者是謝來耳吧，這些裡邊有些難得的相片，如波蘭的密支克微支和匈牙利服裝的裴象飛都是在別處沒有看到過的。

三三　補遺

上邊所講的事情是一九〇六至〇九年這一段，前面還有一段，即一九〇二年至〇四年，魯迅往仙台進醫學校之前，他也是在東京，不過那時的事情我可是不知道了。翻閱在南京的舊日記，有幾處可以抄引，算作補遺。

光緒壬寅（一九〇二）年二月十五日，魯迅從南京趁大貞丸出發，次日到上海，寅老椿記客棧。二月三十日東京來信云：「於廿六日到橫濱，現住東京麴町區平河町四丁目三橋旅館，不日進成城學校。」又言其俗皆席地而坐云。三月初六日寄來《扶桑記行》一卷，文頗長，今已不存。

十三日頃來信云：「已進弘文學院，在牛入區西五軒町三十四番，掌院嘉納先生治五郎，學監大久保先生高明，教習江口先生，善華文而不能語言。」

五月初三日來信附有照片，背後題字云：

「會稽山下之平民，日出國中之遊子，弘文學院之制服，鈴木真一之攝影，二十餘齡之青年，四月中旬之吉日，走五千餘里之郵筒，達星杓仲弟之英盼，兄樹人頓首。」

癸卯（一九〇三）年三月四日，謝西園（陸師畢業生，跟了什麼人往日本看操）回國，魯迅托他帶回一隻衣箱，內有不用的中國衣服和書籍，和一張「斷髮照相」，留學生當初大抵是留一部分頭髮，蟠在帽內的，後來革命運動漸益壯大，又受了「富士山」的激刺，所以終於消除了。

三四　補遺（二）

謝西園帶回的衣箱內的那些書，日記上存有目錄，計《清議報》合訂八冊，《新民叢報》兩冊，《新小說》一冊，《譯書彙編》四冊，《雷笑餘聲》一冊（是什麼書已忘記了），《林和靖集》兩冊，《真山民集》一冊，《朝鮮名家詩集》一冊（均活字小本線裝），天籟閣四冊（？），《西力東侵史》一冊，《世界十女傑》一冊，照相兩張，其一是弘文學院學生全體，其一即是上回所說的斷髮照相。

此外又記有來信說嚴幾道譯《名學》甚好，囑購閱，又一處云來信令購《華生包探案》，並囑寄往日本，這書我還記得是鉛字有光紙印，與哈葛得的《長生術》譯本同一格式，那時或者是一起購買。這以後日記多有中斷，甲辰（一九〇四）年三月中的記有至大行宮日本郵局取小包事，云書共十一冊，《生理學粹》，《利俾瑟戰血餘腥錄》，《月界旅行》，《舊學》等皆佳，又《浙江潮》《新小說》等數冊，燈下煮茗讀之。

這些都是中文書，有些英文書則無可考，只記得有一冊《天方夜談》，八大冊的《囂俄選集》，日本編印的英文小叢書，其中有亞倫坡的《黃金蟲》，即為《玉蟲緣》的底本，《俠女奴》則取自《天方夜談》裡的。

大概因為《新小說》裡登過照片，那時對於囂俄（現譯為雨果）十分崇拜，魯迅於癸卯夏回鄉時還寫信給伍習之，托他在東京買新出的日譯《懷舊》寄來，那也是囂俄的一部中篇小說。

三五　補遺（三）

癸卯（一九〇三）年夏天魯迅回鄉一趟，那年五月以後兩個多月的日記中斷，下一冊從七月中旬起，正記的是他離開紹興的事，今摘抄於下：

「七月十六日，余與自樹既決定啟行，因於午後束裝登舟，雨下不止。傍晚至望江樓，少霽，舟人上岸市物，余亦登，買包子三十枚，回舟與自樹大啖。少頃開船而雨又作，三更至珠岩壽拜耕家，往談良久，啜茗而返，攜得《國民日報》十數紙，於燭下讀之。至四更，始睡，雨益厲，打篷背作大聲。

十七日晨抵西興埠，大雨中雇轎渡江，至杭州旅行社，在白話報館中見汪素民諸君。自樹已改裝，路人見者皆甚詫異。飯後自樹往城頭巷醫齒疾，余著呢外套冒雨往清河坊為李復九購白菊花。晚宿樓上。

十八日午前伍習之來訪，云今日往上海，因約同行，下午乘舟往拱宸橋，彼已先在，包一小艙同住，舟中縱談甚暢。

十九日雨止，下午舟抵上海，雇車至十六鋪張芝芳君處，張君甬人，隱於賈，人極開通，有女數人皆入學堂，伍君與之識，因留住。晚乘馬車至四馬路，自樹買《群學肄言》一部。芝芳邀往看戲，夜半回寓。」

「二十二日午自樹往虹口下日本郵船，余與習之芝芳同去，下午回寓，晚與習之乘招商局船往南京。」

丙午（一九〇六）年夏又回來一次，那時沒有日記，只記得往東京時有邵明之，張午樓等共四人同行，至於月日則已完全忘記了。魯迅是《新青年》以後的筆名，那時的別號是自樹，索士（或索子），今依日記原文，仍用自樹這個名字。

第四分　補樹書屋舊事

一　緣起

前幾時有一位在東北遠處的中學教員寫信來問我，魯迅「抄碑文」的目的何在，方法如何等等，我仔細的寫了一封信回答了他。話雖如此，也不見得能說得仔細，那是民國初年的事情，年代相隔頗久了，有如書桌的一隻多年不用的抽屜，裡邊收著的東西多半忘記了，抽開來翻一下，才能慢慢的回想出來。

因了談抄碑文，我把紹興縣館的一段舊事記了起來，因為抄碑的工作都是在縣館的補樹書屋所做的，有些事情比較記得清楚的，略記數則，總名便叫作「補樹書屋舊事」。

紹興縣館原名山會邑館，是山陰會稽兩縣的會館，紹興府屬八縣另有會館在虎坊橋，名為越中先賢祠，清末廢除府制，府城內的山會兩縣合併為紹興縣，這邑館也就改稱為紹興縣館了。

不明白是什麼緣故，有些人不喜歡紹興這名稱，魯迅也是一人，他在文章中常稱這縣館為S

會館，人問籍貫也總只說是浙江。虎坊橋的會館名為越中先賢祠，難道李越縵等人也是這個意思麼？前清時因為部吏和師爺的關係，紹興人在北方民間少有好感乃是實情，但魯迅等人的討厭紹興的名稱或者還是因為小康王的關係，在杭州設了小朝廷，還要擺架子自稱紹興，把這庸俗的年號硬給人做地名，這的確是有點可厭的。

二　會館

紹興縣館在宣武門外南半截胡同北頭，這地段不算很好，因為接近菜市口，幸而民國以後不在那裡殺人了，所以出入總還是自由清淨的。會館在路西，門額是魏龍藏所寫，他是魯迅的父親伯宜公的朋友，或是同案的秀才吧，伯宜公曾幾次說起他過，但他一直在外，在寫匾時不知是否在張勳的幕中。

進門往南是一個大院子，正面朝東一大間，供著先賢牌位，這屋有名稱，彷彿是仰蕺堂之類，卻不記得了，裡邊是什麼樣子我也不知道，因為平時關閉著，一年春秋兩次公祭，擇星期日舉行，那一天魯迅總是特別早起，在十點前逃往琉璃廠，在幾家碑帖店聊天之後，到青雲閣吃茶和點心當飯，午後慢慢回來，那公祭的人們也已散胙回府去了。

這堂屋南偏有一條小弄堂，通到堂後的小院子，往北跨過一個圓洞門，那裡邊便是補樹書屋了。順著弄堂再往前去，後面還有房屋，我也沒有去看過，雖然是在前一進裡住過三年。那大概是一間樓房，因為這名為希賢閣，恐怕是供著什麼文昌魁星之類吧，向來空著沒有人住。我不知道仰蕺堂而記得希賢閣的名字，這是另有理由的，因為在舊日記中記有這個名字。民國六年七月一日張勳復辟，不久討逆軍進逼京城，城裡的人紛紛逃難，有同鄉的官僚來住在閣下，大家不答應，要趕他出去，因此那閣名也就記了下來了。

三　樹

會館裡的住人要驅逐逃難的官僚，本來也是小事，但是這與補樹書屋很有關係，所以要說一下。舊日記云：

「七月六日晴，下午客來談。傍晚悶熱，菖蒲漊謝某攜妾來住希賢閣下，同館群起責難，終不肯去，久久始由甘某調停，暫住一夕。」

大家反對的理由並不在官僚，而是由於攜妾，因為這會館是特別有規定，不准住家眷以至女人的，原因是在多少年以前有一位姨太太曾經在會館裡吊死了。吊死的地方即是補樹書屋，不在屋裡而是在院子裡的槐樹上，現在圓洞門裡邊一棵大槐樹，婦女要上吊已經夠不著了，但在幾十年前那或者正是剛好，所以可能便是那一棵樹。

這女吊的故事害得謝某不得不狼狽的搬出，可是對於魯迅卻不無好處，因為因此那補樹書屋得以保留，等他來住，否則那麼一個獨院，早就被人佔先住了去了。

這院子前面是什麼堂，後邊是希賢閣，差不多處在鬼神窩中，原是夠偏僻冷靜的，可是住了看也並不壞，槐樹綠蔭正滿一院，實在可喜，毫無吊死過人的跡象，缺點只是夏秋之交有許多槐樹蟲，遍地亂爬，有點討厭，從樹上吐絲掛下來的時候，在空中擺蕩，或戲稱之曰吊死鬼，這又與那故事有點關聯了。

「補樹」不知道是什麼故典，難道這有故事的槐樹就是補的麼？總之這院子與樹那麼有關係，是很有意思的一件事。

四　抄碑的房屋

補樹書屋本身是朝東一排四間房屋，在第二間中間開門，南首住房一間，北首兩間相連。院中靠北牆是一間小屋，內有土炕，預備給傭工居住，往東靠堂屋背後一條狹弄內是北方式的便所，即是蹲坑。因為這小屋突出在前面，所以正房北頭那一間的窗門被擋住陽光，很是陰暗，魯迅住時便索性不用，將隔扇的門關斷，只使用迤南的三間。

這裡邊的情形，我所能說的只是在民六春天我到北京以後所看見的事，以前自然是別一種布置，可是我不知道，所以沒有什麼可說。魯迅在搬到補樹書屋之前，還在會館北部的什麼藤花館住過，但那我更不能知道，或者去查魯迅自己的日記，可以得知年月大概。

《魯迅日記》已經發表，有些事情我不再去查考援引它，因為那已是周知的文獻，用不著再來做文抄公的工作，這裡只是憑自己的見聞記憶來說，說不定會有點出入。抄碑文的事開始於民國四年，我那時也不在北京，但這抄碑一直抄到民國八九年，有一大段是我看見的，所以可以一說。

五　抄碑的目的

魯迅抄碑就在補樹書屋那兩間房裡，當初是在南偏，後來移到北邊的一間去了。他從民國元年被蔡孑民招了去，在南京臨時政府的教育部裡任職，隨後跟了教育部移到北京來，一直是僉事兼科長，不曾有什麼調動。

洪憲帝制活動時，袁世凱的特務如陸建章的軍警執法處大概繼承的是東廠的統系，也著實可怕，由它抓去失蹤的人至今無可計算。北京文官大小一律受到注意，生恐他們反對或表示不服，以此人人設法逃避耳目，大約只要有一種嗜好，重的嫖賭蓄妾，輕則玩古董書畫，也就多少可以放心，如蔡松坡之於小鳳仙，是有名的例。

教育部裡魯迅的一班朋友如許壽裳等如何辦法，我是不得而知，但他們打麻將總是在行的，那麼即此也已可以及格了，魯迅卻連大湖（亦稱挖花）都不會，只好假裝玩玩古董，又買不起金石品，便限於紙片，收集些石刻拓本來看。

單拿拓本來看，也不能敷衍漫長的歲月，又不能有這些錢去每天買一張，於是動手來抄，這樣一塊漢碑的文字有時候可供半個月的抄寫，這是很合算的事。因為這與謄清草稿不同，原本碑大字多，特別漢碑又多斷缺漫漶，拓本上一個字若有若無，要左右遠近的細看，才能稍微辨別出來，用以消遣時光，是再好也沒有的，就只是破費心思也很不少罷了。

六　抄碑的方法

抄碑的目的本來也是避人注意，叫袁世凱的狗腿看了覺得這是老古董，不會顧問政治的，那就好了。直到復辟打倒以後，錢玄同和他辯論那麼一場之後，這才開始活動起來。那場辯論也正是在補樹書屋的槐樹下進行的。

他的抄碑的起因既然如此，那麼照理在袁世凱死後，即是從民國五年下半年起可以停止不再抄了，可是他還是繼續抄下去，在民國七年給《新青年》寫稿之前，他所忙著寫的差不多就是碑文或是碑目。

這是什麼緣故呢？因為他最初抄碑雖是別有目的，但是抄下去他也發生了一種校勘的興趣，這興趣便持續了好幾年，後來才被創作和批評的興趣替代了去。

他抄了碑文，拿來和王蘭泉的《金石萃編》對比，看出書上錯誤的很多，於是他立意要來精密的寫成一個可信的定本。他的方法是先用尺量定了碑文的高廣，共幾行，每行幾字，隨後按字抄錄下去，到了行末便畫上一條橫線，至於殘缺的字，昔存今殘，昔缺而今微存形影的，也都一一分別注明。

從前吳山夫的《金石存》，魏稼孫的《績語堂碑錄》，大抵也用此法，魯迅採用這些而更是精密，所以他所預定的自漢至唐的碑錄如寫成功，的確是一部標準的著作，就是現存已寫的一部分我想也還極有價值。

七　貓

這三間補樹書屋的內部情形且來說明一下吧。中間照例是風門，對面靠牆一頂畫桌，外邊一頂八仙桌，是吃飯的地方，桌子都極破舊，大概是會館的東西。南偏一室原是魯迅住的，我到北京的時候他讓了出來，自己移到北頭那一間裡去了。那些房屋都很舊式，窗門是和合式的，上下都是花格糊紙，沒有玻璃，到了夏季上邊糊一塊綠的冷布，做成捲窗。

我找了一小方玻璃，自己來貼在窗格裡面，可以望得見圓洞口的來客，魯迅的房裡卻是連冷布的窗也不做，說是不熱，因為白天反正不在屋裡。說也奇怪，補樹書屋裡的確也不大熱，這大概與那槐樹很有關係，它好像是一頂綠的大日照傘，把可畏的夏日都擋住了。

這房屋相當陰暗，但是不大有蚊子，因為不記得用過什麼蚊香，也不曾買有蠅拍子，可見沒有蒼蠅進來，雖然門外面的青蟲很有點討厭。那麼舊的屋裡該有老鼠，卻也並不見，倒是不知道誰家的貓常來屋上騷擾，往往叫人整半夜睡不著覺。查一九一八年舊日記，裡邊便有三四處記著「夜為貓所擾，不能安睡」。

不知道《魯迅日記》上有無記載，事實上在那時候大抵大怒而起，拿著一枝竹竿，我搬了小茶几，到後簷下放好，他便上去用竹竿痛打，把牠們打散，但也不能長治久安，往往過一會兒又回來了。《朝華夕拾》中有一篇講到貓的文章，其中有些是與這有關的。

八　避辮子兵

住在補樹書屋這幾年中間，發生過的大事件是帝制與復辟兩事。

民六的上半年黎段關係鬧得很僵，結果是公民團包圍議院，督軍團逼迫總統，而督軍團的首領又是有辮子的張勳，這情形是夠嚇人的了。

張勳進京以後，六月末我往北大替魯迅借《海錄碎事》，去訪蔡孑民，問他意見怎樣，他只說「如不復辟我不離京」，但是過了三四天，即七月一日，那一天是星期，起來得較晚，傭工送臉水來，說外邊掛龍旗了。魯迅的朋友中有些想南下，可是走不成，有些預料這事不久就了，只消避一下子，等得討逆軍起來，大家就安了心，雖然對於段的印象一直也是不好。

六日有過希賢閣的一劇，便是有人從熱鬧地方逃到會館來避的一例。可是會館地方也太偏僻，兵火不打緊，辮子兵的騷擾倒很可怕，魯迅就同了些教育部的朋友，於七日移到東城船板胡同的新華飯店裡，因為那天上午有飛機來丟了一個炸彈在宮城裡面，所以情形陡然緊張起來了。

十二日晨四時半，大家都還睡著，我上便所去，突然聽得炮聲一響，接著便大打起來，一直到下午二時槍炮聲沒有斷絕。

這中間辮子兵在天壇的先被解決，南河沿的張勳宅放火自燒，他坐汽車飛奔交民巷，投了荷蘭公使館，這一件事就完畢了。十四日從飯店搬回會館去。這些事在《魯迅日記》上當然也有記錄，現在只從我所記得的來說罷了。

九　金心異

在張勳復辟之前，魯迅繼續在抄碑，別的什麼事都不管，但在這事件以後，漸漸發生了一個轉變，這事他自己說過，是由金心異的一場議論起來的。金心異即是林琴南送給錢玄同的別名，魯迅文中那麼說，所以這裡也沿用了，雖然知道的人或者並不多了。

錢玄同和魯迅同是章太炎的學生，常看他與太炎談論，高興起來，指手畫腳的，連坐席也會移動，所以魯迅叫他諢名為「爬來爬去」，後來回國在浙江師範，在讀音統一會，都是一起，所以本是熟識的。

但是在那時代大家都是好古派，特別在文字上面，相見只有關於師友的事情可談，否則罵一般士大夫的不通，沒有多大興趣，來往因此不多。來了這一個復辟，大家受到很大的激刺，覺得中國這樣拖下去是不行的，這個趨勢在《新青年》雜誌上也發現了出來。

錢玄同從八月起，開始到會館來訪問，大抵是午後四時來，吃過晚飯，談到十一二點鐘回師大寄宿舍去。查舊日記八月中九日，十七日，二十七日來了三回，九月以後每月只來一回。魯迅文章中所記談話，便是問抄碑有什麼用，是什麼意思，以及末了說「我想你可以做一點文章」，這大概是在頭兩回所說的。

「幾個人既然起來，你不能說決沒有毀滅這鐵屋的希望」，這個結論承魯迅接受了，結果是那篇《狂人日記》，在《新青年》次年五月號發表，它的創作時期當在那年初春了。

一〇 新青年

在與金心異談論之前，魯迅早知道了《新青年》的了，可是他並不怎麼看得它起。那年四月我到北京，魯迅就拿幾本《新青年》給我看，說這是許壽裳告訴的，近來有這麼一種雜誌，頗多謬論，大可一駁，所以買了來的。但是我們翻看了一回之後，也看不出什麼特別的謬處，所以也隨即擱下了。

那時《新青年》還是用的文言文，雖然漸漸你吹我唱的在談文學革命，其中有一篇文章還是用文言所寫，在那裡罵封建的貴族的古文。總結的說一句，對於《新青年》總是態度很冷淡的，即使並不如許壽裳的覺得它謬，但是在夏夜那一夕談之後，魯迅忽然積極起來，這是什麼緣故呢？

魯迅對於文學革命即是改寫白話文的問題當時無甚興趣，可是對於思想革命卻看得極重，這是他從想辦《新生》那時代起所有的願望，現在經錢君來舊事重提，好像是在埋著的火藥線上點了火，便立即爆發起來了。

這旗幟是打倒吃人的禮教！錢君也是主張文學革命的，可是他的最大的志願如他自己所說，乃是「打倒綱倫斬毒蛇」，這與魯迅的意思正是一致的，所以簡單的一場話便發生了效力了。魯迅小說裡的被損害與侮辱的人們中間，如《明天》的單四嫂子與寶兒，《風波》裡的七斤嫂與六斤，《祝福》裡的祥林嫂與阿毛，都是些孤兒寡婦（七斤嫂自當除外），這色彩便很明顯，在同時代的小說家中正可以說是惟一的吧。

一一　茶飯

補樹書屋的南頭房間西南角是床鋪，東南角窗下一頂有抽屜的長方桌，迤北放著一隻麻布套的皮箱，北邊靠板壁是書架，並不放書，上隔安放茶葉火柴雜物以及銅元，下隔堆著新舊報紙。書架前面有一把藤的躺椅，書桌前是藤椅，床前靠壁排著兩個方凳，中間夾著狹長的茶几，這些便是招待客人的用具，主客超過四人時可以利用床沿。

盛夏天熱時偶然把椅子搬放簷下，晚間槐蠶不吊下來了，可以涼爽些，但那是不常有的。錢玄同來時便靠在躺椅上，接連談上五六小時，十分之八九是客人說話，但聽的人也頗要用心，在舊日記上往往看到睡後失眠的記事。

平常吃茶一直不用茶壺，只在一隻上大下小的茶杯內放一點茶葉，泡上開水，也沒有蓋，請客吃的也只是這一種。飯托會館長班代辦，菜就叫長班的大兒子（算是聽差）隨意去做，當然不會得好吃，客來的時候到外邊去叫了來。

住胡同口外有一家有名的飯館，還是李越縵等人請教過的，有些拿手好菜，如潘魚，砂鍋豆腐等，我們當然不叫，要的大抵是炸丸子，酸辣湯，拿進來時如不說明便不知道是廣和居所送來的，因為那盤碗實在壞得可以，價錢也便宜，只是幾吊錢吧。可是主客都不在乎，反正下飯總是行了，擦過了臉，又接連談他們的天，直到半夜，傭工在煤球爐上預備足了開水，便逕自睡覺去了。

一二　辦公事

魯迅在會館裡的工作時間大抵在夜間，晚飯後如沒有來客，也是閒談，到九十點鐘回到自己的房裡，動手工作，大概總到一兩點鐘才睡覺。第二天早上在十時前起來，照例什麼點心都不吃，洗過臉喝過茶便往教育部去了。

他在那裡辦的也只是例行公事吧，只有一回見到中華書局送到部裡來請登記還是審定的《歐美小說叢刊》，大為高興。這是周瘦鵑君所譯，共有三冊，裡邊一小部分是英美以外的作品，在那時的確是不易得的，雖然這與《域外小說集》並不完全一致，但他感覺得到一位同調，很是欣慰，特地擬了一個很好的評語，用部的名義發了出去。

這樣同類的事情，據我所知道，似乎此外還沒有第二件。他曾參與整理那內閣大庫的有名的八千麻袋廢紙的事，卻不記得他講過其中的什麼故事，只是敦煌千佛洞的古寫本運京的時候，他知道有些京官老爺在這劫餘的經卷中，又竊取了不少，賬上數目不符，便將較長的卷子一撕作兩，補足缺數。這些人都有名字，但是聽他說話的人與他們都不相識，姓名生疏，大都也記不得了。

他又講到部中常收到鄉間呈文，請求旌表具呈人的母親的節孝，有的文字還寫不清楚，有將旌表寫作旅表的，想見是窮鄉僻壤的愚人，卻是那麼的迷信封建禮教，想起來實在可嘆。也有呈文寫得很促狹下流的，顯得是訟師玩笑之筆，是《新青年》裡「什麼話」一欄的材料，這裡只好從略了。

一三　益錩與和記

部裡中午休息，魯迅平常就不出來，買點什麼東西充饑，有時候也跑到外邊來吃，在手邊略為有錢的時候，教育部在西單牌樓迤南，不多幾步就是西單大街，吃飯很是方便，魯迅去的有兩個地方，一是益錩西餐館，一是和記牛肉鋪，益錩並沒有什麼特別，只是平常的一家餐館罷了，和記在絨線胡同的拐角，也是平常的一家肉鋪，可是樓上有「雅座」，可以吃東西。

它的肉鋪門面朝著大街，但朝北的門可以出入，走上樓梯，在一間半的屋子裡有兩三頂桌子，吃的都是面類，特別的清湯大塊牛肉麵最好。

這地方外觀不雅，一般的士大夫未必光臨，但是熟悉情形的本地人卻是知道的。魯迅往和記的次數也比益錩要多得多，每次必定拉了齊壽山同去，我想這地方大概是齊君告訴他的，我只記得有一次還拉了一個陳師曾同去，至於許壽裳似乎不曾同去過。

過了十年之後，看見和記大舉的擴充，在它的東邊建造起高大的樓房來，正式開張飯館兼旅館，想見它在過去賺了不少的錢，可是改建之後生意似乎並不太好，不久旅館倒閉，連那牛肉店也關門了。

魯迅傍晚回到會館，便吃那裡的飯，除臨時發起喝啤酒，茵陳酒，去叫廣和居的炸丸子之外，有時在星期日叫傭工買一隻雞或肘子，白煮了來喝酒，此外添菜則有現成的醬肘子或清醬肉，以及松花即是南方的皮蛋，大抵也是喝酒時才添的。

一四　老長班

會館的長班是一個姓齊的老人，狀貌清瘦，顯得是吸雅片煙的，但很有一種品格，彷彿是一位太史公出身的候補道員。他自稱原籍紹興，這可能是的確的，不過不知道已在幾代之前了，世襲傳授當長班，所以對於會館的事情是非常清楚的。

他在那時將有六十歲了，同光年間的紹興京官他大概都知道，對於魯迅的祖父介孚公的事情似乎知道得更多。介孚公一時曾住在會館裡，或者其時已有不住女人的規定，他蓄了妾之後就移住在會館的近旁了。

魯迅初來會館的時候，老長班對他講了好些老周大人的故事，家裡有兩位姨太太，怎麼的打架等等。這在長班看來，原是老爺們家裡的常事，如李越縵也有同樣情形，王止軒在日記裡寫得很熱鬧，所以隨便講講，但是魯迅聽了很不好受，以後便不再找他去談，許多他所知悉的名人軼事都失掉了，也是很可惜的。

他的大兒子算是給魯迅當聽差，住在自己家裡，早出晚歸，他的職務便是拿臉水茶水，管開飯，晚上點洋燈，平時很少看見，反正長班總是在門房裡的，走到外邊叫一聲，便來替代辦事，譬如錢玄同來談天，有時遲到一點半鐘才走，那時自然更只有長班一人清醒著的了。

魯迅叫那聽差諢名為公子，長班則名為老太爺，這名稱倒都很是適當的。公子的下一輩似已不做長班，改從生產工業了，也是很好的事。

一五　星期日

在星期日，魯迅大概一個月裡有兩次，在琉璃廠去玩上半天。同平常日子差不多同時候起床，吃過茶坐一會兒之後，便出門前去，走進幾家熟識的碑帖店裡，讓進裡邊的一間屋內，和老闆談天。

琉璃廠西門有店號「敦古誼」的，是他常去的一家，又在小胡同裡有什麼齋，地名店名都不記得了，那裡老闆樣子很是質樸，他最為賞識，談的時間最久。他們時常到外省外縣去拓碑，到過許多地方，見聞很廣，所以比書店夥計能談。店裡拿出一堆拓本來，沒有怎麼整理過的，什麼都有，魯迅便耐心的一張張打開來看，有要的擱在一旁，反正不是貴重的，「算作幾吊錢吧」就解決了，有的魯迅留下叫用東昌紙裱背，有的就帶走了。他也看舊書，大抵到直隸書局去，可是買的很少，富晉書莊價錢奇貴，他最害怕，只有要買羅振玉所印的書的時候，不得已才去一趟，那些書也貴得很，但那是定價本來貴，不能怪書店老闆的了。

從廠西門往東走過去，經過一尺大街，便是楊梅竹斜街，那裡有青雲閣的後門，走到樓上的茶社內坐下，吃茶點替代午飯。那裡邊靠牆一帶有高級的坐位，都是躺椅，魯迅不但嫌它枕墊不潔，而且覺得那麼躺著吃茶可以不必，懶洋洋的樣子也很難看，所以他總是挑選桌子坐的，靠邊固然更好，否則屋子中央的方桌也沒有什麼關係。

泡茶來了之後，照例擺上好些碟子來，這與南京茶館的干絲相同，是堂倌額外的收入，魯迅不吃瓜子，總適宜的吃他兩三樣蜜餞之類，末了叫包子湯麵來吃，那東西很是不差，我想和東安市場的五芳齋比較，大概是有過之無不及吧。

從青雲閣正門出來，便是觀音寺街，買點日用什物回會館去，已是二時以後，來談閒天的客人也就漸漸的要到來了。

後記

這本書的寫成與出版全是偶然的，最初給上海的《亦報》寫稿，每天寫一段，幾乎沒有什麼結構，而且內容以事實為主，不雜議論，這個限制固然很有好處，但同時也就有了一個缺點。五六十年前左右的事實，——因為我最初是想只講到庚子為止的，——單靠記憶怎麼能行？有些地理的位置，歷史的年代，有可查考的還可以補訂，家庭個人的事情便無法核對，因為有關係的人八九都是不在了。但是我總還懷著這麼一個希望，有哪一位讀者給我幫助，能夠正誤補闕，使這缺點多少補救一點過來。

這個願望卻幸能達到一部分，因為我在今年春間得有機會和仁房義支的族叔冠五先生通信，承他指示出幾處錯誤，還有好些補充，使我能寫成這一節後記，在我是很欣幸，對於讀者也正是很有益處的。

冠五叔譜名鳳紀，字官五，後改冠五，小名曰朝，是藕琴叔祖的兒子，他在陝西生長，於一九〇一年回家，和我們一同住在新台門裡，直至一九一九年台門賣掉為止。他是我們叔輩，但年紀比較要小兩三歲，所以在好些年中，朝叔叔差不多是我們的頂好朋友，在「百草園」中本該講到他，但是我始終想以庚子為界限，所以把關於他的話擱置起來了。

他看了《故家》之後，提出些可珍重的意見，依原書頁數寫下，現在也就照樣的抄錄，隨時加上一點必要的按語，以供讀者參考。

六頁：新台門項下說覆盆橋周家派別不很清楚，我以為應該這樣的記述。

覆盆橋周家分作三房，叫作致（長房）中（次房）和（小房）三支，本來都住在一個台門裡，即是老台門。後來因生齒日繁，致房又析為智仁勇三個分支，中房也析作恕慎裕三個分支，僅和房丁衰單傳，沒有分支。（按十一世十五老太爺以坶還是由智房承繼過去的），原有屋宇不敷分配，於是在東昌坊和覆盆橋堍迤南各建住宅一所，台門和廳堂以及廳匾抱對，樣式色澤都和老台門一律。

落成後，把致房的智仁兩分支析居東昌坊的新台門內，又把中房的恕慎兩分支析居橋南的過橋臺門內，其致房的勇支，中房的裕支連同和房都留居原處即老台門。概括一句話，凡是留在老台門的都是小房。（和房本係小房，勇是致房的小房，裕是中房的小房。）

七頁：張永興壽材店是吳萬盛之誤。案此處不據以改正，因為憑我的記憶是張永興，又平常總認為在都亭橋下兼營葷粥麵食生意的他們家屬是姓張，所以在沒有更客觀的證明之前，不想依據別個人的記憶來改正自己的記憶了。

九頁：「三間頭」據老輩傳說係為防止火燭，儲藏柴草用的。但有一個時期也曾有人住過，就是六四的姑夫陳秋舫（章錫）夫婦，他們結婚後，以新姑爺的資格住在這裡，大概時間還很長吧。

那時秋舫還只是個秀才，他在岳家留連忘返，介孚公素性好批評人家的長短，對他曾批評說：在布裙底下躲著的是沒出息的東西。這話傳進了秋舫的耳朵，他立向岳家告辭，說：「不出山不上周家門。」後來果然他也中了進士，但不做官而就幕。

科場事發，恰巧蘇州府知府是王仁堪，他的刑名幕友正是陳秋舫，王仁堪以案子太大，牽涉過多，要想消滅，向秋舫商討辦法，秋舫堅執不允，說非揭參法辦不可，也就是他的乘機報復。

五五頁：三味書屋的同學中，「小頭鬼」不姓余，原名吳書紳。胡某名胡昌熏，張翔耀乃是章翔耀之誤。（案本文中已改正。）仁壽即梅卿。案仁壽蓋是小名，我們叫他仁壽叔叔，號樂山（「樂」字讀作「耀」，出典是與仁壽有關的），後改字梅卿，今尚健在。

五七頁：廣思堂的塾師名為王陶如。

五八頁：鵬更歲考的事，據梅卿說當係鵬飛之誤。案此說未可信。本書所說的係根據魯迅，所傳明說係瀛哥（鵬更字潤鄰，蓋與小字瀛相關，或誤作「傳」非）的事，而且強調他跛行的情狀，鵬飛字洙鄰，小名泗，與他無關。

六一頁：沈老八名守愚，諢名大頭阿八，他也是一個塾師，屢應童試不利，其得意佳作中有

「肚子餓，身上寒」等警句，常常對人背誦。他的住屋係老台門西面的一部分，為中房所有，他係向中房典用者。

六八頁：朱小雲是朱可銘之誤。他名叫鴻猷，後改天蒸，字可民，是魯迅前妻之弟。案原文是引用己亥日記，不擬改正，或者他那時候曾叫作小雲，亦未可知。

七一頁：戊戌六月玉田公去世，是丁酉之誤。案此處原文不誤。查辛丑日記，六月十九日項下云：玉田叔祖三周年拜懺。又我於丁酉年初往杭州，至戊戌五月回家，玉田公去世的時候我曾往送入殮，所以不可能是在丁酉年間。

七三頁：義房十二世兄弟中間，應把歡臣（即恩老爺，亦稱恩官）加入。藕琴公下應加「子四，長冠五，次鳳華，鳳翎，鳳安，迨紹時只剩冠五一人，餘皆夭折，因歡臣無子女，以冠五兼祧」。

七九頁：施姓師爺即施理卿，名燮。那時他由幕而官，所以離開南京，辛亥後還曾做過江海關監督，湖北交涉員兼海關監督，並未先歸道山。

八〇頁：周氏子弟往南京進水師學堂的共有五人，因為繼你之後還有一個我。我到南京後住在椒生的後半間，由你和奚清如給我教英文，預備英文稍有門徑，再予補入，據椒生告我說要先讀好英文的。我是一九〇二年壬寅二月同伯到南京，未及補入副額，即於秋季因瘧疾而由仲陽送回，年下椒生回家，藕琴公責其不肯給我補入，因之兩老兄弟大鬧一場，所以第二年我就不往南京而進府學堂肄業了。

八二頁：椒生在紹興府學堂是總辦，徐錫麟是副辦。你到府學堂來是來看我的，這我還記得。

八三頁：說利賓搬在大門內的大書房，其實他們是搬到內堂前東屋的後面披廂裡去了。

八六頁：講《西遊記》項下可以這樣補充說明：藕琴公在陝西做錢穀幕友，在華陰長安富平一帶。他和介孚公同在辛丑（一九〇一）年先後回紹，兩老兄弟久別重逢，乍見格外親密，介孚公時常到他那裡去談天。

介孚公向來是歡喜談論人家的短長的，因之往往談到衍太太的那一件事，一而再的談論不已。藕琴公素性是剛而且扭的，所以他的小名是叫鐵牛，有一天又談到這事了，藕琴公就說這其實也沒有什麼，「有寡婦見鰥夫而欲嫁之」這句成語，也就說的是這些曠夫怨女吧！你想他們近在咫尺，年齡相近，而又正是一鰥一寡，雖然有乖倫常，卻也是人情，你何必一再的刺刺不休呢？介孚公聽了大不以為然，於是反駁說道，那末豬八戒遊盤絲洞也是合乎情理的了。

自此以後，他們兩人一碰到，介孚公就大講其《西遊記》，而所講都只限於盤絲洞這一段，大堂前恰巧正是衍太太住房的窗口，所以藕琴公只好卻步不前了。

案冠五叔的這一段補充對於本書最有價值，因為有了它那講《西遊記》的意義才得明瞭。我在本文中也曾經說及冠五，希望他能瞭解，現在果然達到目的，這在我覺得是十分可喜可感謝的事。

八八頁：伯升進水師學堂，由椒生為其改名曰文治，號則仍舊。伯升那時外出，常常叫我替他幫忙，因為我是住在椒生房裡的，他未出去以前，先到椒生房裡來打一個照面，對我做鬼臉，我就把他那紅皮底響鞋拿到外面去等著，等他出來經過椒生窗口以後，換上響鞋而去。換下來的舊鞋由我拿進房裡代為收藏，到晚上約定時間到了，我再拿著舊鞋去等，好在椒生是深度近視，所有一切的做鬼臉，和舊鞋響鞋的調進調出，他都是不接頭的。

一〇一頁：給桐生募錢買一套賣麻花燒餅的傢伙，和替他向麻花攤擔保的，乃是伯而不是仲翔，這是藍老太太和謙少奶奶在罵桐生的時候，每次據為口實的。至於仲翔他是一個勢利刻薄的人，他不向桐生剝削，已屬萬幸，哪肯幹這樣賠錢負責的傻事情呢？所以他在新台門賣掉後，拼住到老台門裡，在他將死的前兩年，也和他的老父一樣，念經茹素，懺悔平生了。

一〇三頁：在有一年年終，椒生和藕琴公在祝福祀神後，說起阿桐有好多天沒有出來了，該要餓死了吧？他兩人商量著叫我和仲翔各去拿了廿塊年糕兩串粽子，由我和仲翔拎著糕粽照著燈，四個人一道到大書房。桐生是面牆躺著，見了亮光，抬頭一看，仍復躺下。

仲翔叫了兩聲「桐店王」，椒生和藕琴公接著說，這是給你過年的，你慢慢的吃，一下子吃的太多是要吃壞的。他卻仍然高臥，愛理不理的說：「安東好者！」（放在那裡好了）根本不是饅頭，也不是仲翔的事。你的記載大概是誤信了仲翔的讕言吧。

案這兩則關於桐生的訂正都很好很有價值。仲翔的勢利刻薄大家也多知道，但他人很聰明，戊戌以後就頗有新黨的氣味，當時與魯迅很談得來，因此時常聽他的談話，無意中就把有些讕言也聽了下來了。

一〇七頁：十五老太爺一直活到己亥以後，己亥是一八九九年，我於一九〇一年辛丑回到紹興的，還曾見過他。

一一九頁：近鄰以搖船為生的四十，係六十之誤。

一四一頁：屠寶林太娘的柴店叫屠正泰。錫箔店的老闆名叫王咬臍。

一四四頁：申屠泉不是被人拋磚擊死的，乃是和一個名叫阿意的泥水匠盜掘了朱姓的祖墳，事發潛逃，不知所終。

一四六頁：傅澄記米店老闆名傅阿三，小老闆傅德全。

一四七頁：屠寶林太娘還有兩個兒子，一名阿煥，已娶妻，一名阿燮，沒有成家，本來都是錫箔司務，後來不知為何均出外謀生。阿燮一去不返，傳說已做了和尚；阿煥回來過一次，再出去以後就不知去向了。

一四九頁：唐將軍廟在長慶寺南首，廟與寺之間尚隔一關帝廟，不過裡面和寺是走得通的。穆神廟在長慶寺的斜對面，說間壁誤。

一五六頁：魯老太太的放腳是和我的女人謝蕉蔭商量好一同放的。「金魚」在說了放腳是要嫁洋鬼子的話以外，還把她們稱為「妖怪」。金魚的老子（即椒生）也給她們兩人加了「南池大掃帚」的稱號，並責藕琴公家教不嚴，藕琴公卻冷冷的說了一句：「我難道要管媳婦的腳麼？」這位老頑固碰了一鼻子灰，就一聲不響的走了。

此外有一條不注明頁數，現在並錄於此，看來或者是該屬於八一頁的吧。這條特別有題目云「蔣老太太的幽默」：

有一天喬峰到我家來，回去的時候恰巧「金魚」正在大發其呆病，雙手插腰，站在後邊的白板門（藍老太太窗外的那道單扇門）中間，喬峰從他的腋下擦過，「金魚」拿起靠在旁邊的長旱煙袋，向喬峰頭上摑了一下，口說：「見長輩為什麼不叫！」

喬峰回去告訴了蔣老太太，她正在吸旱煙，一聲不響，一邊吸煙，一邊走到神堂下坐下。剛剛「金魚」怒氣衝衝的走出來了，走到蔣老太太的面前，她舉起手裡的長煙袋，向「金魚」頭上摑了一下，也對他說：「見長輩為什麼不叫！你會教訓阿侄，我也會教訓阿侄。」

「金魚」趕緊說道：「八媽不要生氣，阿侄錯者，阿侄錯者。」

案這個故事當然是真實的吧，雖然我不曾聽到家裡的人講過。這作風也與蔣老太太有點符合。八媽意思那是八伯母，因為介孚公在第十二世中大排行第八，而椒生則是十八，所以蔣老太太該是伯母而不是叔母了。原文注云：喬峰那時大概是十五六歲，那末該是在壬寅癸卯（一九〇二至三年）之間吧。

一八五頁：浙江初任教育司長是名鈞業的沈馥生，而不是衡山，大概是由鈞業誤憶到鈞儒吧？案此處本文中所說不誤，我到在杭州頭髮巷的教育司去住過一個多月，看見沈衡山好多次，不會得誤記。沈鈞業雖是紹興人，常聽陳子英說起，卻始終沒有見過面，所以和他是毫無關係的。

一九五四，十，二十。

魯迅的青年時代

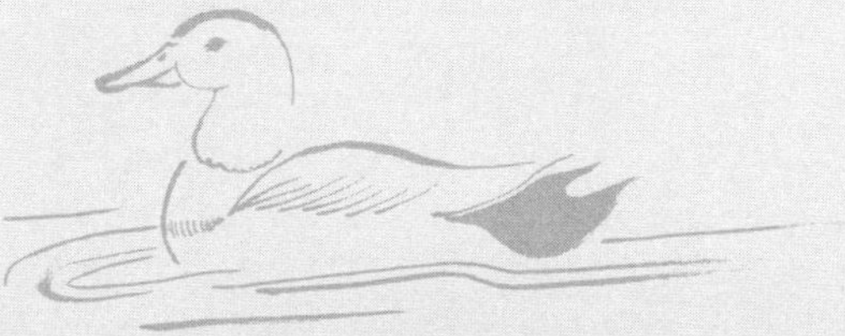

序言

今年十月值魯迅去世二十周年紀念，有些報刊來找到我，叫寫紀念文字，我既不好推辭，也實在覺得有點為難。這個理由很是簡單明瞭的。因為我以前所寫關於魯迅的文章，一律以報告事實為主，而這事實乃是「事物」的一類，是硬性的存在，也是有限度的。我對報刊的同志們說，請大家原諒，寫不出什麼文章來，因為我沒有寫文章的資本了。我寫那些舊文章的資本都是過去的事實，而那樣的資本卻有一定的限量，有如鈔票似的，我所有的一札有一定的數目，用掉一張便少一張，自己不可能來製造加添的。各位都諒解我的意思，但還是要叫我寫，我也不好再硬辭，只得答應下來，結果便是這幾篇文字。

承中國青年出版社的盛意，肯給我印成小冊子，這是我所感謝的，但如上文所說，這些文章或者內容不大充實，要請讀者原諒，只是空想亂說的話那我可以保證是沒有的。不過話又說了回來，這比起我以前所寫的或者有地方還較為得要領些，不是那麼的散漫，有地方也供給了些新的事實，雖然這分量不多。

《西北大學簡報》上登載一篇我的女兒所寫的紀念文，裡邊說到有些小事情，例如魯迅不愛理髮的一節，頗能補足我們的缺漏，也就抄來附在裡邊了。除了這些新寫的文章以外，我又把舊稿三篇找了出來，作為附錄，加在末尾。其中一篇是《阿Q正傳》在《晨報副刊》上發表完了的時候，又兩篇則是魯迅剛去世後所寫，也都有紀念的性質，重印出來，或者可以稍供讀者的參考。

一九五六年，十一月一日記於北京。

魯迅的青年時代

一　名字與別號

題目是魯迅的青年時代，但是我還得從他的小時候說起，因為在他生活中間要細分段落，是一件很不容易的事情，為的避免這個困難，我便決定了從頭來說。

我在這裡所講的都是事實，是我所親自聞見，至今還有點記憶的，這才記錄，若是別人所說，即便是母親的話，也要她直接對我說過，才敢相信。只是事隔多年，至少有五十年的光陰夾在這中間，難免有些記不周全的地方，這是要請讀者原諒的。

魯迅原名周樟壽，是他的祖父介孚公給他所取的。他生於前清光緒辛巳八月初三日，即西元一八八一年九月二十五日。那時介孚公在北京當「京官」，在接到家信的那一日，適值有什麼客人來訪，便拿那人的姓來做名字，大概取個吉利的兆頭，因為那些來客反正是什麼官員，即使是窮翰林也罷，總是有功名的。

不知道那天的客人是「張」什麼，總之魯迅的小名定為阿張，隨後再找同音異義的字取作「書名」，乃是樟壽二字，號曰「豫山」，取義於豫章。後來魯迅上書房去，同學們取笑他，叫他作「雨傘」，他聽了不喜歡，請祖父改定，介孚公乃將山字去掉，改為「豫才」，有人加上木旁寫作「豫材」，其實是不對的。

到了戊戌（一八九八）年，魯迅是十八歲的時候，要往南京去進學堂，這時改名為周樹人。

在那時候中國還是用八股考試，凡有志上進的人必須熟讀四書五經，練習八股文和試帖詩，辛苦應試，僥倖取得秀才舉人的頭銜，作為往上爬的基礎。新式的學校還一個都沒有，只有幾個水陸師的學堂，養成海陸軍的將校的，分設在天津武昌南京福州等處，都是官費供給，學生不但不用花錢，而且還有津貼可領。

魯迅心想出外求學，家裡卻出不起錢，結果自然只好進公費的水陸師學堂，又考慮路程的遠近，結果決定了往南京去。

其實這裡還有別一個，而且可以算是主要的緣因，乃是因為在南京的水師學堂裡有一個本家叔祖，在那裡當「管輪堂」監督，換句話說便是「輪機科舍監」。魯迅到了南京，便去投奔他，暫住在他的後房。

可是這位監督很有點兒頑固，他雖然以舉人資格擔任了這個差使，但總覺得子弟進學堂「當兵」不大好，至少不宜拿出家譜上的本名來，因此就給他改了名字，因為典故是出於「百年樹人」的話，所以豫才的號仍舊可以使用，不曾再改。後來水師學堂退學，改入陸師學堂附設的路礦學堂，也仍是用的這個名字和號。

在南京學堂的時期，魯迅才開始使用別號。他刻有一塊石章，文云「戎馬書生」，自己署名有過一個「戛劍生」，要算早，因為在我的庚子（一九〇〇）年舊日記中，抄存有戛劍生《蒔花雜誌》等數則，又有那年除夕在家裡所作的《祭書神文》上邊也說「會稽戛劍生」，可以為證。

此外從「樹人」這字面上，又變出「自樹」這個別號，同時大概取索居獨處的意思，自稱「索士」或「索子」，這都是在他往日本留學之後，因為這在我癸卯甲辰（一九〇三至一九〇四）年的日記上出現，可是以前是未曾用的。

一九〇七年以後，《河南》雜誌請他寫文章，那時他的署名是用「迅行」或「令飛」，這與他的本名別無連繫，大概只是取前進的意思吧。

中間十個年頭過去了，到了「五四」以後，他又開始給《新青年》寫文章，那時主編的陳獨秀胡適之等人定有一個清規，便是不贊成匿名，用別號也算是不負責任，必須使用真姓名。魯迅雖然是不願意，但也不想破壞這個規矩，他便在「迅行」上面減去「行」字，加上了「魯」字作姓，就算是敷衍過去了。

這裡他用的是母親的姓，因為他怕姓周使人家可以猜測，所以改說姓魯，並無什麼別的意思。他那時本有「俟堂」這個別號，也拿出來應用，不過倒轉過來，又將堂字寫作唐，成為「唐俟」，多使用於新詩和雜感，小說則專用「魯迅」，以後便定了下來，差不多成為本名了。他寫《阿Q正傳》時特別署過「巴人」的名字，但以後就不再使用。這裡所說差不多至一九二〇年為止。這以後，他所用的筆名很多，現在不再敘述了。

二 師父與先生

魯迅小時候的事情，實在我知道得並不多，因為我要比他小三歲，在我剛七八歲有點知識懂人事的時候，他已經過了十歲了。個人的知識記憶各有不同，像我自己差不多十歲以前的事全都不記得了，現在可以紀錄下來的只是一二另碎的片段而已。

因為生下來是長子，在家庭裡很是珍重，依照舊時風俗，為的保證他長大，有種種的儀式要舉行。除了通行的「滿月」和「得周」的各樣的祭祀以外，還要向神佛去「記名」。所謂記名即是說把小孩的名字記在神或佛的賬上，表示他已經出了家了，不再是人家的嬌兒，免得鬼神妒忌，要想搶奪了去。

魯迅首先是向大桶盤（地名，本來是一個大湖）的女神記名，這女神不知道是什麼神道，彷彿記得是九天玄女，卻也不能確定。

記了名的義務是每年有一次，在一定的期間內要去祭祀「還願」，備了小三牲去禮拜。其次又拜一個和尚為師，即是表示出家做了沙彌，家裡對於師父的報酬是什麼，我不知道，徒弟則是從師父領得一個法名，魯迅所得到的乃是長根二字。

師父自己的法號卻似乎已經失傳，因為我們只聽別人背後叫他「阿隆」，當面大概是隆師父吧，真名字不知道是什麼隆或是隆什麼了。他住的地方距離魯迅的家不遠，是東昌坊口迤北塔子橋頭的長慶寺，那法名裡的「長」字或者即是由寺名而來，也未可知。

我又記得那大桶盤廟的記名也是有法名的，卻是不記得了，而且似乎那法名的辦法是每個輪番用神名的一字，再配上別一個字去便成，但是如果她是九天玄女，那末女字如何安排，因此覺得這個記憶未必是確實的了。

小孩的裝飾大抵今昔南北還沒有什麼大的不同，例如老虎頭鞋和帽，至今也還可以看到。但是有些東西卻已經沒人知道了，百家衣即是其一。這是一件斜領的衣服，用各色綢片拼合而成，大概是在模仿袈裟的做法吧，一件從好些人家拼湊出來的東西似乎有一種什麼神力，這在民俗上也是常有的事情。

此外還有一件物事，在紹興叫作「牛繩」，原義自然是牽牛的繩索，作為小孩的裝飾乃是用紅絲線所編成，有小指那麼粗，長約二尺之譜，兩頭打結，套在脖子上，平常未必用，若是要出門去的時候，那是必須戴上的。牛繩本身只是一根索子便已夠了，但是它還有好些附屬品，都是有辟邪能力的法物，順便掛在一起了。

這些物件裡邊，我所知道的有小銅鏡，叫做「鬼見怕」的一種貝殼，還有一寸多長的小本「黃曆」，用紅線結了網裝著。據說魯迅用過的一根牛繩至今還保存著，這也是可能的事，至於有人說這或是隆師父的贈品，則似未可信，因為我們不曾拜過和尚為師的人，在小時候同樣的掛過牛繩，可見這原是家庭裡所自備的了。

魯迅的「開蒙」的先生是誰，有點記不清了，可能是叔祖輩的玉田或是花塍吧。雖然我記得大約七八歲的時候同了魯迅在花塍那裡讀過書，但是初次上學所謂開蒙的先生照例非秀才不可，那末在儀式上或者是玉田擔任，後來乃改從花塍讀書的吧。

這之後還跟子京讀過，也是叔祖輩的一人，這人有點兒神經病，又是文理不通，本來不能當先生，只因同住在一個院子裡，相距不到十步路，所以便去請教他。這期間不知道有多久，只是他教了出來許多笑話，終於只好中止了。

這事相隔很久，因為可笑，所以至今清楚的記得。第一次是給魯迅「對課」，出三字課題云「父攘羊」，大約魯迅對的不合適，先生為代對云「叔偷桃」。這裡羊桃二字都是平聲，已經不合對課的規格，而且還把東方朔依照俗音寫成「東方叔」，又是一個別字。魯迅拿回來給父親看，伯宜公大為發笑，但也就擱下了。

第二次給講書，乃是《孟子》裡引《公劉》的詩句，到「乃裹餱糧」，他把第三字讀作「猴」字，第二字讀為「咕」，說道：公劉那時那麼的窮困，他連胡猻袋裡的果子也「咕」的擠出來拿了去了！伯宜公聽了也仍然微笑，但從第二天起便不再叫小孩到那邊去上學了。

這個故事有點近於笑話，而且似乎編造得有點牽強，其實如果我不是在場親自聽見，也有這種感覺，可見實人實事有些也很奇特，有時會得比編造的更奇特的。

上邊所說的事記不清是在哪一年，但魯迅已經在讀《孟子》，那是很明瞭確實的。可能這是在光緒壬辰（一八九二）年，這之後他便進了三味書屋跟壽鏡吾先生讀書去了。

總之次年癸巳（一八九三）他已在那裡上學，那是不成問題的，但曾祖母於壬辰除夕去世，新年匆忙辦理喪事，不大可能打發他去入學，所以推定往三味書屋去在上一年裡，是比較可以相信的。

三　遇見「閏土」

上文說到了光緒癸巳年，這一年很重要，因為在魯迅的生活中是一個重大關鍵，我也已是滿八歲多了，知道的事情也比較多些了，所記述的因此也可以確實些。

在這一年裡應該記的是魯迅初次認識了「閏土」。他姓章，本名運水，因為八字上五行缺水，所以小名叫作「阿水」，書名加上一個運字，大概是取「運氣」的意思，紹興俗語閏運同音，所以小說上改寫作「閏」，水也換作五行中的「土」了。

運水的父親名章福慶，一向在家中幫忙工作，他的本行是竹匠，家在杜浦村，那裡是海邊一片都是沙地，種些瓜豆棉花之類，農忙時在鄉間種地，家裡遇過年或必要時他來做幫工。那年曾祖母去世，在新年辦喪事，適值輪到祭祀「當年」，更是忙亂。

周家共分三大房，又各分為三小房，底下又分為三支，祖先祭祀置有祭田，各房輪流承辦，小祭祀每九年輪到一回，大祭祀便要二十七年了。那一年輪到的不記得是哪一個祭祀，總之新年十八天要懸掛祖像，擺列祭器，讓本家的人前來瞻拜。

這回辦理喪事，中堂恰被佔用了，只好變通一下，借用了本家的在大門西邊的大書房來掛像，因為那些祭器如古銅大「五事」——香爐燭臺和兩個花瓶共五件，稱為五事，——和裝果品和年糕粽子的錫盤，都相當值錢，容易被白日撞門賊所偷走，須要有人看守才行，這個工作便托章福慶把他的兒子運水叫來，交付給他。

魯迅的家當然是舊式封建家庭，但舊習慣上不知怎的對於使用的工人稱呼上相當客氣。章福慶因為福字犯諱，簡略為章慶，伯宜公直呼他阿慶，祖母和母親則叫老慶，小孩們統統稱他慶叔，對於別家的佣人也是一樣，因為我還記得有過一個老工人，我們稱為王富叔的。運水來了，大家不客氣的都叫他阿水，因為他年紀小，他大概比魯迅大兩三歲，可能有十五六歲吧。魯迅叫他阿水，他叫魯迅「大阿官」，這兩人當時就成了好朋友。

那時魯迅已在三味書屋上學，當然有了好些同窗朋友，但是不論是士人或商家出身，他們都是城裡人，彼此只有泛泛的交情罷了。運水來自鄉下海邊，有他獨特的新奇的環境，素樸的性格，魯迅初次遇到，給與了他很深的印象，後來在文章上時常說到，正是很當然的了。

魯迅往安橋頭外婆家去的時候，可能去過鎮塘殿吃茶，到楝樹下看三眼閘，或者也看過八月十八的大潮，但是海邊「沙地」上的偉大的平常的景色卻沒有機會看到過，這只有在運水的話裡才能聽見一部分。

張飛鳥與藍背在空中飛，岸上有「鬼見怕」和「觀音掌」等珍奇的貝殼，地上有鐵叉也戳不著的猹——或是獾豬，這些與前後所見的《爾雅圖》和《山海經》圖豈不是也很有一種連繫麼。

到了庚子新年，已在七年之後，運水來拜歲留住，魯迅還同他上「大街」去玩了兩天，留在我的舊日記上，可見到那時候還是同朋友似的相處的了。

四　祖父的故事

那年還有一件事，對於魯迅有很大的影響的，便是家中出了變故，使得小孩們不得不暫時往外婆家去避難。在要說這事件之先，我們須得先來一講介孚公的事情。

介孚公諱名致福，後來改名福清，在同治辛未（一八七一）年是他三十七歲的時候，中了會試第一百九十九名進士，殿試三甲欽點翰林院庶起士，在館學習三年，至甲戌（一八七四）年散館，奉旨以知縣用，分發四川，選得滎昌縣，因親老告近，改選江西金谿縣。

介孚公的脾氣生來不大好，喜歡罵人，什麼人都看不起，我聽他晚年怒罵，自呆皇帝（清光緒帝）昏太后（西太后）起，直罵到子侄輩。在他壯年時代大概也是如此，而且翰林外放知縣，俗稱「老虎班」，最是吃硬，不但立即補缺，而且官場上也相當有面子。有這兩種原因，他不但很是風厲，而且也有點任意了，碰巧那上司江西巡撫又偏偏不是科甲出身，更為他所蔑視，終於頂起牛來。

但官職太小究竟抵敵不過，結果被巡撫奏參，奉旨革職改教，即是革掉了知縣，改充教官，那時府學縣學的教授訓導，彷彿是中學校的教員。他心裡不服，憑了他的科甲出身，入京考取了內閣中書，一直做了十多年的京官，得不到什麼升遷。曾祖母戴老太太去世了，介孚公乃告假回家來。

那時電報已通，由天津乘輪船，可以直達上海，所以在「五七」以前，他同了潘姨太太和兒子伯升回到了家裡。他這半年在家裡發脾氣，鬧得雞犬不寧，這倒還在其次，到了秋天他出外去，卻闖下了滔天大禍，雖是出於意外，可是也與他的脾氣有關的。

那年正值浙江舉行鄉試，正副主考都已發表，已經出京前來，正主考殷如璋可能是同年吧，同介孚公是相識的。親友中有人出主意，招集幾個有錢的秀才，湊成一萬兩銀子，寫了錢莊的期票，請介孚公去送給主考，買通關節，取中舉人，對於經手人當然另有酬報。介孚公便到蘇州等候主考到來，見過一面，隨即差遣「跟班」將信送去。

那時恰巧副主考正在正主考船上談天，主考知趣得信不立即拆看，那跟班乃是鄉下人，等得急了，便在外邊叫喊，說銀信為什麼不給回條。這事情便戳穿了，交給蘇州府去查辦，知府王仁堪想要含糊了事，說犯人素有神經病，照例可以免罪。可是介孚公本人卻不答應，公堂上振振有詞，說他並不是神經病，歷陳某科某人，都通關節中了舉人，這並不算什麼事，他不過是照樣的來一下罷了。

事情弄得不可開交，只好依法辦理，由浙江省主辦，呈報刑部，請旨處分。這所謂科場案在清朝是非常嚴重的，往往交通關節的人都處了死刑，有時殺戮幾十人之多。清朝末葉這種情形略有改變，官場多取敷衍政策，不願深求，因此介孚公一案也得比較從輕，定為「斬監候」的罪名，一直押在杭州府獄內，前後經過了八個年頭，到辛丑（一九〇一）年由刑部尚書薛允升上奏，依照庚子年亂中出獄的犯人，事定後前來投案悉予免罪的例，也把他放免了。

五　避難

祖父介孚公的事我們輕描淡寫的幾句話說過去了，可是它給與家庭的災禍實在不小，介孚公一人雖然幸得保全，家卻也是破了。因為這是一個「欽案」，哄動了一時，衙門方面的騷擾由於知縣俞鳳岡的持重，不算厲害，但是人情勢利，親戚本家的嘴臉都顯現出來了。

大人們怕小孩子在這紛亂的環境不合適，乃打發往外婆家去避難，這本來是在安橋頭村，外公晴軒公中舉人後移住皇甫莊，租住范氏房屋，這時便往皇甫莊去了。

魯迅被寄在大舅父怡堂處，我在小舅父寄湘那邊，因為年紀尚小，便交給一個老女僕照料同睡，大家叫她作唐港媽媽，大概是她的鄉村名字。大舅父處有表兄姊各一人，小舅父處只表姊妹四人，不能作伴，所以每天差不多都在大舅父的後樓上玩耍。

我因為年紀不夠，不曾感覺著什麼，魯迅則不免很受到些激刺，據他後來說，曾在那裡被人稱作「討飯」，即是說乞丐。但是他沒有說明，大家也不曾追問這件不愉快的事情，查明這說話的究竟是誰。這個激刺的影響很不輕，後來又加上本家的輕蔑與欺侮，造成他的反抗的感情，與日後離家出外求學的事情也是很有關連的。

不過在大舅父那裡過的幾個月的光陰，也不全是不愉快或是空虛無用的。他在那裡固然初次感到人情的冷酷，對於少年心靈是一個重大的打擊，但是在文化修養上並不是沒有好處，因為這也正在那時候他才與祖國的偉大文化遺產的一大部分——板畫和小說，真正發生了接觸。明顯的表現便是影寫《蕩寇志》的全部繡像。

魯迅在家裡的時候，當然也見過些繡像的書。阿長給他買的木版《山海經》，雖然年代不詳，大概要算是最早了吧。那是小本木刻，因為一葉一圖，所以也還清楚，那些古怪的圖像，形如布袋的「帝江」，沒有腦袋而以乳為目，以臍為口的「刑天」，這比龍頭人身馬蹄的「彊良」還要新奇，引起兒童多少奔放豐富的想像來呀。

伯宜公舊有的兩本《爾雅音圖》，是廣百宋齋的石印小本，一頁裡有四個圖，原版本有一尺來大，所以不成問題，縮小後便不很清楚了。此外還存有四本《百美新詠》，全是差不多一樣的女人，看了覺得單調。很特別是一部彈詞《白蛇傳》，上邊也有繡像，不過沒有多少張，因為出場的腳色本來不多。

彈詞那時沒有讀，但白蛇的故事是人人知道的，大家都同情「白娘娘」，看不起許仙，而尤其討厭法海。《白蛇傳》的繡像看上去所以無甚興趣，只是一股怨恨的感情聚集在法海身上，看到他的圖像便用指甲掐他的眼睛，結果這一葉的一部分就特別破爛了。

歸根結蒂的說來，繡像書雖是有過幾冊，可是沒有什麼值得愛玩的。大舅父那裡的這部《蕩寇志》因為是道光年代的木刻原版，書本較大，畫像比較生動，像贊也用篆隸真草各體分書，顯得相當精工。

魯迅小時候也隨意自畫人物，在院子裡矮牆上畫有尖嘴雞爪的雷公，荊川紙小冊子上也畫過「射死八斤」的漫畫，這時卻真正感到了繪畫的興味，開始來細心影寫這些繡像。恰巧鄰近雜貨店裡有一種竹紙可以買到，俗名「明公（蜈蚣）紙」，每張一文制錢，現在想起來，大概是毛邊紙的一種，一大張六開吧。魯迅買了這明公紙來，一張張的描寫，像贊的字也都照樣寫下來，除了一些楷書的曾由表兄延孫幫寫過幾張，此外全數是由他一個人包辦的。

這個模寫本不記得花了多少時光，總數約有一百頁吧，一天畫一頁恐怕是不大夠的。我們可以說，魯迅在皇甫莊的這個時期，他的精神都用在這件工作上，後來訂成一冊，帶回家去，一二年後因為有同學見了喜歡，魯迅便出讓給他了。

延孫那裡又有一部石印的《毛詩品物圖考》，小本兩冊，原書係日本岡元鳳所作，引用《詩經》裡的句子，將草木蟲魚分別的繪圖列說，中國同時有徐鼎的品物圖說，卻不及這書的畫得精美。這也給了魯迅一個刺激，引起買書的興趣來。現在這種石印本是買不到了，但日本天明甲辰（一七八四）的原印本卻還可以看到。

六　買新書

魯迅在皇甫莊大概住了有五六個月吧，到了年底因了典屋滿期或是什麼別的關係，外婆家非得搬家不可了。兩家舅父決定分住兩地，大舅父搬到小皋埠，小舅父回到安橋頭老家去，外祖母則每年輪番的到他們家裡去同住。因為小舅父家都是女孩，有點不大方便，所以魯迅和我都一併同了大舅父搬去了。

小皋埠那裡的房東似是胡秦兩姓，秦家的主人秦少漁是大舅父前妻的兄弟，是詩人兼畫家的秦樹銛的兒子，也能畫梅花，只是吃了鴉片，不務生計，從世俗的眼光看來乃是敗落子弟，但是很有風趣，和魯迅很說得來，因為小名「友」便叫他做「友舅舅」，時常找他去談天。

他性喜看小說，凡是那時所有的說部書，他幾乎全備，雖然大抵是鉛石印，不曾見過什麼木刻大本。魯迅到了小皋埠之後，不再作影寫繡像這種工作了，他除了找友舅舅閒談之外，便是借小說來看。我因為年紀還小，不夠參加談天，識字不多，也不能看書，所以詳細情形都說不上來了。總之他在那裡讀了許多小說，這於增加知識之外，也打下了後日講「中國小說史」的基礎，那是無可疑的吧。

不知道是什麼時候，大抵是在春天上墳時節吧，大人們看得沒有什麼風波了，便叫小孩們回到家裡去。在皇甫莊和小皋埠所受的影響立即向著兩方面發展，一是開始買新書，二是繼續影寫圖畫。

魯迅回家後所買第一部新書，大概是也應當是那兩冊石印的《毛詩品物圖考》。明白記得那書價是銀洋兩角，因為買的不是一次，掉換也有好幾次。不知為什麼那麼的看重此書，買來後必要仔細檢查，如果發見哪裡有什麼墨汙，或者哪一頁訂得歪斜了，便要立即趕去掉換。有時候在沒有查出缺點之前，變動了一點，有如改換封面之類，那就不能退換了，只得折價賣給某一同學，再貼了錢去另買新書。

因為去的回數多了，對於書坊夥計那麼叮嚀妥貼的用破毛邊紙包書的手法也看熟了，便學得了他們的方法，以後在包書和訂書的技術方面都有一點特長，為一般讀書人所不及。後來所買的同類書籍中記得有《百將圖》，只可惜與《百美新詠》同樣的顯得單調，《二十四孝圖》則因為向來討厭它，沒有收集，直到後來要研究它，這才買到了什麼《百孝圖》等。

上邊忘記說，家裡原有藏書中間有一部任渭長畫的《於越先賢像傳》和劍俠傳圖，在小時候也覺得它畫得別致，很是愛好。這之後轉入各種石印畫譜，但是這裡要說的先是一冊木刻的，名叫「海仙畫譜」，又稱「十八描法」，著者姓小田，乃是日本人，所以這書是日本刻印的。內容只是十八圖，用了各種衣褶的描法如柳葉描棗核描等，畫出狀如羅漢的若干模型來。

當時為什麼要買這冊畫譜，這理由完全記不得了，但是記得這一件附帶的事情，便是此書的價錢是一百五十文，由我們兩人和小兄弟松壽各出五十文錢，算作三人合買的。在那時節拿出兩角錢去買過名物圖考，為什麼這一百五十文要三個人來合出呢？大概是由於小兄弟動議，願意加入合作的吧。

可是後來不知是因為書沒有意思，還是不能隨意取閱的緣故呢，他感覺不滿意，去對父親「告訴」了。伯宜公躺在小榻上正抽鴉片煙，便叫拿書來看，魯迅當初頗有點兒惶恐，因為以前買書都是瞞著大人們的。伯宜公對於小孩卻是很有理解，他拿去翻閱了一遍，並不說什麼話，仍舊還了我們了。

魯迅剛讀過《詩經》，小雅《巷伯》一篇大概給他很深的印象，因此他有一個時候便給小兄弟起了一個綽號，便是「讒人」。但是小兄弟既然還未讀書，也不明白它的意義，不久也就忘了。那本畫譜魯迅主張單給了小兄弟，合股的一百文算是扔掉了，另外去買了一本來收著，同一《海仙畫譜》所以有兩本的原因就是為此。

關於這小兄弟還有一件事，可寫在這裡。魯迅在一九二五年寫有一篇小文，題曰「風箏」，後來收在《野草》裡邊。他說自己嫌惡放風箏，看見他的小兄弟在糊蝴蝶風箏，便發了怒，將風箏的翅骨折斷，風輪踏扁了。事隔多年之後，心裡老覺得抱歉似的，心想對他說明，可是後來談及的時候，小兄弟卻是什麼也不記得了。

這所說的小兄弟也正是松壽，不過《野草》裡所說的是「詩與真實」和合在一起，糊風箏是真實，折斷風箏翅骨等乃是詩的成分了。松壽小時候愛放風箏，也善於自糊風箏，但那是戊戌（一八九八）以後的事，魯迅於那年春天往南京，已經不在家裡了。而且魯迅對於兄弟與遊戲，都是很有理解，沒有那種發怒的事，文章上只是想像的假設，是表現一種意思的方便而已。松壽生於光緒戊子（一八八八），在己亥庚子那時候剛是十二三歲。

七　影寫畫譜

我們把新書與畫譜分開了來說，其實這兩者還只是一件事。新書裡也包含著畫譜，有些新印本買得到的，就買了來收藏，有些舊本找不到，便只好借了來看，光看看覺得不夠，結果動手來影畫下來。買到的畫譜，據我所記得的，有《芥子園畫傳》四集，《天下名山圖詠》，《古今名人畫譜》，《海上名人畫稿》，《點石齋叢畫》，《詩畫舫》，《晚笑堂畫傳》木版本尚有流傳，所以也買到原本，別的都是石印新書了。

有幾種舊的買不到，從別人處借了來看，覺得可喜，則用荊川紙蒙在書上，把它影寫下來。這回所寫的比以前《蕩寇志》要進一步，不是小說的繡像，而是純粹的繪畫了。

這裡邊最記得清楚的是馬鏡江的兩卷《詩中畫》，他描寫詩詞中的景物，是山水畫而帶點小人物，描起來要難得多了。但是魯迅卻耐心的全部寫完，照樣訂成兩冊，那時看過的印象覺得與原本所差無幾，只是墨描與印刷的不同罷了。

第二種書，這不是說次序，只是就記憶來說，乃是王冶梅的一冊畫譜。王冶梅所畫的有梅花石頭等好些種，這一冊是寫意人物，畫得很有點別致。這裡又分上下二部，上部題名「三十六賞心樂事」，圖樣至今還覺得很熟悉，只是列舉不出了，記得有一幅畫堂上一人督率小童在開酒罈，柴門外站著兩個客人，題曰「開甕忽逢陶謝」，又一幅題曰「好鳥枝頭自賞」。

在多少年之後我見到一部日本刻本，這《賞心樂事》尚有續與三續，魯迅所寫的大概是初版本，所以只有三十六事，作為上卷，都是直幅，下卷則是橫幅，性質很雜，沒有什麼系統。所畫都是人物，而簡略得很，可以說是一種漫畫，上卷則無諷刺意味，下卷中有一幅畫作乞丐手牽一狗，狗口銜一瓢向人乞錢，題詞首一句云「丐亦世之達人乎」，惜下文都忘記了。

第三種所畫又是很有點特殊的，這既非繡像，也不是什麼畫譜，乃是一卷王磐的《野菜譜》，原來附刻在徐光啟的《農政全書》的末尾的。《野菜譜》原是講「荒政」的書，即是說遇到荒年，食糧不夠，有些野菜可以採取充饑，這一類書刻本難得見，只有《野菜譜》因為附刻關係，所以流傳較廣。

這書還有一樣特色，它的品種雖是收得比較少些，但是編得很有意思，在每一幅植物圖上都題有一首贊，似歌似謠，雖或有點牽強，大都能自圓其說。

魯迅影寫這一卷書，我想喜歡這題詞大概是一部分原因，不過原本並非借自他人，乃是家中所有，皮紙大本，是《農政全書》的末一冊，全書沒有了，只剩此一冊殘本，存在大書櫥的亂書堆中。

依理來說，自家的書可以不必再抄了，但是魯迅卻也影寫了一遍，這是什麼緣故呢？據我的推測，這未必有什麼大的理由，實在只是對於《野菜譜》特別的喜歡，所以要描寫出來，比附載在書末的更便於賞玩罷了。

魯迅小時候喜愛繪畫，這與後來的藝術活動很有關係的，但是他的興趣並不限於圖畫，又擴充到文字上邊去，因此我們又要說一說他買書的事了。

這回他所要買的不再是小孩們看了玩的圖冊，而是現今所稱祖國文學遺產的一部分了。上文我們說到合買《海仙畫譜》，大概是甲午（一八九四）年的事情，那末這裡所說自然在其後，當是甲午乙未這兩年了。

小說一類在小皋埠「友舅舅」那裡看了不少，此時並不熱心追求，所注意的卻是別一部類，這比起小說來雖然也算是「正經」書，但是在一心搞「舉業」——即是應科舉用的八股文的人看來，乃是所謂「雜學」，如《儒林外史》裡的高翰林所說，是頂要不得的東西。但是在魯迅方面來說，卻是大有益處，因為這造成他後來整理文化遺產的基礎與輯錄《會稽郡故書雜集》，《古小說鉤沉》，寫《中國小說史略》等，都是有關係的。

他的買書時期大約可以分作兩段，這兩年是第一段，正是父親生病的時期，第二段則是父親死後，伯宜公沒於丙申（一八九六）年九月，所以計算起來該是丙申丁酉的兩年，到了戊戌三月魯迅便已往南京去了。

不記得是什麼時候，總之是父親病中這一段裡吧，魯迅從本家那裡，可能是叔祖玉田，也可能是玉田的兒子伯，借來了一部書，發生了很大的影響。

這是一部木版小本的「唐代叢書」，在叢書中是最不可靠的一種，據後來魯迅給人的書簡中說：「所收的東西大半是亂改和刪節的，拿來玩玩固無不可，如信以為真，則上當不淺也。」但引據固然不能憑信，在當時借看實在原是「拿來玩玩」的意思，所以無甚妨礙。

倒是引起讀書的興味來，這一個用處還是一樣的。那裡邊所收的書，看過大抵忘了，但是有一兩種特別感覺興趣，就不免想要抄它下來，正與影寫畫譜是同一用意。我那時年幼沒有什麼知識，只抄了一卷侯寧極的《藥譜》，都是藥的別名，原見於陶谷的《清異錄》中。魯迅則選抄了陸羽的《茶經》，計有三卷，又陸龜蒙的《五木經》和《耒耜經》各一篇，這便大有意義，也就是後來大抄《說郛》的原因了。

八　三味書屋

魯迅往三味書屋念書，在癸巳（一八九三）年間已跟壽鏡吾先生受業，我去是在次年甲午的中間了吧，鏡吾先生因學生多了，把我分給他的次子洙鄰先生去教，所以我所知道的三味書屋，乃是甲午以後的情形。

壽宅與魯迅故家在一條街上，不過魯迅的家在西頭，稱為東昌坊口，壽宅是在東邊，那裡乃是覆盆橋了。周氏祖居也在覆盆橋，與壽宅隔河南北相對，通稱老台門周宅，西頭東昌坊口的一家是後來分耜出的，所以稱為新台門。

從新台門到壽宅，這其間大概不到十家門面，走起來只要幾分鐘工夫，壽宅門坐南朝北，走過一條石橋便是大門，不過那時正屋典給了人家，是從偏東的旁門出入的。進了黑油的竹門是一排房屋，迤南三間小花廳，便是三味書屋，原是西向，但是西邊正屋的牆很高，「天井」又不大，所以並不記得西曬炎熱。

三味書屋的南牆上有一個圓洞門，裡邊一間有小匾題什麼小憩四字，是洙鄰先生的教讀處，鏡吾先生則在外間的花廳裡。正中牆上掛著「三味書屋」的匾額，據洙鄰先生後來告訴我說，這本來是三餘書屋四字，鏡吾先生的父親把它改了的，原來典故忘了，只知道是將經史子比食物，經是米穀，史是菜蔬，子是點心。

匾下面畫桌上掛著一幅畫，是樹底下站著一隻大梅花鹿，這畫前面是先生的寶座，是很樸素的八仙桌和高背的椅子。學生的書桌分列在四面，這裡向西開窗，窗下都是大學生，離窗遠的便要算較差了。

洙鄰先生說，魯迅初去時桌子排在南邊靠牆，因為有圓洞門的關係，三副桌椅依次排列下來，便接近往後園去的小門了。後園裡有一株臘梅花，大概還有桂花等別的花木吧，也是毛廁所在地，愛玩的學生往往推託小便，在那裡閒耍，累得先生大聲叫喚，「人到哪裡去了？」這才陸續走回來。靠近園門的人可以隨便溜出去玩，本來是很方便的，魯迅卻不願意，推說有風，請求掉換坐位，先生乃把他移到北邊的牆下，我入學時看見他的坐位便是那個。

三味書屋是紹興東城有名的一個書房，先生品行方正，教讀認真，「束修」因此也比較的貴，定為一律每節銀洋二元，計分清明端午中秋年節四節，預先繳納。先生專教經書，不收蒙學，因此學生起碼須得讀《大學》《中庸》，可是商家子弟有願讀《幼學瓊林》的也可以答應，這事情我沒有什麼記憶，但是魯迅在《朝花夕拾》中有得說及，所云「嘲人齒缺，曰狗竇大開」，即是。

先生的教法是，早上學生先背誦昨日所讀的書和「帶書」，先生乃給上新書，用白話先講一遍，朗讀示範，隨叫學生自己去讀，中午寫字一大張，放午學。下午仍舊讓學生自讀至能背誦，傍晚對課，這一天功課就算完了。

魯迅在家已經讀到《孟子》，以後當然繼續著讀《易經》，《詩經》，——上文說到合買《海仙畫譜》，便在這時節了，——《書經》，《禮記》以及《左傳》。這樣，所謂五經就已經完了，加上四書去，世俗即稱為九經。

在有志應考的人，九經當然應當讀完，不過在事實上也不十分多，魯迅那時卻不自滿足，難得在「壽家」讀書，有博學的先生指教，便決心多讀幾部「經書」。我明瞭的記得的有一部《爾雅》，這是中國最古的文字訓詁書，經過清朝學者們研究，至今還不容易讀，此外似有《周禮》，《儀禮》，因為說喪禮一部分免讀，所以彷彿還有點記憶。

不過《爾雅》既然是部字書，講也實在無從講起，所以先生不加講解，只教依本文念去，讀本記得叫作「爾雅直音」，是在本文大字右旁注上讀音，沒有小注的。

書房上新書，照例用「行」計算，拙笨的人一天讀三四行，還不能上口，聰明的量力增加，自幾十行以至百行，只要讀得過來，別無限制。因此魯迅在三味書屋這幾年裡，於九經之外至少是多讀了三部經書，——《公羊》讀了沒有，我不能確說。經書早已讀了，應當「開筆」學八股文，準備去應考了，這也由先生擔任，卻不要增加學費，因為「壽家」規矩是束修兩元包教一切的。先生自己常在高吟律賦，並不哼八股，可是做是能做的，用的教本卻也有點特別，乃是當時新刊行的《曲園課孫草》，係俞曲園做給他的孫子俞陛雲去看的，淺顯清新，比較的沒有濫調惡套。「對課」本來是做試帖詩的準備工作，魯迅早已對到了五字課，即是試帖的一整句了，改過來作五言六韻，不是什麼難事了。

上邊所說都是關於魯迅在書房裡的情形和他的功課，未免有點沉悶，現在再來講一點他在書房外的活動吧。

三味書屋的學生本來也是比較守規矩，至多也只是騎人家養了避火災的山羊，和主人家門口而已，魯迅尤其是有嚴格的家教，因為伯宜公最不喜歡小孩在外邊打了架，回家來告訴受了誰的欺侮，他那時一定這麼的說：誰為什麼不來欺侮我的呢？小孩們雖覺得他的話不盡合理，但也受了教訓，以後不敢再來了。

話雖如此，淘氣吵架這也不能盡免，不過說也奇怪，我記得的兩次都不是為的私事，卻是路見不平，拔刀相助，所以鬧了起來的。

這第一次是大家襲擊「王廣思的矮癩胡」。在新台門與老台門之間有一個舊家王姓，稱「廣思堂」，一般稱它作「王廣思」，那裡有一個塾師開館教書，因為形體特殊，渾名叫作矮癩胡，即是說身矮頭禿有鬚罷了。一般私塾都相當腐敗，這一個也是難免，痛打長跪極是尋常，又設有一種制度，出去小便，要向先生領取「撒尿簽」，否則要受罰，這在整飭而自由的三味書屋的學生聽了，自然覺得可笑可氣。

後來又聽哪一個同學說，家裡有小孩在那裡上學，拿了什麼點心，「糕乾」或燒餅去，被查出了，算是犯了規，學生受責罵，點心則沒收，自然是先生吃了吧？大家聽了這報告，不禁動了公憤，由魯迅同了幾個肯管閒事的商家子弟，乘放午學的時候，前去問罪，恰好那邊也正放學，師生全不在館，只把筆筒裡的好些「撒尿簽」全都撅折了，拿朱墨硯臺翻過來放在地上，表示有人來襲擊過了。

這第一陣比較的平穩過去，第二次更多有一點危險性，卻也幸得無事。

大約也在同一年裡，大家又決議行動，去打賀家的武秀才。這賀家住在附近的綢緞弄裡，也不知道他是什麼名字，只聽說是「武秀才」，這便引起大家的惡感，後來又聽說恐嚇通行的小學生，也不知是假是真，就決定要去懲罰他一下。

在一天傍晚放學之後，章翔耀，胡昌薰，莫守先等人都準備好了棍棒，魯迅則將介孚公在江西做知縣時，給「民壯」（衛隊）掛過的腰刀藏在大褂底下帶了去。大家像《水滸》裡的好漢似的，分批走到賀家門口等著，不知怎的那天武秀才不曾出來，結果打架沒有打得成。是偶然還是故意不出來的呢，終於未能清楚，但在兩方面總都是很有好處的。

九　藥店與當鋪

魯迅在三味書屋的事情，我所知道的是甲午至丙申（一八九四至一八九六）年這一段落，這裡所說差不多也是同一時期，不過環境不同而已。前者是在書房裡，後者則是伯宜公病中，魯迅奔走於當鋪和藥店之間，所以定了這樣一個題目。

伯宜公生病前後經過三個年頭，於丙申年九月初六日去世。他從什麼時候病起，很難一句話斷定，但略有年月事實可以稽考，因為甲午中國在朝鮮戰敗，伯宜公在大廳前同人談論，表示憂慮，我記得很明白，可見那時還未臥病。

其次是嫁在東關金家的小姑母於是年十月去世，伯宜公還去弔喪，而且親自為穿著殮衣，更可知是健康的了。推測起來發病的時候當在冬季，他突然吐血，一般說是肺癰，即是現今所謂肺結核，後來雙腳發腫，逐漸脹至肚腹，醫生又認為臌脹，在肺癰與臌脹兩樣治療之下拖了兩年，終於不治。

這中間也可以分出個段落來，大抵病初發時一時緊張，後來慢慢安定下來，雖然病勢實是有進無退，總還暫時保持一個小康，到了進入丙申末一年，則是情勢日益緊迫了。根據這個看法，可以對於三味書屋一節略作補充說明，即是那裡所說多是甲午乙未的事，而這裡則是以丙申為主，所以兩者時期雖有重複，但這樣看去又是顯有區分了。

在伯宜公生病這個期間，魯迅的生活是很忙的，一面要上書房，一面要幫家務，看病雖然用不著他，主要是去跑街，隨時要離開書房，走六七里路上大街去。家中那時因為章慶在農忙時不能來，另外長期雇用了一個工人，也是章慶介紹來的，名叫潘阿和，有六十歲了吧。

這是一個很老實的老百姓，但因為買東西有些不大「在行」，價貴還不打緊，重要的是貨色差。因此只好由魯迅自己出馬，買得到好貨色了，價格自然不會便宜，因為那時商人欺侮鄉下人賺錢，同時恭維少爺老爺，也仍在賺錢，不過手段不同一點罷了。

魯迅上街最輕鬆的差使是給伯宜公去買水果，大抵是鴨兒梨和蘋果，也有「花紅」，水果店主日久面熟，便尊稱他「小冷市」，這句市語不明白，問伯宜公才知道即是說「少掌櫃」。不過差使不能老是那麼好，自然也有些不愉快的，上當鋪就是其一了。

現在的青年諸君中間，大概已經有許多人不知道這當鋪是什麼東西的吧，至於曾經進去過的自然更是沒有了。據說宋朝以來，寺院裡設有「長生質庫」，算是惠民的設備之一，平民臨時需用錢的，可以拿衣物去當抵押品，借出錢來，償還時加上利息，過期不還自然就「當沒」了，由質庫變賣歸本。

後來這項買賣從和尚轉到了資本家的手裡，表面上仍說是「惠民」，實際是高利貸的一種了。這且不在話下，單只就它設備來說，也就夠嚇人了。

它雖然也是一種行業，但店面便很特別，照例是一個堅固的牆門，再走過小門，一排高櫃檯，異乎尋常的高，大抵普通身材的大人站上去，他的眼睛才夠得著看見櫃檯面吧，矮一點的便什麼都看不見，只得仰著頭把東西往上送去。

當鋪的夥計當初因為徽州人居多的緣故吧，一律稱為朝奉，又是自高自大，依恃主人是地主土豪，來當的又都是窮人，所以顯出一副傲慢的神氣。用的「當票」也很特殊，票面原印有簡單規則，大抵年久磨滅得幾乎看不出了，只有店鋪字號還可辨別，空白處寫所當物品和錢數，又特別使用一種所謂當票字，極不易懂，比平常草書還要難，措詞更怪，例如一件羊皮女襖，票上奇字解讀出來乃是「羊皮爛光板女襖」，銀飾則云低銀，卻記不起原來文句了。

為什麼這樣說的呢？說它有意偷換，那倒也未必，實在因為怕負責任，說不定在保管時期皮襖黴脫，須要賠償，預先說是爛光板，這就可以不怕了。

只此一節也就可以想見當鋪的不正行為，至於利息似是長年百分之十二，期限十八個月，到期付利息，可以改票展期。這在高利貸中間還不算很凶的一種，但那樣欺人的氣勢就已叫人夠難受的了。魯迅家中雖已破落，那時也還有水田二十多畝，不過租穀僅夠一年吃食費用，於今加上醫療之費無法籌措，結果自然只好去請教當鋪，而這差使恰是落在魯迅的頭上，站在那高櫃檯下面是什麼情形，那是可以想像得來的了。

魯迅的別一種差使是跑藥店。伯宜公的病請過好些「名醫」診治，終於診斷不出是什麼病症，但總之是極嚴重的。家裡知道這一點，因此不敢怠慢，找了紹興城內頂有名的醫生來看，經過姚芝仙何廉臣兩位大夫精心應付了一年多之後，病人終於死了。我們也不能專怪那醫不好病的醫生，不過「名醫」的應付欺騙的手段總是值得譴責的。

魯迅在《朝花夕拾》第七篇《父親的病》中間，對於那些主張「醫者意也」，說「醫生醫得病，醫不得命」的先生們痛加攻擊，很是明白，這裡不必再來複述了。

那文章裡所舉出來的珍奇的「藥引」，有如「原配蟋蟀一對」啦，「經霜三年的甘蔗」啦，這實在是「賣野人頭」，炫奇騙人，一方面也有意為難，叫人家找不到，好像法術書中教人用癩蝦蟆油或啄木鳥舌頭，缺了不能靈驗，便不是他的責任了。

水腫即是臌脹，所以服用「敗臌皮丸」，這正是巫師的厭勝的方法，魯迅拿清末的剛毅用「虎神營」去克制洋鬼子相比，這個譬喻雖是有點促狹，可是並非不適合的。他在哪一家藥店買的「敗臌皮丸」，我已經記不清楚了，不過這大概不是常去的頂有名的震元堂，而是醫生所特別指定的，與他有什麼關係的一家藥店吧。

一〇　往南京

伯宜公於丙申（一八九六）年九月去世，魯迅往南京是在戊戌（一八九八）年閏三月，這中間原是有一年半的光陰，還是住在家裡的。但是我於丁酉年初即往杭州，看在獄裡的祖父去了，到了魯迅走後的戊戌年秋天才又回家，所以這一年半的事情我大部分不知道，不能另立一章來細說，只好摘要的來帶說一下。

伯宜公沒後這幾個月裡，家裡忙於辦喪事，魯迅並沒有餘暇去買什麼書，但是在第二年中卻買了不少重要的，便是說與他後來的工作有關的書籍。單據我所記得的來說，石印《閱微草堂筆記》五種，王韜的《淞隱漫錄》，都是繼承以前買書的系統來的，新的方向有《板橋全集》等。

這些普通的書他送到杭州來給我看過，但是在我回家之後，卻又看到別的高級的書，不是一般士人書齋裡所有的。就所記得的來說，有木刻本《酉陽雜俎》全集，這書在唐代叢書中有節本，大概看了感覺興趣，所以購求全本的吧。有《古詩源》，《古文苑》，《六朝文絜》，正誼堂本《周濂溪集》，這算是周家文獻的關係，張敦頤的《六朝事蹟類編》則是仿宋復刻本，最是特別的則是一部二酉堂叢書了。

這是武威張澍所刻的輯錄的古書，與後來買到的茆泮林的十種古逸書同樣的給予魯迅以巨大的影響。魯迅立意輯錄鄉土文獻，古代史地文字，完全是二酉堂的一派，古小說則可以說是茆氏的支流了。

二酉堂叢書還有一種特色，這便是它的字體，雖然並不完全依照「說文」來復原，寫成楷書的篆字，但也寫得很正確，因此有點彆扭，例如「武」必定用止戈二字合成，他號「介侯」，第二字也必寫作從户從矢。魯迅刻《會稽郡故書雜集》的時候，多少也用這辦法，只可惜印本難得，除圖書館之外無從看得到了。

魯迅往南京以前的一年間的事情，據他當時的日記裡說（這是我看過記得，那日記早已沒有了），和本家會議本「台門」的事情，曾經受到長輩的無理的欺壓。

新台門從老台門分出來，本是智仁兩房合住，後來智房派下又分為興立成三小房，仁房分為禮義信，因此一共住有六房人家。魯迅係是智興房，由曾祖父苓年公算起，以介孚公作代表。這次會議有些與智興房的利益不符合的地方，魯迅說須要請示祖父，不肯簽字，叔祖輩的人便聲色俱厲的強迫他，這字當然仍舊不簽，但給予魯迅的影響很是不小，至少不見得比避難時期被說是「討飯」更是輕微吧。

還有一件，見於《朝花夕拾》第八篇《瑣記》中，便是有本家的叔祖母一面教唆他可以竊取家中的錢物去花用，一面就散布謠言，說他壞話，這使得他決心離開紹興，跑到外邊去。只是這件事情我不大清楚，所以只能提及一下，無從細敘情由了。

魯迅於戊戌（一八九八）年閏三月過杭州往南京。十七日到達，去的目的是進江南水師學堂，四月中考取了試讀生，三個月後正式補了三班，據《朝花夕拾》上所說，每月可得津貼銀二兩，稱曰贍銀。

水師學堂係用英文教授，所以全部正式需要九年，才得畢業，前後分作三段，初步稱曰三班，每三年升一級，由二班以至頭班。到了頭班，便是老學生老資格，架子很大，對於後輩便是螃蟹式的走路，擋住去路，絕不客氣了。

學生如此封建氣，總辦和監督自然更甚，魯迅自己說過，在那裡總覺得不大合適，可是無法形容出來，「現在是發見了大致相近的字眼了，『烏煙瘴氣』，庶幾乎其可也。」這烏煙瘴氣的具體事實，並不單是中元給溺死的兩個學生放焰口施食，或是國文出「咬得菜根則百事可做論」之類，還有些無理性的專制壓迫。例如我的舊日記裡所有的，一云駕駛堂學生陳保康因文中有老師一字，意存諷刺，掛牌革除，又云駕駛堂吳生扣發贍銀，並截止其春間所加給銀一兩，以穿響鞋故，響鞋者上海新出紅皮底圓頭鞋，行走時吱吱有聲，故名。

這兩件雖然都是方碩輔當總辦時的事，距戊戌已有三年，但此種空氣大概是一向已有的了。

魯迅離開水師學堂，便入陸師，不過並不是正式陸軍學生，實在乃是礦路學堂，附設在陸師學堂裡邊，所以總辦也由陸師的來兼任。不知道為什麼緣故，陸師學堂的總辦與水師學堂的一樣的是候補道，卻總要強得多。

當初陸師總辦是錢德培，據說是紹興「錢店官」出身，卻是懂得德文，那時辦陸軍是用德國式的，請有德國教官，所以他是有用的。後任是俞明震，在候補道中算是新派，與蒯光典並稱，魯迅文中說他坐馬車中，手裡拿一本《時務報》，所出國文課題自然也是「華盛頓論」而不再是論管仲或漢高祖了。

礦路學堂的功課重在開礦，以鐵路為輔，雖然畫鐵軌斷面圖覺得麻煩，但自然科學一部分初次接觸到，實在是非常新鮮的。金石學（礦物學）有江南製造局的《金石識別》可用，地學（地質學）卻是用的抄本，大概是《地學淺說》刻本不容易得的緣故吧，魯迅發揮了他舊日影寫畫譜的本領，非常精密的照樣寫了一部，我在學堂時曾翻讀一遍，對於外行人也給了不少好處。三年間的關於開礦築路的講義，又加上第三年中往句容青龍山煤礦去考察一趟，給予魯迅的利益實在不小，不過這不是技術上的事情，乃是基本的自然科學知識，外加一點「天演論」，造成他唯物思想的基礎。

魯迅在礦路學堂十足的讀了三年書，至辛丑（一九〇一）年末畢業，次年二月同了三個同學往日本留學，想起來該是前四名吧。這三年中我恰巧是在家裡，到末一年的八月，才往南京進水師學堂，所以我所親身聞見的事只是末了的五個月，因此所能清楚敘述的也就不多了。

一一　東京與仙台

魯迅等人由江南督練公所派往日本留學，原來目的當然是繼續學開礦去的吧，可是那時官場辦事前後不接頭，學生出去之後就全不管了。

留學生到了外國，第一要趕學語文，同時還得學習普通科學知識，因為那時還是科舉時代，去留學的人們中間盡有些秀才，做得上好的八股文或策論，至於別的「西學」，全未問津，須得從頭搞起，像魯迅他們在學堂裡學過幾年的人乃是例外，實際上很是吃虧，因為他們不能單獨補習外國語，也得跟著上班，聽講已經學過了的功課。

魯迅在日本頭兩年便是在東京弘文學院裡，那是普通科，期限二年，畢業後可以升考各專門學校，或是要進國立大學，還得另入高等學校三年，即是大學預科。但是留學生中極少去求學問的人，目的大抵只在仕進，覺得專門學校前後五年，未免太長了，想要有什麼速成的辦法，於是市上應了需要就出現了許多速成班，期限一年兩年，也有只是六個月的，用翻譯上課，來的人很多，這末一來就把留學界搞得稀糟了。

一般留學生又覺得五年的期間很短，一會兒就要回去，如果剪了頭髮，一時不能留得起來，所以仍多留著辮髮，只把它盤起來，用制帽蓋住。有些特別是速成班的先生們，像道士似的梳上一個髻，從帽頂上突出來，樣子很怪，大家給它渾名云「富士山」，而且有的還從帽沿下拖下好些髮縷來，更是難看。

魯迅當初也是留髮的，但是他把「頂搭」留得很小，不多的辮髮盤在帽子裡，不露出什麼痕跡。及至看見了這些「富士山」的情形，著實生氣，這時從庚子以後養成的民族革命思想也結了實，所以他決心剪去了頭髮，從新照了一張脫帽的照相，寄給我看，查舊日記是癸卯（一九〇三）年二月間的事。

魯迅在弘文學院的兩年，平穩無事的過去了，只有一次鬧退學，乃是全體的事情，不久也就解決。

魯迅普通科畢業後，考進了仙台的醫學專門學校。他學醫的動機在《朝花夕拾》中自己說過，完全是因為父親病中受了「名醫」的欺騙，立志要學好醫術，好治病救人。本來在千葉和金澤地方，也都設立有醫學專門學校，但是他卻特地去挑選了遠在日本東北的仙台醫專，這也是有理由的。因為他在東京看厭了那些「富士山」們，不願意和他們為伍，只有仙台醫專因為比千葉金澤路遠天冷，還沒有留學生入學，這是他看中了那裡的唯一理由。

他在那裡住了兩年，剛剛把醫學校的前期功課即是基礎學問搞完的時候，又呈請退學，回到東京來了。

魯迅最初在東京的兩年，以及在仙台的兩年，這四年期間我都在南京，所以他的事情我直接知道的很少，除了他寫信告知的那一點，而那些並不都記入日記裡，所以所存的也不多了。但是關於在仙台的這一段落，幸而他在《朝花夕拾》裡寫有一篇《藤野先生》，對於他離開仙台的事情有所說明，我們這裡也就以此為依據。

魯迅學醫的目的本是為謀國人身體的健康，其往仙台的原因則是討厭在東京的留學生，可是到了仙台，也仍多有不愉快的事情。雖然教員中間有藤野先生的人熱心照顧，但也引起了同學的妒忌，有檢查講義和寫匿名信的事。

最重要的是在看日俄戰爭的影片，有給俄軍打聽消息的中國人，被日軍查獲處刑，周圍還站著好些中國人在那裡呆看。這給予了他一個多麼大的刺激！那影片裡的人，被殺的和看殺人的有著很健康的身體，可是這有什麼用呢？只有一個好身體，如果缺少了什麼，還是不行。他想到這裡，覺得他以前學醫的志願是錯了。應該走什麼救國的路才對，那是第二個問題，第一個問題則是學醫無用，這樣就夠使他決定了離開仙台的醫校了。

魯迅從仙台退學，長與醫學告辭了，可是對於藤野先生的好意卻總是不能忘記，不但在他書房裡一直掛著背後題有「惜別」二字的照片，而且還在十多年後寫了一篇紀念文章，收在《朝花夕拾》裡邊。

一九三五年日本岩波文庫中要出《魯迅選集》的時候，問他選什麼文章好，回答說一切隨意，但希望能把《藤野先生》選錄進去。據說魯迅的意思是，希望借此可以打聽到藤野先生的一點消息。可是沒有能夠達到這個希望，直到魯迅沒後，才得知藤野那時還是健在，在他的故鄉福井縣鄉下開著診療所，給附近的貧窮老百姓服務。

魯迅的同班生小林茂雄（現在已是醫學博士了）寫信告訴了他魯迅的事情，他的回信裡有這麼一節話：

「我在少年時代，曾從來到酒井藩校的野阪先生，請教漢文，感覺尊敬中國的聖賢之外，對於那邊的人也非看重不可。……不問周君是何等樣的人，在那時前後，外國的留學生恰巧只是周君一人。因此給幫忙找公寓，下至說話的規則，也盡微力加以協助，這是事實。忠君孝親這是本國的特產品也未可知，但是受了鄰邦儒教的刺激感化，也似非淺鮮，因此對於道德的先進國表示敬意，並不是對於周君個別的人特別的加以照顧。」

照這信看來，藤野先生乃是古道可風的人，自然決不會洩漏試題，而且在小林博士那裡又保留著一九〇五年春季升等考試的分數單，列有魯迅的各項分數，照錄於下：

解剖	五十九分三
組織	七十二分七
生理	六十三分三
倫理	八十三分
德文	六十分
物理	六十分
化學	六十分

平均為六十五分五，一百四十二人中間列第六十八名。仙台的同學們疑心魯迅解剖學特別考得好，看到了這分數單，不禁要慚愧了吧。

一二　再是東京

魯迅從仙台回到東京，在公寓裡住了些時候，夏天回家去結了婚。那時適值我也得著了江南督練公所的官費，派往日本留學，所以先回家一走，隨即同了他經上海到東京去。

自一九〇六至一九〇九年這四年間，因為我和魯迅一直在一起，他的事情多少能夠知道，不過說起來也實在不多，因為年代隔得久了，是其一，其次是他過的全是潛伏生活，沒有什麼活動可記；雖然這是在作後年文藝活動的準備，意義也很是重大的。

魯迅最初志願學醫，治病救人，使國人都具有健全的身體，後來看得光是身體健全沒有用，便進一步的想要去醫治國人的精神，如果這話說得有點唯心的氣味，那末也可以說是指我們現在所說的「思想」吧。這回他的方法是利用文藝，主要是翻譯介紹外國的現代作品，來喚醒中國人民，去爭取獨立與自由。

他決定不再正式的進學校了，只是一心學習外國文，有一個時期曾往「獨逸語學協會」所設立的德文學校去聽講，可是平常多是自修，搜購德文的新舊書報，在公寓裡靠了字典自己閱讀。

本來在東京也有專賣德文的書店，名叫南江堂，丸善書店裡也有德文一部分，不過那些哲學及醫學的書專供大學一部分師生之用，德國古典文學又不是他所需要的，所以新書方面現成的買得不多，說也奇怪，他學了德文，卻並不買歌德的著作，只有四本海涅的集子。

他的德文實在只是「敲門磚」，拿了這個去敲開了求自由的各民族的文學的門，這在五四運動之後稱為「弱小民族的文學」，在當時還沒有這個名稱，內容卻是一致的。

具體的說來，這是匈牙利，芬蘭，波蘭，保加利亞，波希米亞（德文也稱捷克），塞爾維亞，新希臘，都是在殖民主義下掙扎著的民族，俄國雖是獨立強國，因為人民正在力爭自由，發動革命，所以成為重點，預備著力介紹。

就只可惜材料很是難得，因為這些作品的英譯本非常稀少，只有德文還有，在瑞克蘭姆小文庫中有不少種，可惜東京書店覺得沒有銷路吧，不把它批發來，魯迅只好一本本的開了賬，托相識的書商向丸善書店定購，等待兩三個月之後由歐洲遠遠的寄來。

他又常去看舊書攤，買來德文文學舊雜誌，看出版消息，以便從事搜求。有一次在攤上用一角錢買得一冊瑞克蘭姆文庫小本，他非常高興，像是得著了什麼寶貝似的，這乃是匈牙利愛國詩人裴多菲所作唯一的小說《絞吏的繩索》，釘書的鐵絲鏽爛了，書頁已散，他卻一直很是寶貴。他又得到日本山田美妙所譯的，菲律賓革命家列札爾（後被西班牙軍所殺害）的一本小說，原名似是「社會的瘡」，也很珍重，想找英譯來對照翻譯，可是終於未能成功。

魯迅的文藝運動的計畫是在於發刊雜誌，這雜誌的名稱在從中國回東京之前早已定好了，乃是沿用但丁的名作「新生」，上面並寫拉丁文的名字。這本是同人雜誌，預定寫稿的人除我們自己之外，只有許壽裳袁文藪二人。袁在東京和魯迅談得很好，約定自己往英國讀書，一到就寫文章寄來，魯迅對他期望最大，可是實際上去後連信札也沒有，不必說稿件了。

剩下來的只有三個人，固然湊稿也還可以，重要的卻是想不出印刷費用來，一般官費留學生只能領到一年四百元的錢，進公立專門的才拿到四百五十元，因此在朋友中間籌款是不可能的事，何況朋友也就只有這三個呢？看來這《新生》的實現是一時無望的了，魯迅卻也並不怎麼失望，還是悠然的作他準備的工作，逛書店，收集書報，在公寓裡燈下來閱讀。

魯迅那時的生活不能說是怎麼緊張，他往德文學校去的時候也很少，他的用功的地方是公寓的一間小房裡。早上起來得很遲，連普通一盒牛乳都不吃，只抽了幾枝紙煙，不久就吃公寓的午飯，下午如沒有客人來（有些同鄉的亡命客，也是每日空閒的。）便出外去看書，到了晚上乃是吸煙用功的時間，總要過了半夜才睡。

不過在這中間，曾經奮發過兩次，雖是期間不長，於他的工作都有很大的幫助。其一是在一九〇七年夏季，同了許壽裳陶冶公等六個人去從瑪利亞孔特（亡命的俄國婦女）學習俄文，可是不到半年就散了，因為每人六元的學費實在有點壓手。用過的俄文讀本至今保留著，魯迅的一冊放在「故居」，上邊有他添注的漢字。其二是在一九〇八年約同幾個人，到民報社去聽章太炎先生講文字學，其時章先生給留學生舉辦「國學講習會」，借用大成中學的講堂，開講《說文》，這回是特別請他在星期日上午單給少數的人另開一班。《說文解字》已經講完，民報社被封，章先生搬了家，這特別班也就無形解散了，時間大概也只是半年多吧，可是這對於魯迅卻有很大的影響。魯迅對於國學本來是有根柢的，他愛楚辭和溫李的詩，六朝的文，現在加上文字學的知識，從根本上認識了漢文，使他眼界大開，其用處與發見了外國文學相似，至於促進愛重祖國文化的力量，那又是別一種作用了。

在這兩年中間無意的又發生了兩件事，差不多使得他的《新生》運動變相的得到了實現的機會。一九〇八年春間，許壽裳找了一所房子，預備租住，只是費用太大，非約幾個人合租不可，於是來拉魯迅，結果是五人共住，就稱為「伍舍」。官費本來有限，這麼一來自然更是拮据了，有一個時候魯迅甚至給人校對印刷稿，增加一點收入。

可巧在這時候有我在南京認識的一個友人，名叫孫竹丹，是做革命運動的，忽然來訪問我們，說河南留學生辦雜誌，缺人寫稿，叫我們幫忙，總編輯是劉申叔，也是大家知道的。我們於是都來動手，魯迅寫得最多，除未登完的《裴彖飛詩論》外，大抵都已收錄在文集《墳》的裡邊。許壽裳成績頂差，我記得他只寫了一篇，題目似是「興國精神之史耀」，而且還不曾寫完。魯迅的文章中間頂重要的是那一篇《摩羅詩力說》，這題目用白話來說，便是「惡魔派詩人的精神」，因為惡魔的文字不古，所以換用未經梁武帝改寫的「摩羅」。英文原是「撒但派」，乃是英國正宗詩人罵拜倫雪萊等人的話，這裡把它擴大了，主要的目的還是介紹別國的革命文人，凡是反抗權威，爭取自由的文學便都包括在「摩羅詩力」的裡邊了。時間雖是遲了兩年，發表的地方雖是不同，實在可以這樣的說，魯迅本來想要在《新生》上說的話，現在都已在《河南》上發表出來了。

第二件事是編印《域外小說集》，這也是特別有意思，因為這兩小冊子差不多即是《新生》的文藝部分，只是時間遲了，可能選擇得比較好些，至少文字的古雅總是比聽過文字學以前要更進一步了！雖然這部小說集銷路不好，但總之是起了一個頭，刊行《新生》的志願也部分的得以達到了，可以說魯迅的文藝活動第一段已經完成，以後再經幾年潛伏與準備，等候五四以後再開始來作第二段的活動了。

正如《河南》上寫文章是不意的由於孫竹丹的介紹一樣，譯印《域外小說集》也是不意的由於一個朋友的幫助。這人叫蔣抑卮，原是秀才，家裡開著綢緞莊，又是銀行家，可是人很開通，他來東京醫病，寄住在我們和許壽裳的寓裡，聽了魯迅介紹外國文藝的話，大為贊成，願意借錢印行。

結果是借了他一百五十元，印了初集一千冊，二集五百冊，但是因為收不回本錢來印第三集，於是只好中止。同時許壽裳回杭州去，在浙江兩級師範學堂做教員，不久也介紹魯迅前去，這大概是一九〇九年秋天的事情吧。

我寫這篇文章，唯一的目的是報告事實。如果事實有不符，那就是原則上有錯誤，根本的失了存在的價值了。只可惜事隔多年，記憶不能很確，而親友中又已少有能夠指出我的遺漏或訛誤的人，這是我所有的唯一的悲哀了。

魯迅的國學與西學

這篇文章的題目本來想叫作「魯迅的新學與舊學」，因為新舊的意義不明了，所以改稱「國學與西學」，雖然似乎庸俗一點，但在魯迅的青年時期原是通行的，不妨沿用它一下子。

魯迅的家庭是所謂讀書人家，祖父是翰林，做過知縣和京官，父親是個秀才，但是到了父親的那一代，便已經衰落了。祖父因科場案入獄多年，父親早歿，祖傳三二十畝田地逐漸地都賣掉了。

在十八歲的年頭上，魯迅終於覺得不能坐食下去，決意往南京去考當時僅有的兩個免費的學堂，畢業之後得到官費留學日本，這樣使得他能夠在家庭和書房所得來的舊知識之外，再加上了新學問，成為他後來作文藝活動的基礎。現在我們便想關於這事，說幾句話。

魯迅的家庭雖係舊家，但藏書卻並沒有多少，因為讀書人本來只是名稱，一般士人「讀書趕考」，目的只是想博得「功名」，好往上爬，所以讀的只是四書五經，預備好做八股而已。魯迅家裡當然還要好些，但是據我的記憶說來，祖傳的書有點價值的就只是一部木板《康熙字典》，一部石印《十三經注疏》，《文選評注》和《唐詩叩彈集》，兩本石印《爾雅音圖》，書房裡讀的經書都是現買的。

魯迅在書房裡讀了幾年，進步非常迅速，大概在十六歲以前四書五經都已讀完，因為那時所從的是一位名師，所以又教他讀了《爾雅》、《周禮》或者還有《儀禮》，這些都是一般學生所不讀，也是來不及讀的。但是魯迅的國學來源並不是在書房裡，因為雖然他在九經之外多讀了三經，雖然舊式學者們說得經書怎麼了不起，究竟這增加不了多少知識，力量遠不及別的子史。

魯迅尋求知識，他自己買書借書，差不多專從正宗學者們所排斥為「雜覽」的部門下手，方法很特別，功效也是特別的。他不看孔孟而看佛老，可是並不去附和道家者流，而佩服非聖無法的嵇康，也不相信禪宗，卻岔開去涉獵《弘明集》，結果覺得有道理的還是范縝的《神滅論》，這從王充脫出，自然也更說得好，差不多在中國「文化遺產」中已經找著了唯物論的祖宗了。

他不看正史而看野史，從《談薈》知道列代武人之吃人肉，從《竊憤錄》知道金人之凶暴，從《雞肋編》知道往臨安行在去的山東義民以人脯為乾糧，從《明季稗史彙編》知道張獻忠和清兵的殘殺，這些材料歸結起來是「禮教吃人」，成為《狂人日記》的中心思想。

便是人人皆知的「二十四孝」，也給他新的刺激，《朝花夕拾》中的一篇文章便對於曹娥與郭巨的故事提出了糾彈的意見。明朝永樂皇帝朱棣的無道，正史上也不能諱言，但魯迅更從國朝典故的另本《立齋閒錄》中看到別的記錄，引起極大的義憤。這都見於他的雜文上面，不必細說了。

魯迅小時候喜歡畫畫，在故家前院灰色矮牆上曾畫著尖嘴雞腳的一個雷公，又在小本子上畫過漫畫「射死八斤」，樹下地上仰臥一人，胸前插著一枝箭，這八斤原是比魯迅年長的一個孩子，是門內鄰居李姓寄居的親戚，因為在小孩中間作威福，所以恨他。

魯迅的畫沒有發達下去，但在《朝花夕拾》後記裡，有他自畫的一幅活無常，可以推知他的本領。在別方面他也愛好圖畫，買了好些木刻石印的畫譜，買不到的便借了來，自己動手影畫。最早的一本是《蕩寇志》的繡像，共有百頁左右吧，前圖後贊，相當精工，他都影寫了下來，那時他正是滿十二歲。以後所寫的有《詩中畫》，那是更進一步了，原本係畫古人詩意，是山水畫而兼人物，比較複雜得多了。

第三種又很特別，乃是王冶梅畫譜之一，上卷題曰「三十六賞心樂事」，是一種簡筆劃，下卷沒有總名，都是畫幅，有些畫的有點滑稽，可是魯迅似乎也很喜歡，用了貢川紙把它影下來了。

所買畫譜名目可不必列舉，其中比較特別的，有日本畫家葛飾北齋的另種畫本。北齋是日本版畫「浮世繪」大家，浮世繪原本那時很是名貴，就是審美書院復刻的書也都非數十元不可，窮學生購買不起，幸而在嵩山堂有木版新印本，雖然不很清楚，價格不貴，平均半元一冊，便買了幾冊來，但大部的《北齋漫畫》因為有十五冊一套，就未能買得。

日本木刻畫本來精工，因為這是畫工刻工和印工三方面合作成功的，北齋又參加了一點西洋畫法，所以更是比例勻稱，顯得有現代的氣息。這些修養，與他後來作木刻畫運動總也是很有關聯的吧。

對於中國舊文藝，魯迅也自有其特殊的造詣。他在這方面功夫很深，不過有一個特點，便是他決不跟著正宗派去跑，他不佩服唐朝的韓文公（韓愈），尤其是反對宋朝的朱文公（朱熹），這是值得注意的事。詩歌方面他所喜愛的，楚辭之外是陶詩，唐朝有李長吉，溫飛卿和李義山，李杜元白他也不菲薄，只是並不是他所尊重的。文章則陶淵明之前有嵇康，有些地志如《洛陽伽藍記》與《水經注》，文章也寫得極好，一般六朝文他也喜歡，這可以一冊簡要的選本《六朝文絜》作為代表。

魯迅在一個時期很看些佛經，這在瞭解思想之外，重要還是在看它文章，因為六朝譯本的佛經實在即是六朝文，一樣值得看。這讀佛經的結果，如上文所說，取得「神滅論」的思想，此外他又捐資翻刻了兩卷的《百喻經》，因為這可以算得是六朝人所寫的一部小說。

末了還有一件要說的，是他的文字學的知識。過去一般中國人「讀書」，卻多是不識字，雖然漢末許叔重做了《說文解字》十五篇，一直被高擱起來，因為是與「科舉」無關，不為人所注意。

魯迅在日本留學的後半期內，章太炎先生剛從上海西牢裡釋放出來，亡命東京，主編革命宣傳機關雜誌《民報》，又開辦「國學講習會」，借了大成中學的講堂，給留學生講學，正是從《說文》講起。

有朋友來約，擬特別請太炎先生開一班，每星期日上午在民報社講《說文》，我們都參加了，聽講的共有八人。魯迅借抄聽講者的筆記清本，有一卷至今還存留，可以知道對於他的影響。表面上看得出來的是文章用字的古雅和認真，最明顯的表現在《域外小說集》初板的兩冊上面，翻印本已多改得通俗些了，後來又改用白話，古雅已用不著，但認真還是仍舊，他寫稿寫信用俗字簡字，卻決不寫別字，以及重複矛盾的字，例如橋梁（梁加木旁犯重），邱陵（清雍正避孔子諱始改丘為邱），又寫鳥字也改下邊四點為兩點，這恐怕到他晚年還是如此吧？在他豐富深厚的國學知識的上頭，最後加上這一層去，使他徹底瞭解整個的文學藝術遺產的偉大，他這二十幾年的刻苦的學習可以說是「功不唐捐」了。

關於魯迅的「西學」一方面，我們可以更簡單的來說明一下。

這裡可分作兩個段落，其一是關於一般的科學知識，其二是關於外國的文學知識。這第一段落足魯迅在南京（一八九八至一九〇一）及在東京前期（一九〇二至一九〇四），大概這五個年頭。南京附設在陸師學堂內的礦路學堂本來是以開礦為主，造鐵路為輔的，雖然主要功課屬於礦路一事，但魯迅後來既不開礦，也不造路，這些功課都已還了先生之後，他所實在得到的也只是那一點普通科學知識而已。

魯迅在《朝花夕拾》上特別提出地學（地質學）和金石學（礦物學），這些固然最是新鮮，但重要的其實還是一般科學，如數學，代數，幾何，物理，化學，都是現代常識的基礎，但是平常各個分立，散漫無歸宿，魯迅在這裡看到了《天演論》，這正像國學方面的《神滅論》，對於他是有著絕大的影響的。

《天演論》原只是赫胥黎的一篇論文，題目是「倫理與進化論」（或者是「進化論與倫理」也未可知），並不是專談進化論的，所以說的並不清楚，魯迅看了赫胥黎的《天演論》，是在南京，但是一直到了東京，學了日本文之後，這才懂得了達爾文的進化論。因為魯迅看到丘淺次郎的《進化論講話》，於是明白進化學說到底是怎麼一回事。魯迅在東京進了弘文學院，讀了兩年書，科學一方面只是重複那已經學過的東西，歸根結蒂所學得的實在只是日本語文一項，但是這卻引導他到了進化論裡去，那末這用處也就不小了。

第二個段落是說魯迅在仙台醫學校的兩年（一九〇四至一九〇六），和仙台退學後住在東京的三年（一九〇六至一九〇九）。在仙台所學的是醫學專門學問，後來對於魯迅有用的只是德文，差不多是他做文藝工作的唯一的工具。

退學後住在東京的這幾年，表面上差不多全是閒住，正式學校也並不進，只在「獨逸語學協會」附設的學校裡掛了一個名，高興的時候去聽幾回課，平常就只逛舊書店，買德文書來自己閱讀，可是這三年裡卻充分獲得了外國文學的知識，作好將來做文藝運動的準備了。

他學的外國語是德文，但對於德國文學沒有什麼興趣，歌德席勒等大師的著作他一冊都沒有，所有的只是海涅的一部小本集子，原因是海涅要爭自由，對於權威表示反抗。他利用德文去翻譯別國的作品，介紹到中國來，改變國人的思想，走向自由與解放的道路。

魯迅的文學主張是為人生的藝術，雖然這也就是世界文學的趨向，但十九世紀下半歐洲盛行自然主義，過分強調人性，與人民和國家反而脫了節，只有俄國的現實主義的文學裡，具有革命與愛國的精神，為魯迅所最佩服。他便竭力收羅俄國文學的德文譯本，又進一步去找別的求自由的國家的作品，如匈牙利，芬蘭，波蘭，波希米亞（捷克），塞爾維亞與克洛諦亞（南斯拉夫），保加利亞等。

這些在那時都是弱小民族，大都還被帝國主義的大國所兼併，他們的著作英文很少翻譯，只有德文譯本還可得到，這時魯迅的德文便大有用處了。魯迅在東京各舊書店盡力尋找這類資料，發見舊德文雜誌上說什麼譯本刊行，便托相識書商向「丸善書店」往歐洲定購。這樣他買到了不少譯本，一九〇九年印行的兩冊《域外小說集》裡他所譯的原本，便都是這樣一點一滴的收集來的。

他在舊書店上花了十元左右的大價，買到一大本德文《世界文學史》，後來又定購了一部三冊的札倍爾著的同名字的書，給予他許多幫助。在許多年後《小說月報》出弱小民族特號的時候，找不到關於斯拉夫的幾個民族的資料，有幾篇談保加利亞和芬蘭文學的文章，便是魯迅從這書上抄譯下來的。魯迅在東京的後期只是短短的三年，在終日閒走閒談中間，實在卻做了不少工作，我們如拿去和國學時期相比，真可以說是意外的神速。

（《新港》月刊）

魯迅與中學知識

在魯迅的青年時代，中國還沒有中學校。那時滿清政府採用官吏，還是用那科舉制度，憑了八股文取士，讀書人想求仕進，必須「三考出身」，有錢的人出錢「捐官」，那算是例外。第一步是在書房裡念書，先把四書和五經念完，再動手學做八股，名為「開筆」，及至文章「滿篇」，可以出去應考，普通大概總要十年工夫，所謂「十載寒窗」的話就是從這裡出來的了。經過縣府兩重考試，再應「院試」，如果八股文做得及格，考中「秀才」，便可去應「鄉試」，有中「舉人」的希望。舉人上京去「會試」，中了便是「進士」，經過「殿試」，考得好的入翰林院，其次也可以當部員，或者外放去做知縣。不過這應考要有耐心，因為秀才固然可以每年去考一回看，鄉試會試便要隔一二年了，有人「考運」不好，考上多少年，連一個秀才也拿不到手，就須得一年年的等下去。

魯迅應考的準備是早已完成了，因為他讀書很快，在四書之外一共還讀了八經，文章也早已滿篇，可是他不能坐等考試，父親於光緒丙申（一八九六）年去世，家境窮困，沒法坐守下去。

改業呢，普通是「學幕」去當師爺，不然是學錢業或當業，即是做錢店或當鋪的夥計，這也是他所不願意的。

沒有什麼別的辦法，他便決意去進學堂。那時候還沒有中學校，但是類似的教育機關也已有了幾處，不過很是特別，名稱仍舊是「書院」，有如杭州的求是書院，南京的格致書院，教的是一般自然科學，只可惜學生雖然不要學費，膳雜費還要自備，這在魯迅也是負擔不起的。幸而在這些文書院之外，還有幾個武學堂，都是公費供給，而且還有每月津貼的「贍銀」。魯迅那時便走向南京去，進了江南水師學堂。

魯迅考進水師學堂，是在戊戌（一八九八）年春天，可是因為學校辦得「烏煙瘴氣」，不久就退了學，到冬天改進了礦路學堂。這雖是一個文學堂，卻並不稱書院，因為它不是獨立的，只附設在江南陸師學堂裡面，所以一樣的叫作學堂。功課是以開礦為主，造鐵路為輔，期限三年畢業，前半期差不多是補習中學功課，算學，代數，幾何，三角，物理，化學，應有盡有，魯迅也照例學過了。

這固然是一切學問和知識的基礎，於他有一定的好處，但是另外還有一門學問，使他特別得益的，乃是所謂地學。

這其實是現今的地質學，因為與礦學有關，所以有這一項功課，用的教科書是英國賴耶爾的《地質學綱要》的一部譯本，名為「地學淺說」。原書出版很早，在地質學中已是舊書了，但原是一種名著，說的很得要領，這使他得著些關於古生物學的知識，於幫助他瞭解進化論很有關係。

那時中國也還沒有專講進化論的書，魯迅只於課外買到一冊嚴復譯的《天演論》，才知道有什麼「物競天擇」這些道理，與進化論初次發生了接觸。不過那《天演論》原本只是赫胥黎的一篇論文，題名「進化與倫理」，後半便大講其與哲學的關係，不能把進化論說得很清楚，在當時的作用是提出「優勝劣敗」的原則來，給予國人以一個警告罷了。

礦路學堂所學的重在技術，一般自然科學是基本，所以要補習一下，夠得上中學標準，可是文史一部分便是顯得缺乏了。學堂裡也有「漢文」這一門功課，讀的大抵都是《左傳》，作文題目也只是「工欲善其事必先利其器論」之類。陸師學堂的總辦也照例由候補道兼充，不過還比較開通些，不像水師方面那麼的烏煙瘴氣，在看書報方面可以更為自由。但是魯迅在這一方面的知識，在學堂裡所得不多，主要還是在家裡讀書時候立下了基礎來的。

他讀「正經書」——準備考八股出題目用的四書五經讀得很快，可是因為有反感，不曾發生什麼影響，雖然平心說起來，《詩經》乃是古代歌謠，現在看來有許多是很可喜愛的。他就用餘暇來看別的古書，這在正經用功趕考的人說來是「雜覽」，最是妨礙正業，要不得的。

魯迅看了許多正史以外的野史，子部雜家的筆記，不僅使他知識大為擴充，文章更有進益，又給了他兩樣好處，那是在積極方面瞭解祖國偉大的文化遺產的價值，消極方面則深切感到封建禮教的毒害，造成他「禮教吃人」的結論，成為後日發為《狂人日記》以後的那些小說的原因。

這裡須得來敘述一件事，雖然看似煩瑣，其實卻是相當重要的。魯迅對於古來文化有一個特別的看法，凡是「正宗」或「正統」的東西，他都不看重，卻是另外去找出有價值的作品來看。

他對於唐朝的「韓文公」韓愈和宋朝的「朱文公」朱熹這兩個大人物，絲毫不感受影響，雖然沒有顯明的攻擊過，但這總是值得注意的一點。

他愛《楚辭》裡的屈原諸作，其次是嵇康和陶淵明，六朝人的文章，唐朝傳奇文，唐宋八大家不值得一看，「桐城派」更不必提了。他由此引伸又多讀佛經，本來並無宗教信仰，只是去當作古書來看，因為中國自後漢起便翻譯佛經，到六朝為止譯出了不少，所以當作六朝文來讀，也是很有興趣的事情。

佛經倒也就是那麼一回事，只是作為印度文學的一部分好了，可是在本國「撰述」類中卻有一部《弘明集》，是討論佛教的書，中間有梁朝范縝作的一篇《神滅論》，這給了他很大的益處。中國的唯物思想在古代諸子中間已有萌芽，後漢王充的《論衡》裡也有表示，不過未能徹底，到了范縝才毫不客氣的提出神滅論來了。大意是說神附於形而存在，形滅則神亦滅，他用刀來作比喻，說刀是形，刀的銳利是神，因刀而有，刀如毀滅則利也自然不存了。

當時轟動一世，連信佛的梁武帝也親自出馬，和他辯難，可是終於無法折服他。這便給魯迅種下了唯物思想的根，後來與科學知識，馬列主義相結合，他的思想也就愈益確定了。

礦路學堂因為是用中文教授的，所以功課中獨缺外國語這一門。這一個缺陷是他後來在日本，自己來補足的。他當初進了仙台的醫學專門學校，那裡學的是德文，第二學年末了退學後，他在東京繼續自修，後來便用這當唯一的工具，譯出了果戈理的《死魂靈》等許多世界名著。日本語他也學得很好，可是他不多利用，所譯日本現代作品，只有在《現代日本小說集》中夏目漱石等幾個人的小說而已。

他也曾學過俄文，一九〇六年春夏之交，同了陶望潮許季茀等一共六個人，去找亡命東京的馬利亞孔特夫人教讀，每人學費六元，在每月收入三十三元的官費留學生未免覺得壓手，所以幾個月後就停止了。那時所用教本係托教師從符拉迪沃斯托克去買來，每冊五十戈比，書名可以叫做「看圖識字」吧，是很簡單的一種本子。事隔五十年，不意至今保存，上有魯迅親筆注上的小字，現存放在「故居」，大家還可以看得到。

（《文匯報》）

魯迅的文學修養

文學修養是句比較舊式的話，它的意思大略近於現代的「文藝學習」，不過更是寬泛一點，也就好講一點。魯迅的著作，不論小說或是雜文，總有一種特色，便是思想文章都很深刻犀利。這個特色尋找它的來源，有人說這是由於地方的關係。

因為在浙江省中間有一條錢塘江，把它分為東西兩部分，這兩邊的風土民情稍有不同，這個分別也就在學風上表現了出來。大概說來，浙西學派偏於文，浙東則偏於史，就清朝後期來說，袁隨園[1]與章實齋[2]，譚復堂[3]與李越縵[4]，都是很好的例子。再推上去，浙東還有毛西河[5]，他幾乎專門和「朱子」朱晦庵[6]為難，攻擊的絕不客氣，章實齋李越縵不肯犯「非聖無法」的嫌疑，比起來還要差一點了。

拿魯迅去和他們相比，的確有過之無不及，可以說是這一派的代表。不過這一種議論，恐怕未免有唯心論的色彩，而且換句話說，無異於說是「師爺」派，與「正人君子」的代言人陳源的話相近，所以不足為憑，現在可以不談。但是，說部分影響當然是有的，不但他讀過《文史通義》和《越縵堂日記》，就是只聽祖父介孚公平日的訓話，也是影響不小了。介孚公晚年寫有一冊《恆訓》，魯迅曾手抄一本，保存至今，其中所說的話什九不足為訓，可以不提，但是說話的谿刻，那總是獨一的了。

我們客觀一點尋找魯迅思想文章的來源，可以分兩方面來說，一是本國的，二是外國的。說到第一點，他讀得中國古書很多，要具體的來說不但煩瑣，也不容易，我們只好簡單的來綜結一句，他從那裡邊獲得了兩件東西，即是反封建禮教的思想，以及唯物思想的基礎。

讀者們應當記得他在《朝花夕拾》中有一篇「二十四孝」，那是極好的資料，說明他反禮教思想的起源。《二十四孝》據說是「朱子」所編教孝的通俗書，專門發揮「三綱」中的「父為子綱」的精義的。書卻編得很壞，許多迂闊迷信，不近人情，倒也罷了，有的簡直凶殘無道，如「郭巨埋兒」這一節，在魯迅的文章裡遭到無情的打擊，這也就顯示它給他的刺激是多麼的大。

歷代稍有理性的文人大抵都表示過反對，可是只單獨的說一遍，沒有什麼力量，魯迅多看野史筆記，找到許多類似的事實，有如六朝末武人朱粲以人為軍糧，南宋初山東義民往杭州行在，路上吃人肉乾當乾糧，一九〇六年徐錫麟暗殺恩銘，被殺後心肝為衛兵所吃，把這些結合起來，得到一句結論曰禮教吃人。

這個思想在他胸中存在了多少年，至一九一八年才成熟了，以《狂人日記》的形式出現於《新青年》上，不但是新文學的開始，也是反禮教運動的第一陣。他的唯物思想的根苗並不出於野史筆記，乃是從別個來源獲得的。

說來也覺得有點奇怪，這來源是佛經一類的書籍。他讀古書，消極方面歸納得「禮教吃人」，建立起反封建道德的思想，但積極方面也得到益處，瞭解祖國偉大的文化遺產。他愛好歷代的圖畫，後來興起板畫運動，輯錄史地佚書，唐以前古逸小說，都有很大的成就。詞章一方面他排斥歷來的「正統派」，重新予以估價，看重魏晉六朝的作品，過於唐宋，更不必說「八大家」和桐城派了。中國佛經有許多種都是唐以前譯出的，因此可以算是六朝的作品，他便以這個立場來加以鑒賞。

魯迅從謝無量的兄弟，留學印度的萬慧法師那裡聽到說，唐朝玄奘的譯經非常正確，但因為求忠實故，幾乎近於直譯，文字很不容易懂。反過來說，唐以前即六朝的譯經，比較自由，文詞流暢華麗，文藝價值更大。

魯迅曾初讀佛經，當作六朝文看，並不想去研究它裡邊的思想，可是不意他所受的影響卻正是屬於思想的。他看了佛經結果並不相信佛教，但是從本國撰述的部類內《弘明集》中，發見了梁代范縝的《神滅論》，引起他的同感，以後便成了神滅論者了。

手邊沒有《弘明集》，不可能來引用說明，就所記得的說來，大體是說神不能離形而獨存，最有名的譬喻是用刀來比方，說形體是刀，精神是刀鋒，刀鋒的銳利是因刀而存在，刀滅則刀鋒（利）也就滅了，因此神是也要與形俱滅的。

魯迅往南京進了礦路學堂，學習自然科學，受到了科學洗禮，但是引導他走向唯物路上去的，最初還是范縝的《神滅論》，後來的科學知識無非供給更多的證據，使他更堅定的相信罷了。

魯迅從外國文學方面學習得來的東西很多，更不容易說，現在只能很簡單的，就他早期寫小說的時代來一談。

他於一九〇六年從醫學校退學，決意要來搞文藝運動，從辦雜誌入手，並且擬定名稱曰「新生」。計畫是定了，可是沒有資本，同人原來也只是四名，後來脫走了一個，就只剩下了三人，即是魯迅，許壽裳和我。《新生》的運動是孤立的，但是脈搏卻與當時民族革命運動相通，雖然魯迅並不是同盟會員。

那時同盟會刊行一種機關報，便是那有名的《民報》，後來請章太炎先生當總編輯，我們都很尊重，可是它只著重政治和學術，顧不到文藝，這方面的工作差不多便由《新生》來負擔下去。

因為這個緣故，《新生》的介紹翻譯方向便以民族解放為目標，搜集材料自然傾向東歐一面，因為那裡有好些「弱小民族」，處於殖民地的地位，正在竭力掙扎，想要擺脫帝國主義的束縛，俄國雖是例外，但是人民也在鬥爭，要求自由，所以也在收羅之列，而且成為重點了。

這原因是東歐各國的材料絕不易得，俄國比較好一點，德文固然有，英日文也有些。雜誌刊行雖已中止，收集材料計畫卻仍在進行，可是很是艱難，因為俄國作品英日譯本雖有而也很少，若是別的國家如匈牙利，芬蘭，波蘭，捷克斯洛伐克，保加利亞，南斯拉夫（當時叫塞爾維亞與克洛諦亞），便沒有了，德譯本雖有但也不到東京來，因此購求就要大費氣力。

魯迅查各種書目，又在書攤購買舊德文文學雜誌，看廣告及介紹中有什麼這類的書出版，托了相識的書店向丸善書店定購，這樣積累起來，也得到了不少，大抵多是文庫叢書小本，現在看來這些小冊子並無什麼價值，但得來絕不容易，可以說是「粒粒皆辛苦」了。

他曾以一角錢在書攤上買得一冊文庫本小書，是德文譯的匈牙利小說，名曰「絞刑吏的繩索」，乃是愛國詩人裴多菲所作，是他唯一的小說。這冊小書已經很破舊了，原來裝訂的鐵絲鏽斷，書頁已散，可是魯迅視若珍寶，據我的印象來說，似乎是他收藏中唯一寶貴的書籍。這小說的分量並不很多，不知道他為什麼緣故，不曾把它譯了出來。

《新生》沒有誕生，但是它的生命卻是存在的。一九〇七年因了孫竹丹的介紹，給《河南》雜誌寫文章，重要的有一篇《摩羅詩力說》，可以當作《新生》上的論文去看。

一九〇九年因了蔣抑卮的借款，印出了兩冊《域外小說集》，登載好些俄國和波蘭的作品，也即是《新生》的資料。但是魯迅更大的績業乃是在創作的小說上，在這上邊外國文學的力量也是不小的。

這裡恐怕也可以有些爭辯，現在只能照我所見的事實來說，給予他影響的大概有這些作家與作品。第一個當然要算俄國的果戈理，他自己大概也是承認，「狂人日記」的篇名便是直接受著影響，雖然內容截然不同，那反禮教的思想乃是魯迅所特有的。

魯迅晚年很費心力，把果戈理的《死魂靈》翻譯出來，這部偉大的小說固然值得景仰，我們也可以說，這裡看出二者的相類似，魯迅小說中的許多腳色，除時地不同外，豈不也就是《死魂靈》中的人物麼？

第二個我想舉出波蘭的顯克微支來。顯克微支的晚期作品都是歷史小說，含有反動的意義，不必說了，但他早期的作品的確有很好的，《域外小說集》中《燈檯守》的詩都是他親手所譯，《炭畫》一卷尤其為他所賞識，可能也給他一些影響。

此外日本作家中有夏目漱石，寫有一部長篇小說，名曰「我是貓」，假託貓的口氣，描寫社會情狀，加以諷刺，在日本現代文學上很是有名，魯迅在東京的時候也很愛讀。在魯迅的小說上雖然看不出明瞭的痕跡，但總受到它的有些影響，這是魯迅自己在生前也曾承認的。

（《文藝學習》）

【注釋】

1 袁隨園名枚，字子才，杭州人。乾隆時（十八世紀）以詩名。思想很自由，特別關於兩性問題主張開放。

2 章實齋名學誠，紹興人，乾隆時史學家，有學問而思想較舊，反對袁隨園的主張，作文批評，多極嚴刻。

著有《文史通義》等書。

3 譚復堂名獻，杭州人，善詩文，生於清末，為章炳麟之師。

4 李越縵名慈銘，紹興人，生於清末，長於史學及詩文，喜謾罵人，作文批評亦多嚴刻。著有詩文集及《越縵堂日記》。

5 毛西河名奇齡，紹興蕭山人，生於清初（十七世紀），學問極淵博，著有《西河合集》數百卷。解說經書極有新意，最不喜朱熹的學說，多所攻擊，其大膽為不可及。

6 朱晦庵名熹，福建人，通稱朱文公，南宋時道學家，注解四書，宣傳舊禮教，最有力量。

魯迅讀古書

關於魯迅與古書的問題，普通有兩種絕不相同的說法。甲說是主張用古文的一派：你們佩服魯迅，他的新文學固然好，但那正是從舊文學出來的，因為他讀得古書多，文學有根柢。乙說根據魯迅自己的說法，在《京報副刊》徵求「青年必讀書」的時候，他竭力勸青年不要讀中國古書，免得意氣銷沉下去。這兩種說法都不能說不對，可是也不全對，因為是片面的，不可能作為依據。

我們現在客觀的來評判一下，甲說的用意不好，利用魯迅讀古書的事實，來替古文張目，所以把事實歪曲了，是不足憑信的。乙說呢，事實是沒有錯，但我們知道那時正是北洋政府的反動時代，社會上復古空氣很濃厚，提倡古典文學，就會被復古派所利用，有害無益，魯迅反對讀古書的主張是對於復古運動的反抗，並不足證明他的不讀古書，而且他的反對青年讀古書的緣故正由於他自己讀透了古書，瞭解它的害處，所以才能那麼堅決的主張。現在對於這個問題，我們客觀的看來，魯迅多讀古書，得到好處，乃是事實，而這好處可以從消極和積極這兩方面來說。

我們先來說第一點。所謂消極的好處，便是他從古書裡發見了舊中國的病根，養成他反封建，反禮教的思想，發動偉大的思想的革命，這影響是很大的。

中國的封建禮教思想過去有長遠的歷史，浸潤在一切文物裡邊，凡是接觸著的人，容易感染，不加救治就將成為痼疾。歷代學者能夠知道並且揭穿這個毛病的，屈指可數，漢末孔融與嵇康，明季李卓吾，清朝戴東原與俞理初這幾個人而已。

魯迅同一般讀書人一樣，在古書堆裡鑽了多年，卻能獨自覺悟，這是什麼道理呢？或者有人說這是科學知識的力量吧，事實卻並不是如此，因為有好些科學家對於禮教並不反對。古語云，不入虎穴，焉得虎子，魯迅便是因為身入虎穴，這才明白了老虎的真相的。

話雖如此，鑽到古書堆裡這正與入虎穴相似，是頗為危險的事情，他有什麼方法，才能安全無事的進去又出來的呢？這個理由有點不易說明，但事實總是這樣，他在古書裡摸索，黑暗中一手摸著了「禮教」（有如童話裡的「老虎外婆」）的尖利的爪牙，使他驀地覺悟，以後留心看去，到處看出猛獸的形跡，從這裡發展下去，成為反封建禮教的打虎將，那是很自然的順序了。

魯迅摸著禮教的爪牙，這事出現在他很小的時候，具體的說是在初看《二十四孝》的時候。《二十四孝》據說是南宋大儒朱晦庵所編的，這事固然尚待查考，未可信憑，但在民間很有力量，是「三綱」中「父為子綱」的宣傳書，那是人人皆知的。

那裡邊所說的大抵離奇古怪，不近人情，其中老萊子彩衣娛親，畫作一個鬚髮浩白的老人倒臥地上，手持有耳小搖鼓，魯迅的故鄉叫作「搖咕咚」的玩具，樣子十分可笑，魯迅文中已經大加嘲笑，尤其荒謬的要算那一幅郭巨埋兒的故事了。因為要孝養父母，嫌兒子養育花錢，決心去掘土坑，想把兒子活埋了事，畫裡郭巨正在挖坑，郭巨的妻子手裡抱著那小兒站著，小兒手裡也正捏著一個搖咕咚。這使得魯迅看了發生怎樣的悲憤，在他後來所寫的「二十四孝」那篇文章中可以清楚的感到，我們這裡可以不必重複多說。

魯迅在小時候就從孝道的教科書《二十四孝》上瞭解了古來禮教的殘忍性，就立定了他的觀點，隨時隨地都加警惕，從古書中更多的發見資料，書讀得愈多，也就愈加證明他見解的正確。這個結論便是「禮教吃人」，直到五四前後在《新青年》上才有機會揭出這個事實，表現在文學上的即是魯迅的第一篇小說《狂人日記》。

魯迅在《二十四孝》上發見了封建禮教的殘忍性，又從種種子史古書上得到了大量的證明材料，這裡可以稍加說明。他在書房裡很早就讀完了四書五經，還有工夫來加讀了幾經，計有《周禮》，《儀禮》以及《爾雅》。

可是這些經書固然沒有給他什麼好教訓，卻也還不曾給了他大的壞印象，因為較古的書也較說的純樸，不及後代的說得更是嚴緊，凶狠。例如孔子在《論語》裡說：「君君，臣臣，父父，子子」，漢朝學者提出了「三綱」，說是「君為臣綱，父為子綱，夫為妻綱」，宋人就更是乾脆，說什麼「君叫臣死，不得不死，父叫子亡，不得不亡」了。

所以魯迅的材料大都是在漢以後，特別是史部的野史和子部的雜家。舉出具體的例來說：他看《玉芝堂談薈》知道了歷代武人的吃人肉，看《雞肋編》知道了南宋山東義民往杭州行在，路上以人肉乾為糧，看《南燼紀聞》知道了金人的淫虐，看《蜀碧》知道了張獻忠的凶殺，看《明季稗史彙編》裡的《揚州十日記》知道了滿人的屠殺，至於國朝典故殘本《立齋閒錄》裡錄存明永樂的上諭，凶惡得「言語道斷」（這裡不再徵引），更是使得他生氣，他總結起來，說中國書上鮮紅的寫著二字曰「吃人」，豈不是正當的麼？

他這篇《狂人日記》，形式是小說，實際是反對封建禮教的一篇宣言，也可以說是他關於野史和筆記的一則讀書筆記。魯迅在借了小說對於封建禮教開火以後，一直沒有停過，在《祝福》裡又開始了第二次總攻擊。我們不能說魯迅文章的好處是從古文中出來，但是說他攻擊禮教這個意思乃是從古書中得來，即是出於古書的賜予，也是可以的吧？

上邊我們只說得消極的一面，其實在積極的一方面他也從古書得到不小的好處。這用現代的一句話來說，便是他因此理解了祖國的偉大的文化遺產，至於供給他後來在文藝研究的基礎那還在其次。

在魯迅生存著的期間，國內有著什麼保存國粹的口號，最明顯的是劉師培黃侃的《國故》和吳宓胡先驌的《學衡》兩次運動，但那是復古派所發動的，借了這個名稱來維持舊禮教和古文，大家多反對它，覺得他們所謂國粹實在乃是些國滓國糟，因此連這個名字也有點厭惡，不願意用了。

可是試問，國粹這物事有沒有呢，我想這是有的，不過不必說得那麼玄妙，只如現今所說文化遺產，就十分確當。魯迅讀書從經書起頭，於四書之外又讀了八部經，可是如上文所說，這對於他大概沒有什麼影響。

正史方面有一部明刊十八史，以備查考，也不曾好好讀過。他小時候讀過《古文析義》，當然也讀《東萊博議》，但他與八大家無緣，「桐城派」自然更不必說了。《詩經》是硬讀的，因此難以發生興趣，韻文方面他所喜愛的有一部《楚辭》，此後是陶淵明，唐朝有李長吉，溫飛卿和李義山，大家如唐之李杜，宋之蘇黃，卻並不著重，只有一部《劍南詩稿》，那大抵還是因為同鄉的關係也未可知。

對於「正宗」的詩文總之都無什麼興味，因此可以說他所走的乃是「旁門」，不管這意思好壞如何，總之事實是正確的。文章方面他喜歡一部《古文苑》，其中一篇王褒的《僮約》，他曾經選了來教過學生。

他可以說愛六朝文勝於秦漢文，六朝的著作如《洛陽伽藍記》，《水經注》，《華陽國志》，本來都是史地的書，但是文情俱勝，魯迅便把它當作文章看待，搜求校刻善本，很是珍重。

純粹的六朝文他有一部兩冊的《六朝文絜》，很精簡的輯錄各體文詞，極為便用。他對於唐宋文一向看不起，可是很喜歡那一代的雜著，小時候受唐代叢書的影響，後來轉《太平廣記》，發心輯錄唐以前的古小說，成為《鉤沉》巨著，又集唐代「傳奇文」，書雖先出，實在乃是《鉤沉》之續，不過改輯本為選本罷了。這一方面的努力即是研究小說史的準備，北京大學請他教書，只是一陣東風，催他成功就是了。

魯迅讀古書還有一方面是很特別的，即是他的看佛經。一般文人也有看佛經的，那大半是由老莊引伸，想看看佛教的思想，作個比較，要不然便是信仰宗教的居士。但魯迅卻兩者都不是，他只是當作書讀，這原因是古代佛經多有唐以前的譯本，有的文筆很好，作為六朝著作去看，也很有興味。他這方面所得的影響大概也頗不小，看他在一九一四年曾經捐資，托南京刻經處重刊一部《百喻經》，可以明瞭。

梁任公在《翻譯文學與佛典》一文中曾說道：

「試細檢藏中馬鳴所著之《佛本行贊》，實一首三萬餘言之長歌，今譯本雖不用韻，然吾輩讀之，猶覺其與《孔雀東南飛》等古樂府相彷彿。其《大乘莊嚴論》則直是《儒林外史》式之一部小說，其原料皆採自四阿含，而經彼點綴之後，能令讀者肉飛神動。馬鳴以後成立之大乘經典，盡汲其流，皆以極壯闊之文瀾，演極微眇之教理，若《華嚴》《涅槃》等，此等富於文學性的經典，復經譯家宗匠以極優美之國語為之移寫，社會上人人嗜讀，即不信解教理者，亦靡不心醉於其詞續，故想像力不期而增進，詮寫法不期而革新，其影響乃直接表見於一般文藝。」

這一段有地方不免稍有誇張，但大體說得還對，現在借用了來作為魯迅讀佛經的說明，倒是極為適合的。

魯迅有一個時期也很搞過「文字學」，特別是《說文解字》，如《域外小說集》中那些文言譯的短篇上，很留下些痕跡，特別在集裡那短短的引言上。但是那只是暫時的，到了用白話寫作的時候，這就全然不見，所以這裡也從略了。

（《讀書月報》）

魯迅與歌謠

這篇文章的題目有點枯窘，恐怕不能寫得好，因為我寫魯迅紀念的文章，都是回憶小品的性質，所用的材料須得是事實，而事實則是有限量的。這好比是一疊鈔票，用一張少一張，到用完便沒有了，不可能自己來製造補充。

關於魯迅我已經寫了不少文章，存儲的材料幾乎沒有什麼了。此次給《民間文學》寫稿，尤其覺得為難，在這一方面其實並不曾寫過文章，難的在於根本缺少材料。魯迅曾經譯過「俄羅斯童話」，但那乃是後期的事情，在他前半期卻還沒有注意，即如格林姆兄弟的《德意志家庭童話》，他大概也只有小叢書本，雖是全書，但並沒有那麼許多的研究解說。只是對歌謠，他曾有過關心，這是我唯一的記憶與材料了。

一九一〇年前後，即是清末民初，魯迅在從事於《古小說鉤沉》和《會稽郡故書雜集》的輯錄工作，到了一九一二年中華民國成立，他那工作差不多完成，便應蔡孑民之召，往南京教育部任職，不久隨著政府遷移至北京。

那時我留在家鄉，除在中學校教一點書之外，開始收集研究兒歌與童話，先後在一九一三年至一九一四年中，用文言寫了幾篇論文，在那時當然無處可以發表，有一篇《童話之研究》寄給《中華教育界》，送給它白登，只希望給與該雜誌一年份（代價計一元）作報酬，終於也被拒絕，寄給魯迅去看，由他主持轉交《教育部編審處月刊》，並後來所寫論文，陸續發表在那上面。

他特別支持我收集歌謠的工作，大概因為比較易於記錄的關係吧，他曾從友人們聽了些地方兒歌，抄了寄給我做參考。我的收集本來是故鄉為主，他在北京所能聽到的當然都是些外地的，寄給我的一張底稿我還保留著，後來將原本送給了人民文學出版社的魯迅著作編輯室了，文句抄留在歌謠稿本上。查甲寅（一九一四）年舊日記，二月項下有云，六日得北京一日函，附兒歌數首。全文今抄錄於後：

一

羊，羊，跳花牆。
花牆破，驢推磨。
豬挑柴，狗弄火。
小貓上炕捏餑餑。

這裡斷句係以韻為準，與以文法為準者不同。

二

小轎車，白馬拉。
唏哩嘩啦[1]回娘家。

三

風來了，雨來了，
和尚背了鼓來了。
這裡藏？[2]
廟裡藏。
一藏藏了個小兒郎。
兒郎兒郎你看家，
鍋臺[3]後頭有一個大西瓜。[4]
（以上北京）

四

棉花桃，滿地蹦。[5]
姥姥[6]見了外甥甥[7]。
（直隸高陽）

五

月公爺爺，[8]保佑娃娃。
娃娃長大，上街買菜。
（江西南昌）

六

車水車水，車到楊家嘴。
楊奶奶，好白腿。
你走你的路，
我車我的水，

管我白腿不白腿。[9]

（安徽）

我的《越中兒歌集》，從一九一三年一月計畫起，收集材料也已不少，卻終於未曾編成。到了一九三六年四月，改名《紹興兒歌述略》，寫了一篇序文，登在當時北京大學的《歌謠週刊》上，預備趕緊把它編出來。可是因為有些方言的句子，用字拼音都是問題，而且關於風俗和名物，須要許多繁瑣的解釋，一時未能著手。

去年有朋友提議，最好能設法編好，在魯迅逝世二十周年時印出來，也好做個紀念。這個主張很好，我也很有這個意思，我預寫那篇《兒歌述略》的序文以來，豈不也已是二十年過去了麼。不過力不從心，至今還只有一本草稿，實在很是慚愧。現在姑且抄兩章下來，比較易於記錄的，作為魯迅故鄉地方歌謠的樣本。

其一是「月亮彎彎」，依據范寅著《越諺》卷上所載，范氏原本在題下有小注云：「此謠越俗出嫁女人情如繪。」

月亮彎彎，因來望娘。

娘話心肝肉歸哉！[10]

爹話一盆花歸哉！
娘娘話穿針肉歸哉！
爺爺話敲背肉歸哉！
唔媽[11]見我歸，
撿起羅裙揩眼淚。
爹爹見我歸，
拔起竹竿趕市去。[12]
娘娘見我歸，
馱得拐杖後園趕雄雞。
爺爺見我歸，
挑開船篷[13]外孫抱弗及。
嫂嫂見我歸，
鎖籠鎖箱鎖弗及。
哥哥見我歸，
關得書房假讀書。

我們這裡再來抄一篇，係從平水地方一位老太太口裡採集來的，流傳於老百姓中間，對於升官發財思想似嘲似諷，頗有意思。歌的表面是嘲笑癩子的。

癩子癩新鮮，
爬起天亮去耘田。
一耘耘到大路沿，
癩子沰勒沰勒[14]開火吃潮煙。
吃浪一口大青煙，
我道哪裡個青龍來出現，
哪道是一根大黃鱔！
我要捉，伊要顛。
走過個叔叔伯伯撥我上上肩！
一肩肩到大堂前，
十節馱來醃，
廿節馱來鮮。
頭頭尾尾曬鱔乾，

黃鱔骨頭買引線。
一賣賣到十八千，
放債盤利錢，
趕考中狀元，
前門豎旗竿，
後門釘牌匾。
（《民間文學》）

【注釋】

1 原注，鈴鐸之聲屬也，非指人聲。
2 問詞，猶言哪裡藏也。
3 灶頭也。
4 按此歌當風雨將至時，小兒群集而唱之。
5 踴也，躍也。
6 外祖母也。
7 第二甥字不知本字，係動詞，謂甚愛也。（此處外甥係北方俗語，其實應當寫作外孫才對。）
8 按此以月為男性也。

9 據云下等社會小兒唱之，然不似兒歌也。

10 歸字紹興俗音讀如居，哉為語助詞，猶言回來了。肉即「骨肉」之意，對於兒童愛憐的稱呼，讀如泥何切入聲。

11 唔媽即是母親，或亦稱娘及唔娘，這裡蓋取前後有變化。

12 范氏原注云：越鄉動輒用船。這裡竹竿即是指定船的篙，言將搖船往市裡去。

13 挑字原本寫作土字偏旁，讀如兆平聲，係說移動船篷。

14 洦勒洦勒猶言滴洦，洦字讀如多入聲，形容使用火刀火石取火時的聲音。

魯迅與清末文壇

這個題目意思不大明瞭，須要說明一句。所謂文壇是狹義的，不包括當時的詩文在內，實在只是說有些出版物，而且也僅僅是一部分，據我所知道與他有關係的，簡單的來說一下。我說簡單，並不是故意簡略，實在是因為年月隔得久遠了，記憶又不完全，所以不能詳說罷了。

魯迅於戊戌（一八九八）年三月往南京進學堂，在這以前他住在家裡，只買些古書來看，與當時出版界不發生關係，所看到的新刊物至多只是《點石齋畫報》而已。在南京三年中，與「西學」開始接觸，但那也多是些科學，不過是中學知識，但是他所進的是礦路學堂，有地質學這門功課，用的課本是英國賴耶爾的名著《地質學綱要》，中譯本名為「地學淺說」，是一種新鮮的學問，給了他不少的驚奇與喜悅。

此外則是進化論的學說，那時候還沒有簡要的介紹書，達爾文原書譯本更是談不到，他所看見的是那時出版的嚴譯《天演論》。

這是一本不三不四的譯本，因為原來不是專講進化論的，乃是赫胥黎的一篇論文，題目是

「進化與倫理」，譯者嚴幾道又是用了「達旨」的辦法，就原本的意思大做其文章，吳摯甫給做序文，恭維得了不得，說原書的意思不見得怎麼高深，經譯者用了上好的古文一譯，這便可以和先秦的子書媲美了。

魯迅在當時也還不明白他們的底細，只覺得很是新奇，如《朝花夕拾》中《瑣記》一篇裡所說，什麼「赫胥黎獨處一室之中，在英倫之南，背山而面野，檻外諸境，歷歷如在几下」，琅琅可誦，有如「八大家」的文章。因此大家便看重了嚴幾道，以後他每譯出一部書來，魯迅一定設法買來，自甄克思的《社會通詮》，斯賓塞的《群學肄言》，孟德斯鳩的《法意》，以至讀不懂的《穆勒名學》部甲，也都購求到手。

直到後來在東京，看見《民報》上章太炎先生的文章，說嚴幾道的譯文「載飛載鳴」，不脫八股文習氣，這才恍然大悟，不再佩服了。

平心的說來，嚴幾道的譯文毛病最大的也就是那最有名的《天演論》，別的其實倒還沒有什麼，如《社會通詮》和《法意》兩書，或者可以說是通順誠實，還不失為好譯本吧。就我個人來說，他的一冊《英文漢詁》，或者有人要嫌它舊，我卻是一直喜歡它的。

我們在南京學堂的時候，發給我們的英文文法書正是他所依據的一八四〇年初版的《馬孫氏文法》，書儘管舊，但是有學術的空氣，比後來盛行的納斯菲爾特的印度用文法來，真不可同年而語了。

魯迅更廣泛的與新書報相接觸，乃是壬寅（一九〇二）年二月到了日本以後的事情。其時梁任公亡命日本，在橫濱辦《清議報》，後來繼以《新民叢報》，風行一時，因為康梁雖然原來都是保皇的，但梁任公畢竟較為思想開通些，他的攻擊西太后看去接近排滿，而且如他自己所說，「筆鋒常帶情感」，很能打動一般青年人的心，所以有很大的勢力。

癸卯（一九〇三）年三月魯迅寄給我一包書，內中便有《清議報彙編》八大冊，《新民叢報》及《新小說》各三冊，至於《飲冰室自由書》和《中國魂》，則在國內也已借看到了。不過民族革命運動逐漸發展，《新廣東》《革命軍》公然流傳，康梁的立憲變法一派隨之失勢，但是對於我們，《新小說》的影響還是存在，因為對抗的同盟會在這一方面沒有什麼工作，乃是一個缺陷。

《新小說》上登過囂俄（今稱雨果）的照片，就引起魯迅的注意，搜集日譯的中篇小說《懷舊》（講非洲人起義的故事）來看，又給我買來美國出版的八大本英譯雨果選集。其次有影響的作家是焦爾士威奴（今譯儒勒凡爾納），他的《十五小豪傑》和《海底旅行》，是雜誌中最叫座的作品，當時魯迅決心來翻譯《月界旅行》，也正是為此。

《十五小豪傑》終於未曾登完，心裡很不滿足，今年我還托人找到新出的日本全譯本來，可是事隔五十年以上，讀了並不像當時那麼有趣，而且因為事忙，一厚本書也沒法全讀。近日報導，凡爾納的名著十多種都將譯出，由中國青年出版社刊行，這消息很是可喜，也證明了我們過去的喜愛是對的。

這以後，對於魯迅有很大的影響的第三個人，不得不舉出林琴南來了。魯迅還在南京學堂的時候，林琴南已經用了冷紅生的筆名，譯出了小仲馬的《茶花女遺事》，很是有名。魯迅買了這書，同時還得到兩本有光紙印的書，一名「包探案」，是福爾摩斯故事，一名「長生術」，乃是神怪小說，說什麼「罐蓋人頭之國」，至今還記得清楚。

這在後來才弄明白，乃是哈葛得的一部小說，與後來林譯的《金塔剖屍記》等是同一類的。《茶花女》固然也譯得不差，但是使得我們讀了佩服的，其實還是那部司各得的《撒克遜劫後英雄略》，原本既是名著，譯文相當用力，而且說撒克遜遺民和諾曼人對抗的情形，那時看了含有暗示的意味，所以特別的被看重了。

《埃及金塔剖屍記》的內容古怪，《鬼山狼俠傳》則是新奇，也都很有趣味。前者引導我們去譯哈葛得，挑了一本《世界的欲望》，是把古希臘埃及的傳說雜拌而成的，改名為「紅星佚史」，裡面十多篇長短詩歌，都是由魯迅筆述下來，用楚詞句調寫成的。後者更是愛讀，書裡邊的自稱「老獵人」的土人寫得很活現，我們後來閒談中還時常提起，好像是《水滸傳》中的魯智深和李逵。

我們對於林譯小說有那麼的熱心，只要他印出一部，來到東京，便一定跑到神田的中國書林，去把它買來，看過之後魯迅還拿到訂書店去，改裝硬紙板書面，背脊用的是青灰洋布。但是這也只以早期的林譯本為限，例如上邊所說三種之外，有《迦因小傳》，《魯濱孫漂流記》正續，《玉雪留痕》，《橡湖仙影》。到了末後兩部也已經看得有點厭倦，但還是改訂收藏，隨後更是譯得隨便，便不足觀了。

斯威夫特的《格利佛遊記》與伊爾文的《見聞雜記》，本是好書，卻被譯得不成樣子，到了賽凡提斯的《堂吉訶德傳》，改名為「魔俠傳」，錯譯亂譯，壞到極點了。我們當初覺得林譯頗能傳達滑稽的趣味，如《劫後英雄略》等書中所見，豈知他遇到真正有滑稽味的作品反而全都弄糟了呢？

後期林譯本中如《塊肉餘生述》，老實說也還不壞，不過有如吃食的人，吃過一口壞東西，也就不想再吃了。到了民國以後，對於林琴南的譯本魯迅是完全斷絕關係了，但對於他的國畫還多少有點期望。

壬子（一九一二）日記中十一月九日項下記云：「赴留黎廠買紙，並托清秘閣買林琴南畫冊一葉，付銀四元四角，約半月後取。」

十四日記云：「午後清秘閣持林琴南畫來，亦不甚佳。」

到了「五四」那年，反動派文人對於《新青年》的言論十分痛恨，由林琴南為首的一群想運動徐樹錚來用武力鎮壓，在《公言報》上發表致蔡孑民書外，又寫小說曰「荊生」（隱徐姓），又曰「妖夢」，暴露了醜惡的面目，這之後才真為魯迅所不齒了。

對於當時國內的創作小說，魯迅似乎一向不大注意，那些南亭亭長等的大部著作，大概也是在後來講小說史的時候，這才細讀加以評介的。以前在上海《時報》上見到冷血的文章，覺得有趣，記得所譯有《仙女緣》，曾經買到過，天笑的便不曾發生關係。

蘇子谷在東京時曾見過面，朋友們中間常常談起「老和尚」的事情，他的文筆也很不差，可是他的文言小說雖是在《東方雜誌》等上邊發表，又印成單行本，風行一時，但魯迅並不感覺什麼興趣。說是不喜歡文言麼，那時也還不寫白話，而且他對於文言譯本的《炭畫》也很是欣賞的。

總之他對於其時上海文壇的不重視乃是事實，雖然個別也有例外，有如周瘦鵑，便相當尊重，因為所譯的《歐美小說叢刊》三冊中，有一冊是專收英美法以外各國的作品的。

這書在一九一七年出版，由中華書局送呈教育部審查註冊，發到魯迅手裡去審查，他看了大為驚異，認為「空谷足音」，帶回會館來，同我會擬了一條稱讚的評語，用部的名義發表了出去。據范煙橋的《中國小說史》中所記，那一冊中計收俄國四篇，德國二篇，義大利，荷蘭，西班牙，瑞士，丹麥，瑞典，匈牙利，塞爾維亞，芬蘭各一篇，這在當時的確是不容易的事了。

（《文匯報》）

魯迅與范愛農

魯迅與范愛農——這兩個人的緣分真是很奇特的。他們是同鄉留日學生，在日本住上好幾年，只在同鄉會上見過面，主張雖同而說話不投，互相瞪眼而別。這在《朝花夕拾》末篇《范愛農》中說的很是具體，時為光緒丁未即一九〇七年，陰曆五月二十六日徐伯蓀在安慶起義，殺了恩銘，旋即被害，六月初五日秋瑾也在紹興被殺，同鄉會議就是為的討論這事，所以時期該在陽曆七月吧。

匆匆過了五年，辛亥（一九一一）革命成功，紹興軍政府任命魯迅為本地師範學堂（其時尚未改稱學校）校長，范愛農為學監，兩人第二次見面，成為好友。因為學堂與魯迅故家相距不到一里路，在辦公完畢之後，范愛農便戴著農夫所用的捲邊氈帽，下雨時穿著釘鞋，拿了雨傘，一直走到「裡堂前」，來找魯迅談天。

魯老太太便替他們預備一點家鄉菜，拿出老酒來，聽主客高談，大都是批評那些「呆蟲」的話，老太太在後房聽了有時不免獨自匿笑。這樣總要到十時後，才打了燈籠回學堂去，這不但在主客二人覺得愉快，便是老太太也引以為樂的。

但是「好景不常」，軍政府對於學校本不重視，而且因為魯迅有學生在辦報，多說閒話，更是不高興，所以不久自動脫離，兩人就連帶去職了。

一九一二年元旦，南京政府成立，蔡孑民任教育部長，招魯迅去幫忙，匆匆往南京，這兩位朋友只聚會了兩個月光景，又復永遠分別了。

范愛農失業後，在紹興杭州間飄泊了幾時，終於落水而死，魯迅那篇文章便是紀念他而作的。這件事說起來已經很古，因為中間經過了四十多年了。可是事有湊巧，近時忽然無意中找著了好些重要的材料，可以稍加說明。這乃是范愛農的幾封信，都是在那時候寄給魯迅的。其一是三月二十七日從杭州所發，其文云：

「豫才先生大鑒：晤經子淵，暨接陳子英函，知大駕已自南京回。聽說南京一切措施與杭紹魯衛，如此世界，實何生為，蓋吾輩生成傲骨，未能隨波逐流，惟死而已，端無生理。弟於舊曆正月二十一日動身來杭，自知不善趨承，斷無謀生機會，未能拋得西湖去，故來此小作勾留耳。現因承蒙傅勵臣函邀擔任師校監學事，雖未允他，擬陽月杪返紹一看，為偷生計，如可共事，或暫任數月。羅揚伯居然做第一科課長，足見實至名歸，學養優美。朱幼溪亦得列入學務科員，何莫非志趣過人，後來居上，羨煞羨煞。令弟想已來杭，弟擬明日前往一訪。相見不遠，諸容面陳，專此敬請著安。弟范斯年叩，二十七號。《越鐸》事變化至此，恨恨，前言調和，光景絕望矣。又及。」

這裡需要說明的，如傅勵臣即《朝花夕拾》中所說後任校長孔教會會長傅力臣，朱幼溪即都督府派來的拖鼻涕的接收員，羅揚伯則是所謂新進的革命黨之一人。《越鐸》即是罵都督的日報，係魯迅學生王文灝等所創辦，不過所指變化卻不是報館被毀案，乃是說內部分裂，李霞卿等人分出來，另辦《民興報》，後來魯迅的《哀范君》的詩便是登在這報上的。

末後說到我往杭州事，那時浙江教育司（後來才改稱教育廳）司長是沈鈞儒先生，委我當本省視學，因事遲去，所以不曾遇見愛農。魯迅往南京去，大概在三月末回家過一趟，隨後跟了政府移往北京。他的壬子日記從五月開始，所以這一段事情無可查考，日記第一天是五月五日，說「舟抵天津」，想來該是四月末離紹的吧。在這以前，魯迅和范愛農應當在家裡會見過，可是這也毫無記憶了。

第二封信的日期是五月九日，也是從杭州寄出，這在壬子日記上有記錄，「五月十五日上午得范愛農信，九日自杭州發。」其文云：

「豫才先生鈞鑒：別來數日矣，屈指行旌已可到達。子英成章已經卸卻，弟之監學則為二年級諸生斥逐，亦於本月一號午後出校。此事起因雖為飯菜，實由傅勵臣處置不宜，平日但求敷衍了事，一任諸生自由行動所致。

「弟早料必生事端，惟不料禍之及己。推及己之由，則（後改為『現悉統』）係何幾仲一人所主使，唯幾仲與弟結如此不解冤，弟實無從深悉。蓋飯菜之事，係范顯章朱祖善二公因二十八號星期日起晏，強令廚役補開，廚役以未得教務室及庶務員之命拒之，因此深恨廚役，唆令同學於次日早膳，以飯中有蜈蚣，冀洩其忿。時弟在席，當令廚役掉換，一面將廚役訓斥數語了事。詎范朱等忿猶未泄，於午膳時復以飯中有蜈蚣，時適弟不在席，傅勵臣在席，相率不食（但發現蜈蚣時有半數食事已畢），堅欲請校長嚴辦廚房，其意似非撤換不可。

「傅乃令諸生詢弟，弟令廚役重煮，學生大多數贊成，且宣言如菜不敷，由伊等自購，既經范某說過重煮，定須令廚役重煮。廚役遂復煮，比熟已屆上課時刻，乃請諸候選教員用膳，請之再三，而胡問濤朱祖善范顯章趙士瑮等一味在內喧擾不來。勵乃囑弟去喚，一面搖鈴，令未飽者趕緊來吃，其餘均去上課。弟遂前往宣布，胡問濤以菜冷且不敷為詞，弟乃云前此汝等宣言菜如不敷，由汝等自備，現在汝等既未備，無論如何只有勉強吃一點。

「胡等猶復刺刺不已，弟遂宣言，不願吃又不上課，汝等來此何干，此地究非施飯學堂（施飯兩字係他們所出報中語），如願在此肄業，此刻飯不要吃了，理當前去聽講，否則即不願肄業，盡可回府，即使汝等全體因此區區細故願退學亦不妨。於是欲吃者還赴膳廳，其已畢者去上課。昨晨早膳，校長俟諸生坐齊後乃忽宣言，此後諸生如飯菜不妥，須於未坐定前見告，如昨日之事可一不可再，若再如此，決不答應。諸生復憤，俟食畢遂開會請問校長，以罷課為要脅，此時係專與校長為難，未幾乃以弟昨日所云退學不妨一語為詞，宣言如弟在校，決不上課，係專與弟為難，延至午後卒未解決。

「弟以弟之來師範非學生之招，係校長所聘，非校長辭弟，非弟辭校長，決不出校，與他們尋開心。學生往告訴幾仲，傍晚幾仲遂至校，囑校長辭弟，謂范某既與學生不洽，不妨另聘，傅未允，怏怏去。次日仍不上課，傅遂懸牌將胡問濤並李銘二生斥退（此二生有實據，係與校長面陳換弟），胡李遂與趙士璪朱祖善等持牌至知事署，並告幾仲。幾仲遂於午後令諸生將弟物件搬出門房，幾仲亦來（並令大白暨文灝登報），弟適有友來訪，遂與偕出返舍。

「刻因家居無味，於昨日來杭，冀覓一棲枝，且如是情形（案此四字下文重複，推測當是『陳子英』之誤寫）亦曾約弟同住西湖閒遊，故早日來杭，因如是情形現有祭產之事，日前晤及，云須事畢方可來杭也。專此即詢興居，弟范斯年叩，五月九號。

諸鄉先生晤時希為候候。蒙賜示希寄杭垣江門局內西首范宅，或千勝橋宋高陶巷口沈馥生轉交。」

第三封信是在四天後寄出的，魯迅日記上也有記錄云：「十九日夜得范愛農信，十三日自杭州發。」其文云：

「豫才先生賜電：陽曆九號奉上一緘，諒登記室。師校情形如是，紹興教育前途必無好果。頃接子英來函云，陳伯翔兄亦已辭職，伯翔境地與弟不相上下，當此雞鶩爭食之際，棄如敝屣，是誠我越之卓卓者，足見閣下相士不虛。省中人浮於事，弟生成傲骨，不肯鑽營，又不善鑽營。

子英昨來函云，來杭之約不能實踐，且以成章校擅買錢武肅王祠餘地，現錢靜齋父子邀同族人，出而為難，渠雖告退，似不能不出為排解，惟校董會長決計不居，並云倘被他們纏繞不休，或來杭垣一避。如是情形弟本擬本日西歸，惟昨訪沈馥生，詢及紹地種種，以弟返紹家居，有何興味，囑弟姑緩歸期，再赴伊寓盤桓一二旬，再作計較，刻擬明後日前往。如蒙賜示，乞徑寄千橋宋高陶巷口沈寓可也。專此即詢興居，弟范斯年叩，五月十三號。」

關於這兩封信我們來合併說明一下。陳子英名溶，與徐伯蓀相識最早，是革命運動的同志，范愛農沈馥生則是徐的後輩，一同往日本去的。陶成章資格更老，很早就在連絡會黨，計畫起事，是光復會的主幹，為同盟會的陳其美所忌，於壬子一月十三日被蔣介石親手暗殺於上海。他的友人同志在紹興成立一個「成章女學校」，給他作紀念，陳子英有一個時期被推為校董會長。何幾仲係《阿Q正傳》中所說「柿油黨」（自由黨）的一個重要人物，當時大概是在做教育科長吧。陳伯翔是魯迅教過書的「兩級師範學堂」的畢業生，在師範學校任課，因為范愛農被逐的事件，對於校長和學生都感覺不滿，所以辭職表示反對。這表示出他是有正義感的人物，范愛農信裡稱讚的話不是虛假的。

魯迅日記中此後還有一項云：「六月四日得范愛農信，三十日杭州發。」只可惜這一封信現在找不到了。

范愛農後來落水而死，那時的事情有點記不清了，但是查魯迅的王子日記，還可以找出一點來。七月項下云：「十九日晨得二弟信，十二日紹興發，云范愛農以十日水死。悲夫悲夫，君子無終，越之不幸也，於是何幾仲輩為群大蠹。」又云：「二十二日夜作韻言三首，哀范君也，錄存於此。」

其一

風雨飄搖日，余懷范愛農。
華顛萎寥落，白眼看雞蟲。
世味秋荼苦，人間直道窮。
奈何三月別，遽爾失畸躬。

其二

海草國門碧，多年老異鄉。
狐狸方去穴，桃偶盡登場。
故里彤雲惡，炎天凜夜長。
獨沉清洌水，能否洗愁腸？

其三

把酒論當世，先生小酒人。
大圜猶酩酊，微醉自沉淪。
此別成終古，從茲絕緒言。
故人云散盡，我亦等輕塵。

這三首是根據二十三日寄給我的原稿，有二三處與日記上不同，卻比較的好，可見係改定本，如其二的第四句末原作「已登場」，第五句作「寒雲惡」，第七句作「清泠水」，則嫌平仄未葉了。

稿後附記四行云：「我於愛農之死為之不怡累日，至今未能釋然。昨忽成詩三章，隨手寫之，而忽將雞蟲做入，真是奇絕妙絕，辟歷一聲，群小之大狼狽。今錄上，希大鑒定家鑒定，如不惡乃可登諸《民興》也。天下雖未必仰望已久，然我亦豈能已於言乎。二十三日，樹又言。」

魯迅哀范君的詩很是悲憤，附記卻又雜以詼諧，所云大什麼家及天下仰望，皆是朱幼溪的口吻，這裡加以模仿的。日記八月項下云：「二十八日收二十一及二十二日《民興日報》一分，蓋停版以後至是始復出，余及啟孟之哀范愛農詩皆在焉。」

魯迅的朋友中間不幸屈死的人也並不少，但是對於范愛農卻特別不能忘記，事隔多年還專寫文章來紀念他。這回發見范愛農的遺札，原是偶然，卻也是很特別的，使得我們更多的明瞭他末年的事情，給魯迅的文章做注解，這也正是很有意思的事吧。

（《文匯報》）

魯迅與弟兄

前幾時有畫家拿了所畫魯迅像的底稿來給我看，叫提意見，我對於藝術是外行，但單說像不像，那總是可能的。這像不像也有區別，大概可以分作兩點來說，即一是形狀，二是精神，假如這說得有點唯心，或者可以說是神氣吧。

老實說來，我看見有些魯迅畫像連形狀都不大像，有些容貌像了，而神氣不很對，換句話說是不夠全面的。因為魯迅對人有兩種神氣，即是分出敵與友來，表示得很明顯，其實平常人也是如此，只是表現得要差一點罷了。他對於偽正人君子等敵人，態度很是威猛，如在文章上所看見似的，攻擊起來一點不留情，但是遇見友人，特別是青年朋友的時候，他又是特別的和善，他的許多學生大抵都可以作證。

平常的魯迅畫像大抵以文章上得來的印象為依據，畫出來的是戰鬥的魯迅一面，固然也是真相，但總不夠全面。這回畫家拿來給我看的，我覺得卻能含有上邊所說的兩樣神氣，那時便把這外行人的讚語獻給了畫家了。

不但是畫像，便是在文章上，關於魯迅也應該說得全面一點，希望和他有過接觸的人，無論同僚（現在大概絕無僅有了），學生，做過文學，藝術，革命運動的同志，誠實的根據回憶，寫出他少有人知道的這一方面，來作紀念。

家屬來寫這類文章，比較不容易，許多事情中間挑選為難，是其一，寫來易涉寒傖，是其二，也是最重要的一點。現在且就魯迅所寫的兩篇作品來加以引伸，挑選的問題可以沒有了，餘下的問題是看能不能適當的寫下來。

第一篇文章是散文集《野草》裡的《風箏》。這篇文章流傳得很廣，因為我記得曾經選入教科書選本之類，所以知道的人很多，有教師寫信來問，這小兄弟是誰，到底是怎麼一回事？我只能回答說明，這類文章都是歌德的所謂「詩與真實」，整篇讀去可以當作詩和文學看，但是要尋求事實，那就要花一點查考分別的工夫了。

文中說他不愛放風箏，這大抵是事實，因為我的記憶裡只有他在百草園裡捉蟋蟀，摘覆盆子等事，記不起有什麼風箏。但是他說也不許小兄弟去放，一天發現小兄弟松壽在偷偷的糊蝴蝶風箏，便發了怒，將蝴蝶的一支翅骨折斷，又將風輪擲在地下，踏扁了。事隔多年之後，瞭解了遊戲是兒童的正當的行為，心裡覺得很抱歉，想對小兄弟說明這意思，可是後來談及的時候，小兄弟卻是像聽著別人的故事一樣，說「有過這樣的事麼？」什麼也不記得了。

這裡主要的意思是說對於兒童與遊戲的不瞭解，造成幼小者的精神上的虐待（原文云虐殺），自己卻也在精神上受到懲罰，心裡永遠覺得沉重。作者原意重在自己譴責，而這些折毀風箏等事乃屬於詩的部分，是創造出來的。

事實上他對於兒童與遊戲並不是那麼不瞭解，雖然松壽喜愛風箏，而他不愛放風箏也是事實。據我所記憶，松壽不但愛放風箏，而且也的確善於糊製風箏，所糊有蝴蝶形老鷹形的各種，蝴蝶的兩眼不必說，在腿的上下兩部分也都裝上靈活的風輪（術語稱曰風盤），還有裝「斗線」，即風箏正面的倒三角形的線，總結起來與線索相聯接處，也特別巧妙，幾乎超過專家，因為自製的風箏大抵可以保險，不會在空中翻筋斗的。

我曾經看，也幫助他糊過放過，但是這時期大概在戊戌（一八九八）年以後，那時魯迅已進南京學堂去了。魯迅與小兄弟松壽的事情還有一件值得記述一下。

大概是乙未（一八九五）年的正月，魯迅和我和松壽三人（那時四弟椿壽尚在，但年只三歲）各從壓歲錢內拿出五十文來，合買了一本《海仙畫譜》。原來大概是由於小兄弟動議，願意加入合作的吧，可是後來不知道是因為書沒有意思，還是不能隨意取閱的緣故呢，他感覺不滿意，去告訴了父親伯宜公。

伯宜公正躺在小榻上抽鴉片煙，便叫拿書來看，魯迅當時頗有點兒惶恐，因為那時買書還是瞞著大人們的。可是伯宜公對於小孩卻是頗有理解，他拿過去翻閱了一遍，並不說什麼話，仍舊還了我們了。

魯迅剛讀過《詩經》，小雅裡《巷伯》一篇大概給他很深的印象，因此他有一個時候便給小兄弟起了一個綽號，便是「讒人」。但是小兄弟既然還未讀書，也不明白它的意義，並不介意，不久也就忘了。此外又給小兄弟起過別的綽號，叫作「眼下痣」，因為他在眼睛底下有一個黑痣，這個別號使用得相當久，比較複雜的含有滑稽與親愛的意味。

第二篇小說是在《彷徨》裡邊，題目便叫作「弟兄」。這篇既然是小說，論理當然應該是詩的成分加多了，可是事實卻並不如此，因為其中主要關於生病的事情都是實在的，雖然末後一段裡夢的分析也帶有自己譴責的意義，那卻可能又是詩的部分了。

文中說張沛君因為他的兄弟靖甫生病，很是著急，先請同寓白問山看，說是「紅斑痧」，他更是驚惶，竭力設法請了德國醫生來，診斷是「疹子」，這才放了心。沛君與靖甫很是友愛，但在心裡沛君也不能沒有私心，他怕靖甫死後遺族要他扶養，怕待子侄不能公平，於是造成了自己譴責的惡夢。事實上他也對我曾經說過，在病重的時候「我怕的不是你會得死，乃是將來須得養你妻子的事」。但是這些都不重要，我們要說的是那中間所有的事實。

先在這裡來摘錄我舊日記的一部分，這是從一九一七年五月八日起頭的。

八日，晴。上午往北大圖書館，下午二時返。自昨晚起稍覺不適，似發熱，又為風吹少頭痛，服規那丸四個。

九日，晴，風。上午不出門。

十一日，陰，風。上午服補丸五個令瀉，熱仍未退，又吐。

十二日，晴。上午往首善醫院乞診，云是感冒。

十三日，晴。下午請德國醫生格林來診，云是疹子，齊壽山君來為翻譯。

十六日，晴。下午請德國醫生狄博爾來診，仍齊君通譯。

二十日，晴。下午招匠來剪髮。

廿一日，晴，風。上午寫日記，自十二日起未寫，已閱二星期矣。下午以小便請醫院檢查，云無病，仍服狄博爾藥。

廿八日，晴。下午得丸善十五日寄小包，內梭羅古勃及庫普林小說集各一冊。

我們根據了前面的日記，再對於本文稍加說明。

小說中所稱「同興公寓」，那地方即是紹興縣館，但是那高吟白帝城的對面的寓客卻是沒有的，因為那補樹書屋是個獨院，南邊便是供著先賢牌位的仰蕺堂的後牆。

其次，普悌思大夫當然即是狄博爾，據說他的專門是婦科，但是成為北京第一名醫，一般內科都看，講到診金那時還不算頂貴，大概出診五元是普通，如本文中所說。請中醫來看的事，大概也是實有的，但日記上未寫，有點記不清了，本文加上一句「要看你們的家運」的話，這與

《朝花夕拾》中陳蓮河說的「可有什麼冤愆」互為表裡，作者遇到中醫是不肯失掉機會，不以一矢相加遺的。

其三，醫生說是痧子，以及檢查小便，都是事實，雖然後來想起來，有時也懷疑這恐怕還是猩紅熱吧。

其四，本文中說取藥來時收到「索士」寄來的一本《胡麻與百合》，實在乃是兩冊小說集，後來便譯了兩篇出來，都登在《新青年》上，其中庫普林的《皇帝的公園》要算是頂有意思。本文中說沛君轉臉去看窗上掛著的日曆，只見上面寫著兩個漆黑的隸書：廿七。這與日記上所記的廿八只是差了一天。

以上是我在「彷徨衍義」中的一節，現在幾乎全抄了來，再稍為補充一點兒。當時魯迅所用的聽差即是會館裡的「長班」的兒子，魯迅送他一個外號曰公子，做事有點麻胡，所以看病的事差不多由他下班後自己來辦。

現在只舉一例，會館生活很是簡單，病中連便器都沒有，小便使用大玻璃瓶，大便則將骨牌凳放翻，洋鐵簸箕上厚鋪粗草紙，姑且代用，有好多天都由魯迅親自拿去，倒在院子東南角的茅廁去。這似乎是一件瑣屑的事，但是我覺得值得記述，其餘的事情不再多說也可以了。

此外還有一點，雖然與小說無關，似可附帶的一說，便是魯迅的肯給人家看稿，修改，抄錄。對於一般青年朋友，他也是一樣，我現在只是根據自己的記憶來說罷了。

過去在東京的時候，我們翻譯小說賣錢，如《紅星佚史》以至《勁草》，又編刊《域外小說集》，所譯原稿都由他修正一過，再為謄清。後來在紹興縣館，我在北大教書的講義，給《新青年》翻譯的小說，也是如此，他總叫起了草先給他一看，又說你要去上課，晚上我給你抄了吧。

這些事情已經過去久遠了，現在似乎也無須再提，可是事有湊巧，前幾時在故紙堆中找著了若干頁舊稿，乃是《域外小說集》第三冊的一部分稿子，這就令我又想起舊事來了。《域外小說集》第二冊的末頁登有預告，其中一項是匈牙利密克札特的《神蓋記》，那時譯出了第一卷，經魯迅修改過，這篇稿這回找了出來了。

我們找到了英文譯本，又在德國舍耳的《世界文學史》上見到作者的照相，更是喜歡，發心譯它出來，可是《域外小說集》第二冊以後不能出版，所以這譯稿也只有那第一卷。

英譯原書前年借給了康嗣群君，由他譯成中文，沿用原書名字曰「聖彼得的傘」，在上海出版了。這是很可喜的一件事，如今舊譯稿第一卷又於無意中發見，不但是《域外小說集》有關的唯一的資料，而且還可以看出魯迅親筆的綿密修改的痕跡，更是可以珍重了。原稿寄給上海的唐弢先生，由他轉交魯迅紀念館，讀者當可以看得到吧。

魯迅與閏土

魯迅對於故鄉農民是頗有情分的，如小說《故鄉》裡寫「閏土」時可見。「閏土」雖是一個典型人物，但所取材，不少來自一個真實的「閏土」。

魯迅與閏土相識，並不是偶然的。魯迅是破落大家出身，因為原是大家，舊稱讀書的「士大夫」，即是知識分子，在地位上與農工大眾有若干距離，但是又因為是破落了，這又使得他們有接近的可能。

而且這裡還有一個特殊的情況，鄉下許多村莊，都是聚族而居的，有如李家莊，全村都是姓李的本家，魯迅的外婆家所在名叫「安橋頭」，可是居民大都是姓魯的。地主仍然要作威福，但一面於貧富之外還保存著輩分尊卑的區分，儘管身分是雇工，主人方面可是仍要叫他「太公」或是「公公」。

魯迅在外婆家習見這種情形，自己家裡又有一種傳統的習慣，女人小孩對於雇工在稱呼上表示客氣，例如「閏土」的父親名叫章福慶，照例叫他作「慶叔」。這一件是由於祖母蔣老太太的示範，別一方面祖父介孚公雖是翰林出身，做過知縣，平時愛罵人，直從昏太后（西太后）呆皇帝（光緒）罵起，絕不留情，可是對做工的人卻是相當客氣。魯迅在這樣空氣中長大，這就使得他可以和做工親屬相處，何況「閏土」本來又是小時候的朋友呢。

「閏土」的父親章福慶是杜浦村的人，那地方是海邊沙地，平常只種雜糧，夏天則種西瓜等物。他本身是個竹工，一面種著地，分一份時間給人家幫忙，在魯迅家裡已經很久了。被魯迅當作模特兒的「閏土」是他的獨子，小名阿水，學名加了一個「運」字上去。浙東運閏二字讀音相同，魯迅小說中便借用了，水則改為同是五行中的一個土字，這便成了「閏土」。

這個叫阿水的「閏土」大約比魯迅要大兩三歲，他們初次相見是在前清癸巳（一八九三）年正月，因為曾祖母去世，家中叫「閏土」來幫忙，看守祭器，那時他大概是十五六歲，是一個質樸老實的少年。

那時候他給魯迅講捕鳥的法子，講沙地裡動物和植物的生活，什麼角麂，跳魚，種種奇異的景物，這在城裡人聽去，覺得沙地真是異境，非常的美麗。他這時給予魯迅的第一個印象一直沒有磨滅，比別的印象都深。這以後他們見面，至少有記錄可考的，乃是庚子（一九〇〇）年的正月，查我的舊日記上記有這樣兩項：

「初六日，晴。下午同大哥及章水登應天塔，至第四級，罡風拂面，凜乎其不可留，遂回。」

「初七日，晴。下午至江橋，章水往陶二峰處測字，予同大哥往觀之，皆讕語可發噱。」

所謂「讕語」至今還是清楚記得，測字人厲聲的說，有什麼「混沌乾坤，陰陽搭戲，勿可著鬼介來亨著」。末一句用國語意譯或可云「別那麼活見鬼」，似很嚴厲的訓斥語。當時覺得測字人對顧客這種口氣很是可笑，「閏土」聽了卻並不生氣，只是垂頭喪氣地走了出來。

事隔多年之後這才知道，那時他正在搞戀愛，雖然他已有了妻子，卻同村裡的一個寡婦要好，結果似乎終於成功，但是同妻子離婚，花了不少的錢，經濟大受影響。這是「慶叔」在晚年才對魯迅的母親說出來的。那些讕語，魯迅一直記著，「著鬼介來亨著」一語還常引用，但是那垂頭喪氣的印象似已逐漸忘記了。

到一九一九年冬末，魯迅因為搬家北上，回到紹興去，又會見了「閏土」，他發現了這二十幾年的光陰帶來了多少的變化！天災，人禍，剝削，欺凌，使得當年教魯迅捕鳥，講海邊故事的少年，一變而為衰老，陰沉，麻木，卑屈的人，雖然質樸誠實還是仍舊，這怎能使得《故鄉》的作者不感到悲哀呢？

那時候我不曾在場，但這情形細細寫在那篇小說上，使我也一同感到他的悲哀。《故鄉》作於一九二一年，發表在五月號的《新青年》上。不過三十年，中國解放終於成功了。魯迅與「閏土」未及親見解放成功，雖是遺憾，但是現在「閏土」的孫子已經長成，在紹興的魯迅紀念館服務，我覺得這事很有意思，這裡值得報告一下的。

我希望在不遠的期間能夠往紹興去走一趟，不但看看故鄉在解放後的變化，還可以看看這位

「閏土」的孫子，打聽一下他們家裡過去的情形，在館裡還可以見到一個老朋友，乃是魯迅母親時代就在家幫過多年忙的王鶴招，也是很愉快的事。我所覺得高興的，不但是可以知道他們的近狀，因為追懷往事，或者還能記起些遺忘的事情來，給我作回憶文的資料，這也還不至於是完全自私的願望吧。

（《工人日報》）

魯迅在南京學堂

魯迅與南京的關係相當不淺，雖然他在南京只是前後五個年頭，比起留學日本的七年來，時間要少些。他於前清光緒戊戌（一八九八）年閏三月十一日從紹興出發，經過杭州上海，於十七日到了南京。四月初五日寫信給家裡，說往江南水師學堂考試，作論文一篇，題為「武有七德論」，考取為試習生，將來有缺可補二班。

他所進的是水師的管輪班，即是後來所謂輪機科，但是他在那裡只留了半年，於十月中回到家裡，那時他因為學堂裡太是「烏煙瘴氣」，已經退了學了。

到了十一月二十四日又動身往南京去，改入江南陸師學堂附設的礦路學堂，十二月十七日家信附寄功課單一紙回來，可以證明已經考進學校了。至辛丑（一九〇一）年十二月初八日起畢業大考，壬寅（一九〇二）年正月決定派赴日本留學，二月十五日乃離南京赴上海，轉往東京去了。

那時前清政府還是用科舉取士，考試八股文和試帖詩，知識分子想求「上進」，只有走這一條道，才算是正路，此外如無錢捐官，只好去學幕，做「師爺」去了。學校還全然沒有，不過順了辦「江南製造局」的潮流，在南京杭州等處辦了幾個特殊的「書院」，教授格致等所謂西學，不過還是需要膳費，窮人沒法進去，只有關於軍事的，因為中國一直說「好男不當兵」，投考的人很少，所以特別不收膳費，而且每月還給津貼，這種機關當然不能稱為書院，所以改稱「學堂」。

魯迅前後所進的便正是這種學堂，他之所以進去也並不是因為志願當海陸軍人，實在只為的可以免費讀書罷了。水師既然是烏煙瘴氣，結果只好改考陸師，恰巧其時開辦礦路學堂，附設在陸師學堂裡面，魯迅便往那裡去報考，論性質本與「格致書院」近似，大概因為附在陸師的緣故吧，名稱也就不叫書院而稱學堂了。

水師陸師兩個學堂都在南京的城北，水師距舊時的儀鳳門不遠，它有很高的機器廠的煙囪和桅竿，在近地便可望見，從城外進來是在馬路的右手。沿著馬路前去，前面一處名叫三牌樓，便是陸師學堂所在地，但是從水師往陸師去，中間還有一條便道，要近得不少，只是不能通車而已。

水師陸師都是軍事學校，校長稱為總辦，照例是候補道充任，水師既是烏煙瘴氣，論理陸師也該相差不遠。可是不知怎的，陸師總辦比較要好得多。

魯迅在校的後兩年，總辦俞恪士（名明震）乃是候補道裡很開通的人，後來魯迅對他一直很有敬意，在日記中說及稱為「俞師」。現在事隔五十餘年，陸師遺址幾乎無從查考，水師在國民政府時代聞曾作為海軍部官署，恐怕原狀也已什不存一了吧。

魯迅在南京這四年的修業，對於他的影響的確不算小。關於文史方面的學問，這一部分的底子他是在家裡的時代所打下的，但是一般的科學知識，則是完全從功課上學習了來，特別是關於進化論的學說，雖然嚴幾道的《天演論》原是赫胥黎一篇論文譯本，原名「進化與倫理」，不是通論。星期假日，學生常遊之地多是下關碼頭（吃茶在江天閣），鼓樓，台城，夫子廟（吃點心在得月臺），後湖便難得去了。

魯迅和幾個同學可能受了陸師的影響，卻喜歡騎馬，有一回他從馬上摔了下來，碰斷了一個門牙。他們又常跑馬到明故宮一帶去。那時明故宮是滿洲人駐防兵的駐所，雖然在太平天國之後，氣焰已經下去了不少，但是還存在很大的歧視，至少漢人騎馬到那裡去是很不平安，要遇著叫罵投石的。魯迅他們冒了這個危險去訪問明故宮，一部分也由於少年血氣之勇，但大部分則出於民族思想，與革命精神的養成是很有關係的。我於辛丑八月初到南京，旋考進江南水師學堂，至壬寅二月魯迅即往日本去，所以我直接知道的事情實在只有這大半年而已。從當年舊日記裡引用一節，作為一例。

「十二月二十四日，晴冷。午飯後步行至陸師學堂，道路泥濘，下足為難。同大哥談少頃，即偕至鼓樓一遊，張協和君同去，啜茗一盞而返。予循大路回堂，已四下鐘矣。晚大哥忽至，攜來赫胥黎《天演論》一本，譯筆甚好。夜同閱《蘇報》等，至十二下鐘始睡。」

這裡值得說明的，便是張協和這人。魯迅在學堂的時候，我去訪問，在宿舍內見到同住的人，乃是芮石臣（原名芮體乾，畢業後改姓名為顧琅），與張協和（名邦華）。後來派往日本留學，在這三人外加了伍仲文（名崇學），本來是「前五名」，又一個人則如魯迅在《朝花夕拾》中所說，因為祖母哭得死去活來，所以只好中止了。這位張君與魯迅同班同房間，日本弘文學院同學，浙江兩級師範同事，又是教育部同事，直到魯迅離開北京一直有著交往。

張君後來在南京教育部任職，到解放前國民黨政府逃往臺灣，他這才離開，回到北京，仍舊住在他的舊址：西城松鶴庵二十六號。他的年紀同魯迅差不多，前年走來看我，還很是康健。現在知道魯迅在南京時代的事情的人，住在北京的，大概只有我們兩人了吧。我就是不敢去煩擾他，他所知道的魯迅在學堂的情況，一定要比我多得多了。

（《新華日報》）

魯迅的笑

魯迅去世已滿二十年了，一直受到人民的景仰，為他發表的文章不可計算，繪畫雕像就照相所見，也已不少。這些固然是極好的紀念，但是據個人的感想來說，還有一個角落，似乎表現得不夠充分，這便不能顯出魯迅的全部面貌來。這好比是個盾，它有著兩面，雖然很有點不同，可是互相為用，不可偏廢的。

魯迅最是一個敵我分明的人，他對於敵人絲毫不留情，如果是要咬人的叭兒狗，就是落了水，他也還是不客氣的要打。他的文學工作差不多一直是戰鬥，自小說以至一切雜文，所以他在這些上面表現出來的，全是他的戰鬥的憤怒相，有如佛教上所顯現的降魔的佛像，形象是嚴厲可畏的。但是他對於友人另有一副和善的面貌，正如盾的向裡的一面，這與向外的蒙著犀兕皮的大不相同，可能是為了便於使用，貼上一層古代天鵝絨的裡子的。

他的戰鬥是有目的的，這並非單純的為殺敵而殺敵，實在乃是為了要救護親人，援助友人，所以那麼的奮鬥，變相降魔的佛回過頭來對眾生的時候，原是一副十分和氣的金面。魯迅為了摧毀反革命勢力——降魔——而戰鬥，這偉大的工作，和相隨而來的憤怒相，我們應該尊重，但是同時也不可忘記他的別一方面，對於友人特別是青年和兒童那和善的笑容。

我曾見過些魯迅的畫像，大都是嚴肅有餘而和藹不足。可能是魯迅的照相大多數由於攝影時的矜持，顯得緊張一點，第二點則是畫家不曾和他親近過，憑了他的文字的印象，得到的是戰鬥的氣氛為多，這也可以說是難怪的事。偶然畫一張軒眉怒目，正要動手寫反擊「正人君子」的文章時的像，那也是好的，但如果多是緊張嚴肅的這一類的畫像，便未免有單面之嫌了。

大凡與他生前相識的友人，在學校裡聽過講的學生，和他共同工作，做過文藝運動的人，我想都會體會到他的和善的一面，多少有過些經驗。有一位北京大學聽講小說史的人，曾記述過這麼一回事情。

魯迅講小說到了《紅樓夢》，大概引用了一節關於林黛玉的本文，便問大家愛林黛玉不愛？大家回答，大抵都說是愛的吧，學生中間忽然有人詢問，周先生愛不愛林黛玉？魯迅答說，我不愛。學生又問，為什麼不愛？魯迅道，因為她老是哭哭啼啼。那時他一定回答得很鄭重，可是我們猜想在他嘴邊一定有一點笑影，給予大家很大的親和之感。

他的文章上也多有滑稽諷刺成分，這落在敵人身上，是一種鞭打，但在友人方面看去，卻能引起若干快感。我們不想強調這一方面，只是說明也不可以忽略罷了。本來這兩者的成分也並不是平均的，平常表現出來還是嚴肅這一面為多。我對於美術全是門外漢，只覺得在魯迅生前，陶元慶給他畫過一張像，覺得很不差，魯迅自己當時也很滿意，彷彿是適中的表現出了魯迅的精神。

（《陝西日報》）

【附】回憶伯父魯迅　周靜子

回憶幼年時代的往事，不，尤其回憶我幼年時代那短短幾年與伯父的同居生活，的確是件快樂的事。我要在這回憶中重新回到那快樂的往事中去，再一次與伯父會見。但是寫文章對我來說是件難事，因為自己對於寫東西是非常生疏的，再加上自己的健忘，寫出來就不會像樣子，不過為了紀念伯父逝世二十周年，我就邊想邊寫吧。

我家和伯父在北京同居的時候，我年紀很小，等到懂事了，伯父又搬走了，之後他又久住上海，所以見面也就更難了。

在同住的那時候，我們是很快樂很熱鬧的大家庭，兄弟姊妹很多（那時伯父沒有小孩），家裡便買了一對白兔（見魯迅小說《兔和貓》），供我們玩，當然這是我們所歡迎的。大兔生了小兔，更使我們歡喜，然而卻也給我們帶來了不幸。小兔一個一個的被貓吃了，引起了我們的激憤，嬸母用短棒支著大木盆來捉貓，伯父見了貓也去打，因為伯父對於強者欺弱者，「折磨弱者」總是仇恨的。

他在《朝花夕拾》第一篇《狗，貓，鼠》中說：「說起我仇貓的原因來，自己覺得是理由充足，而且光明正大的。一，牠的性情就和別的猛獸不同，凡捕食雀鼠，總不肯一口咬死，定要盡情玩弄，放走，又捉住，……頗與人們的幸災樂禍，慢慢地折磨弱者的壞脾氣相同。二，牠不是和獅虎同族的麼？可是有這麼一副媚態！」我們因而也恨上了貓，到如今我見了貓還很討厭！

在我的記憶裡，伯父工作是很緊張的，白天很少見他，不是到教育部上班，到各大學上課或外出，便是在屋裡寫文章，差不多每到晚上我們都上床睡覺了，伯父才到我們屋來找父親談話。

伯父是很尊敬勞動人民的，記得那時家裡用著一位工友名叫齊坤，伯父便不許我們小孩子叫他齊坤，要叫他齊爺。當時在我小小心靈中就覺得很不自然，心想著「齊坤又不是我們的爺爺，為什麼要叫他齊爺」？就跑到伯父跟前去問，伯父便拉著我的手說道：「你不知道小孩要尊敬大人麼？齊坤比你們年長一輩，那麼就該尊敬稱呼他為齊爺，明白了麼？」我說：「啊，明白了！」說完便蹦跳著遠去了。

順便我再談一下伯父的一位俄國朋友盲詩人愛羅先珂的事情。他曾在我家住過一個時期，他會說很流利的日本語，時常聽到他彈琴（小俄羅斯的琵琶）和他的歌聲。他雖然雙目失明，但是對於一切都很樂觀，他很愛遊玩，到公園，動物園或廟會（例如護國寺十天兩次的市集）去逛，興致很高。

他很喜歡小孩，但是我們見了他就躲避，因為他有很大的力氣，他可以把小孩抱到懷裡，用他的手叉過來到肚上，再架起來。伯父見了總要問我們：「不很好受吧？」大概伯父看出孩子臉上的表情是不大舒服的。好玩雖是好玩，不過架了之後肚子就覺著痛，所以遠遠見了他就躲起來，有時不提防被他抓著，那就活該倒楣了。

想起那時家裡也實在熱鬧，人多而且還養著很多家畜，院子裡有一個小池養著魚，蝌蚪和鴨子。因為池邊和地面是差不多高低，所以孩子也就容易掉到池子裡去，一聽到「撲通」的聲音，愛羅先珂總是大聲的問：「又是哪一個孩子掉進池子裡去啦？」他的問就引起大家的哄笑。其他可笑的有趣的事情還很多，已見他所作小說《鴨的喜劇》。

我從小就很不喜歡聽大人們談話，伯父和父親的談話根本就不聽，再說也很難懂，對孩子說來是全然乾燥無味的。

我記得伯父很不愛剃頭。我曾經很好奇的問過他：「大爹，大爹，為什麼你老不剃頭？」伯父把眉頭一皺而後又笑了，說道：「是的，大爹要留長頭髮，梳你們一樣的小辮子呀！」的確伯父是很不好理髮的，大概是工作太忙，專心學問的研究，不多想自己的生活吧。總之，在那時伯父給我的印象是，工作緊張，生活樸素，頭髮很長，態度和藹。

我和我親愛的伯父雖然相處不久，但是從他的言行和遺著裡，我得到的教育確實不少。假如他今日仍然健在的話，能看到祖國這樣一日千里的進步情況，將要怎樣的快樂呀！能看到我生活在自由幸福的天地中，將要怎樣的快樂呀！

（《西北大學簡報》）

《阿Q正傳》裡的蘿蔔

我先後寫關於魯迅的事情的文章很是不少，有時心裡不免感覺惶恐，生怕被人家說是寫八股。但是我既然是立意報告事實的，那麼這倒也還無大妨礙，因為八股與事實總是有點不同的。我所真心害怕，雖是同時也是專誠期望的，乃是有人出來，給我指出所報告的事實的錯誤，這於個人誠然不免不快，但於讀者們是很有益處的。可是我等待了幾年，一直碰不著這個運氣，我心裡不免有點悲哀，深感到自己是老了，能夠知道我同時候的那些事情的人也幾乎快要沒有了。這是老人的普遍的寂寞之感，我平常雖是不在乎，但究竟也難免有時候要感到的。

近日有一位朋友送我一本《吶喊分析》，乃是同鄉許欽文先生的新著，在《阿Q正傳》這一章裡談到「老蘿蔔」，對於我的話加以糾正。我看到了當初非常高興，因為我所期望的事終於遇到了。許先生既是同鄉，年紀比我大概也止差了十歲吧，對於紹興這地方，清末這時代，他所知道的一定比我是只會多不會少的。可是結果他還是沒有糾得對，我又不得不大為失望了。

《阿Q正傳》第五章上說阿Q爬進尼庵的園裡去偷蘿蔔，我以為春盡夏初的時節，園地裡的蘿蔔是不可能有的。我以為如照事實來講，阿Q在靜修庵不可能偷到蘿蔔，但是那麼也將使阿Q下不來台，這裡來小說化一下，變出幾個老蘿蔔來，正是不得已的。

許先生卻有點瞭解錯了，似乎覺得上文是說老蘿蔔一節是《阿Q正傳》的「瑕疵」。他所以加以糾正道：

「首先我們要看清楚，這裡蘿蔔上面還有一個『老』字。在江浙一帶，這種時候，市場上的確很難見到蘿蔔了，但在菜地裡可能有老蘿蔔。這有兩種原因，一，留種的；二，自種自吃的人家，吃不完剩留在那裡。只知道坐在房子裡吃現成蘿蔔的人才以為這種時候不會有蘿蔔。而且對於文學作品有些細節的看法，是不應該太拘泥的。」

這裡「而且」這一段話，與我所說蘿蔔是不得已的小說化，並無多大差別，所以可以不必多說。關於「首先」那一段，我原來的話是這樣的：

「在陰曆四五月中鄉下照例是沒有蘿蔔的。雖然園藝發達的地方春夏也有各色的蘿蔔，但那時代在鄉間只有冬天的那一種，到了次年長葉抽薹，三月間開花，只好收蘿蔔子留種，根塊由空心而變成沒有了。」

許先生的老蘿蔔無論是留種也罷，吃不完剩下也罷，反正留在地裡，到了春天都要開花結實，這麼一來，根部就空，不成其為蘿蔔了。我說沒有是說蘿蔔的根塊，若是上邊的莖葉，那麼總是存在的。我們吃現成蘿蔔人的話或者不盡可信，那麼且看專門家怎麼說吧。

一九五二年出版的徐紹華的《蔬菜園藝學》第十八章，說蘿蔔採種云：「蘿蔔採種，不採收根部，任其在圃地越冬，至翌春開花結實，至莢變黃，乃刈下陰乾而打落之。」又云：「冬蘿蔔若貯藏適當，可經數月之久。」可以知道蘿蔔如留在圃地，到了春天一定要開花結實，其根莖自然消失，這是「物理」，人力所無可如何的。如要保留它，那就要有適宜的貯藏方法，詳細須得去請教內行人，但總之決不是去讓它一直埋在地裡，任其開花結實的。

魯迅在寫小說，並不是講園藝，蘿蔔有沒有都是細節，不必拘泥，這一節我的意見與許先生並無什麼不同，現在卻只為了園藝的問題在這裡吵架，倒也是好玩的事情。小時候雖然常在園裡玩，拔生蘿蔔來吃，多少有過經驗，看見過蘿蔔開花，知道不能再拔了來吃了，但究竟還不敢自信，從書本子上去請了園藝專家來做幫手，證明「翌春開花」的事實。

但天下事盡多例外，如果在「江浙一帶」，的確還有別的品種，上邊開花結實，下邊還有一塊「老蘿蔔」，我為了增廣知識，也是願意知道的。不過話又說了回來，我所說過的事乃是以清末的紹興為對象，別處的例固然足備參考，對於糾正事實也還有點不夠了。

近日在《人民日報》（八月五至七日）見到了徐淦先生的《魯迅先生和紹興戲》，使我非常佩服，覺得是很出色的紀念文字。這於我也很有益處，因為它把阿Q所唱的「我手執鋼鞭將你打」舉了出處出來，這是我所說不清的，而且又將「只要昏君命一條」這一節話說得很清楚，和我所知道的文句完全一樣，更增加我的喜悅了。它告訴我這是出於《龍虎鬥》，而「搶姣姣，起禍留」，老丁（我們習慣讀作老頂）的這一篇傑作則是出於《遊園吊打》，引起我多少年前看「社戲」的愉快的記憶來了。

我和京戲以至紹興府下諸暨嵊縣人的「徽班」，都沒有什麼情分，唯獨對於這「文亂彈」的紹戲，至少對於有些戲文還有值得記憶的地方。因此對於作者提議，在紀念魯迅的時節演出那幾齣戲，我是衷心表示贊成的。「高調班」雖是比較古，現在消滅了那是沒有辦法，「文亂彈」的紹戲還是存在，在這「百花齊放」的時代，讓它有開花的機會，來比賽一下，那也是很好的事情吧。

【附錄一】關於阿Q正傳

一 引言

一九二一年十二月北京《晨報》開始增加「副刊」，將原來的第五版改為單張，由孫伏園擔任編輯。到了星期日那一天，又由蒲伯英主張，編得特別好玩一點，添設「開心話」一欄，請魯迅幫忙來寫稿。因為如他自己所說，「阿Q的影像，在我的心目中似乎確已有了好幾年」了，所以他就動手來寫他的《正傳》，那第一回便署名巴人，在「開心話」這欄內出現了。但在第二次這又移在「新文藝」欄內，一直連登九回，至一九二二年二月十二日這才全部完結。

在連續登著的時候，知識階級一時轟動，有許多人以為某一段彷彿是罵他自己，有的也栗栗危懼，恐怕以後要罵到他的頭上，並且因為不知道作者是誰，從「巴人」二字上著想，疑心是蒲伯英，因為他是四川人的緣故。可是魯迅並沒有長久隱瞞的意思，到了全文登了之後，說不清是什麼時候了，總之在我開始登載「自己的園地」的中間，我便寫一篇題云「阿Q正傳」的文章，發表了出來。

這大概是說《阿Q正傳》很早的一篇文章，距今已是三十多年了，那時我正是亂談文藝的時代，有些地方說的很不對，那是當然的事情，但當時經過魯迅自己看過，大抵得到他的承認的。

過了一年是一九二三年，魯迅的小說十五篇合編一冊，定名《吶喊》，決定由北大新潮社出版，其時該社名義上由我負責，所以新潮社叢書算是我編輯的，雖然事實上的編排原自歸作者辦理。可是創造社的成仿吾先生見了這書乃大加批評，說其中只有一篇《不周山》還好，又說這小說集是他兄弟所編，應該是很好的云云。魯迅因此特地把《不周山》抽出，不留在裡邊，後來改名「補天」，作為《故事新編》的一篇。

我的那篇文章本來也已收在文集裡，作為晨報社叢書發行了，但為避嫌計也在第二版時抽了出來，不敢再印。現在為搜集魯迅研究的資料，覺得不管文章寫得錯不錯，也總是資料之一，心想抄存下來，可是很不容易得到了。

晨報社初版本《自己的園地》我自己也已沒有，我只知道這曾經收在阮無名編的《新文壇秘錄》裡，可是這書也很是難找。經朋友幫助，借給一冊文載道的《文抄》，在一篇《關於阿Q》中間引有全文，現在得以照樣抄了下來，這實在是很可欣幸的。

二　本文

我與《阿Q正傳》的著者是相識的，要想客觀的公平的批評這篇小說似乎不大容易，但是因為約略知道這著作的主旨，或者能夠加上一點說明，幫助讀者去瞭解它的真相，——無論好壞，——也未可知。

《阿Q正傳》是一篇諷刺小說，諷刺小說是理智的文學裡的一支，是古典的寫實的作品。他的主旨是「憎」，他的精神是負的。然而這憎並不變成厭世，負的也並不盡是破壞。

美國福勒忒（Follet）在《近代小說史論》中說：

「關於政治宗教無論怎樣的說也罷，在文學上這是一條公理，某種的破壞常常那是唯一可能的建設。諷刺在許多時代，如十八世紀的詩裡，墮落到因襲的地位去了。……但真正的諷刺實在是理想主義的一種姿態，對於不可忍受的惡習之正義的憤怒的表示，對於在這混亂世界裡因了邪曲腐敗而起的各種侮辱損害之道德意識的自然的反應。……其方法或者是破壞的，但其精神卻還在這些之上。」

因此在諷刺的憎裡也可以說是愛的一種姿態。

「摘發一種惡即是扶植相當的一種善。在心正燒的最熱，反抗明顯的邪曲的時候，那時它就最近於融化在哀憐與恐懼裡了，——據亞里士多德說，這兩者正是悲劇有淨化力量的情緒。即使諷刺是冷的，如平常變為反語的時候大抵如此，然而它仍能使我們為了比私利更大的緣故而憎，而且在嫌惡卑劣的事物裡鼓勵我們去要求高尚的事物。」

所以諷刺小說雖然與理想小說表面相反，其精神卻是一致，不過正負不同罷了。

在技工上，因為類型描寫的緣故，也有一種相似的誇張的傾向，雖不能說是好處，但也是不可免的事實。理想家與諷刺家都著眼於人生的善或惡的一方面，將同類的事物積累起來，放大起來，再把它複寫在紙上，所以它的結果是一幅人生的善或惡的擴大圖。

作成人生的「實物大」的繪圖，在善人裡表出惡的餘燼，在惡人裡表出善的微光，只有真正偉大的寫實家才能做到，不是常人所能企及，不然這容易流入於感傷主義的小說，正如人家講中和的容易變為調停派一樣，所以不是因襲的諷刺文學也自有其獨特的作用，而以在有如現在中國一般的昏迷的社會裡為尤甚。

《阿Q正傳》裡的諷刺在中國歷代文學中最為少見，因為它多是「反語」，便是所謂冷的諷刺——「冷嘲」。中國近代小說只有《鏡花緣》與《儒林外史》的一小部分略略有點相近，《官場現形記》和《二十年目睹之怪現狀》等多是熱罵，性質很不相同，雖然這些也是屬於諷刺小說範圍之內的。

《阿Q正傳》的筆法的來源，據我們所知是從外國短篇小說而來的，其中以俄國的果戈理與波蘭的顯克微支最為顯著，日本的夏目漱石、森鷗外兩人的著作也留下不少的影響。

果戈理的《外套》和《狂人日記》，顯克微支的《炭畫》和《酋長》等，森鷗外的《沉默之塔》，都已經譯成漢文，只就這幾篇參看起來，也可以得到多少痕跡，夏目漱石的影響則在他的充滿反語的傑作小說《我是貓》。

但是國民性實是奇妙的東西，這篇小說裡收納這許多外國的分子，但其結果是，對於斯拉夫民族有了他的大陸的迫壓的氣氛而沒有那「笑中的淚」，對於日本有了他的東方的奇異的花樣而沒有那「俳味」。這一句話我相信可以當作它的褒詞，但一面就當作它的貶詞去看也未始不可。多理性而少情熱，多憎而少愛，這個結果便造成了「山靈的諷刺」（Satyric Satire），在這一點上卻與「英國狂生」斯威夫德有點相近。

這個傾向在《狂人日記》裡——我在這裡不得不順便聲明，著者巴人與魯迅本來是一個人，——也很明顯，不過現在更為濃密罷了。這樣的冷空氣或者於許多人的薔薇色的心上給予一種不愉快的感觸，但我的私見以為也是不可少的，至少在中國現代的社會裡。

阿Q這人是中國一切的「譜」的結晶，沒有自己的意志而以社會的因襲的慣例為其意志的人，所以在現社會裡是不存在而又到處存在的。沈雁冰先生在《小說月報》上說：「阿Q這人要在社會中去實指出來，是辦不到的，但是我讀這篇小說的時候，總覺得阿Q這人很是面熟，是呵，他是中國人品性的結晶呀！」這話說得很對。

果戈理的小說《死魂靈》裡的主人公契契珂夫也是如此，我們不能尋到一個旅行收買死農奴的契契珂夫，但在種種投機的實業家中間可以見到契契珂夫的影子，如克魯泡金所說。不過其間有這一個差別，契契珂夫是一個「不朽的國際的類型」，阿Q卻是一個民族中的類型。他像希臘神話裡「眾賜」（Pandora）一樣，承受了惡夢似的四千年來的經驗所造成的一切「譜」上的規則，包括對於生命幸福名譽道德的意見，提煉精粹，凝為固體，所以實在是一幅中國人壞品性的「混合照相」，其中寫中國人的缺乏求生意志，不尊重生命，尤為痛切，因為我相信這是中國的最大的病根。

總之這篇小說的藝術無論如何幼稚，但著者肯那樣老實不客氣的表示他的憎惡，一方面對於中國社會也不失為一服苦藥，我想它的存在也並不是無意義的。只是著者本意似乎想把阿Q好好的罵一頓，做到臨了卻使人覺得在未莊裡阿Q還是唯一可愛的人物，比別人還要正直些，所以終於被「正法」了，正如托爾斯泰批評契訶夫的小說《可愛的人》時所說，他想撞倒阿Q，將注意力集中於他，卻反將他扶了起來了，這或者可以說是著者失敗的地方。

至於或者以為諷刺過分，「有傷真實」，我並不覺得如此，因為世上往往「事實奇於小說」，就是在我灰色的故鄉裡，我也親見到這一類腳色的活模型，其中還有一個縮小的真的可愛的阿桂，雖然他至今還是健在。

（一九二二）

【附錄二】關於魯迅

《阿Q正傳》發表以後，我寫過一篇小文章，略加以說明，登在那時的《晨報副刊》上。後來《阿Q正傳》與《狂人日記》等一併編成一冊，即是《吶喊》，出在北大新潮社叢書裡，其時傅孟真羅志希諸人均已出國留學去了，《新潮》交給我編輯，這叢書的編輯也就用了我的名義。出版以後，大被成仿吾所奚落，說這本小說既然是他兄弟編的，一定好的了不得。——原文已不記得，大意總是如此。於是我恍然大悟，原來關於此書的編輯我是應當回避的。這是我所得的第一個教訓。於是我就不敢再過問，就是那一篇小文章也不收到文集裡去，以免為批評家所援引，多生些小是非。

這回魯迅在上海去世了，宇宙風社寫信來，叫我寫點關於魯迅怎麼做學問的文章，作為紀念。我想關於這方面，在這時候來說幾句話，似乎可以不成問題，而且未必是無意義的事，因為魯迅的學問與藝術的來源有些都非外人所能知，今本人已沒，舍弟那時年幼亦未聞知，我所知道已成為海內孤本，深信值得錄存，事雖細微而不虛誕，世之識者當有取焉。這裡所說，限於有他個人獨到之見，獨創之才的少數事業，若其他言行，已有人說過者概置不論，不但仍以避免論爭，蓋亦本非上述趣意中所攝者也。

魯迅本名周樟壽，生於清光緒辛巳（一八八一）年八月初三日。祖父介孚公在北京做京官，得家書報告生孫，其時適有姓張的官客來訪，因為命名曰張，或以為與灶君同生日，故借灶君之姓為名，蓋非也。書名定為樟壽，雖然清道房同派下群從譜名原為壽某，介孚公或忘記或置不理均不可知，乃以壽字屬下，又定字曰豫山，後以讀音與「雨傘」相近，請於祖父改為豫才。

戊戌（一八九八）年春間往南京考學堂，始改名樹人，字如故，義亦可相通也。留學東京時，劉申叔為河南同鄉辦雜誌曰「河南」，孫竹丹來為拉稿，豫才為寫幾篇論文，署名一曰迅行，一曰令飛，至民七在《新青年》上發表《狂人日記》，於迅字上冠魯姓，遂成今名。寫隨感錄及詩署名唐俟，係俟堂二字的倒置，唐者「功不唐捐」之唐，意云空等候也。《阿Q正傳》特署巴人，意蓋取諸「下里巴人」，別無深意。

魯迅在學問藝術上的工作可以分為兩部，甲為搜集輯錄校勘研究，乙為創作。今略舉於下：

甲部

一，《會稽郡故書雜集》。

二，謝承《後漢書》（未刊）。

三，《古小說鉤沉》。

四，《小說舊聞鈔》。
五，《唐宋傳奇集》。
六，《中國小說史略》。
七，《嵇康集》。
八，《嶺表錄異》（未刊）。
九，漢畫石刻（未完成）。

乙部

一，小說：《吶喊》，《彷徨》，《故事新編》。
二，散文：《朝花夕拾》，《野草》等。

這些工作的成就有大小，但無不有其獨得之處，而其起因亦往往很是久遠，其治學與創作的態度與別人頗多不同，我以為這是最可注意的事。豫才從小就喜歡書畫，——這並不是書家畫師的墨寶，乃是普通的一冊一冊的線裝書與畫本。

最初買不起書，只好借了繡像小說來看。光緒癸巳（一八九三）年祖父因事下獄，一家分散，豫才和我被寄存在大舅父家裡，住在皇甫莊，是范嘯風的隔壁，後來搬往小皋步，即秦秋伊的娛園的廂房。

這大約還是在皇甫莊的時候，豫才從表兄借來一冊《蕩寇志》的繡像，買了些叫作明公紙的毛太紙來，一張張的影描，訂成一大本，隨後彷彿記得以一二百文錢的代價賣給書房裡的同窗了。

回家以後還影寫了好些畫譜，還記得有一次在堂前廊下影描馬鏡江的《詩中畫》，或是王治梅的《三十六賞心樂事》，描了一半暫時他往，祖母看了好玩，就去畫了幾筆，卻畫壞了，豫才扯去另畫，祖母有點悵然。

後來壓歲錢等略有積蓄，於是開始買書，不再借抄了。頂早買到的大約是兩冊石印本日本岡元鳳所著的《毛詩品物圖考》，這書最初也是在皇甫莊見到，非常歆羨，在大街的書店買來一部，偶然有點紙破或墨汙，總不能滿意，便拿去掉換，至再至三，直到夥計煩厭了，戲弄說，這比姊姊的面孔還白呢，何必掉換，乃憤然出來，不再去買書。

這書店大約不是墨潤堂，卻是鄰近的奎照樓吧。這回換來的書好像又有什麼毛病，記得還減價以一角小洋賣給同學，再貼補一角去另買了一部。畫譜方面那時的石印本大抵陸續都買了，《芥子園畫傳》四集自不必說，可是卻也不曾自己學了畫。

此外陳淏子的《花鏡》，恐怕是買來的第一部非花書（非畫譜的書），是用了二百文錢從一個同窗的本家（似是堂兄壽頤）那裡得來的。家中原有兩箱藏書，卻多是經史及舉業用的「正經書」，也有些小說，如《聊齋志異》，《夜談隨錄》，以至《三國演義》，《綠野仙蹤》，《天雨花》，《白蛇傳》（似名為「義妖傳」）等，其餘想看的須得自己來買添了。

我記得這裡邊有《酉陽雜俎》（木版），《容齋隨筆》（石印），《輟耕錄》（木版），《池北偶談》（石印），《六朝事蹟類編》（木版），二酉堂叢書（同），《金石存》（石印），《徐霞客遊記》（鉛印）等書。新年出城拜歲，來回總要一整天，船中枯坐無聊，只好看書消遣，那時放在「帽盒」中帶去的大抵是《遊記》或《金石存》，後者原刻石印本，很是精緻，前者乃是圖書集成局的扁體字的。

唐代叢書買不起，托人去轉借來看過一遍，我很佩服那裡一篇于義方的《黑心符》，抄了李德裕的《平泉草木記》，侯寧極的《藥譜》，豫才則抄存了陸羽的三卷《茶經》和陸龜蒙的《五木經》。好容易湊了兩塊錢，買來一部小叢書，共二十四冊，現在頭本已缺無可查考，但據每冊上特請一位族叔題的字，或者名為「藝苑捃華」吧，當時很是珍重，說來也可憐，這原來乃是書賈從龍威秘書等書中隨意抽取，雜湊而成的一碗「併攏坳羹」（方言謂剩餘肴饌並在一起）而已。這些事情都很瑣屑，可是影響卻很不小，它就「奠定」了他半生學問事業的傾向，在趣味上直到晚年也還留下了好些明瞭的痕跡。

戊戌春豫才往南京，由水師改入陸師附設的礦路學堂，至辛丑冬畢業派往日本留學，此三四年中專習科學，對於舊籍不甚注意，但所作隨筆以及詩文蓋亦不少，在我的舊日記中略有錄存。如戊戌年所作《戛劍生雜記》四則云：

「行人於斜日將墮之時，暝色逼人，四顧滿目非故鄉之人，細聆滿耳皆異鄉之語，一念及家鄉萬里，老親弱弟必時時相語，謂今當至某處矣，此時真覺柔腸欲斷，涕不可仰。故予有句云，日暮客愁集，煙深人語喧，皆所身歷，非托諸空言也。」

「生鱸魚與新粳米炊熟，魚須斫小方塊，去骨，加秋油，謂之鱸魚飯。味甚鮮美，名極雅飭，可入林洪《山家清供》。」

「夷人呼茶為梯，閩語也。閩人始販茶至夷，故夷人效其語也。」

「試燒酒法，以缸一隻猛注酒於中，視其上面浮花，頃刻迸散淨盡者為活酒，味佳，花浮水面不動者為死酒，味減。」

又《莳花雜誌》二則云：

「晚香玉本名土秘螺斯，出塞外，葉闊似吉祥草，花生穗間，每穗四五球，每球四五朵，色白，至夜尤香，形如喇叭，長寸餘，瓣五六七不等，都中最盛。昔聖祖仁皇帝因其名俗，改賜今名。」

「里低母斯，苔類也，取其汁為水，可染藍色紙，遇酸水則變為紅，遇鹵水又復為藍。其色變換不定，西人每以之試驗化學。」

詩則有庚子年作《蓮蓬人》七律，《庚子送灶即事》五絕，各一首，又庚子除夕所作《祭書神文》一首，今不具錄。辛丑東遊後曾寄數詩，均分別錄入舊日記中，大約可有十首，此刻也不及查閱了。（案上文所說詩文，現已均收入《魯迅全集補遺》中了。）

在東京的這幾年是魯迅翻譯及寫作小說的休養時期，詳細須得另說，這裡為免得文章線索凌亂，姑且從略。

魯迅於庚戌（一九一〇）年歸國，在杭州兩級師範，紹興府學堂及師範等校教課或辦事，民元以後任教育部僉事，至十四年（一九二五）去職，這是他的工作中心時期，其間又可分為兩個段落，以《新青年》為界。上期重在輯錄研究，下期重在創作，可是精神還是一貫，用舊話來說可云「不求聞達」。

魯迅向來勤苦作事，為他人所不能及，在南京學堂的時候，手抄漢譯賴耶爾的《地學淺說》（即是《地質學大綱》）兩大冊，圖解精密，其他教本稱是，但是因為對於那些我不感到興趣，所以都忘記是什麼書了。歸國後他就又開始抄書，在這幾年中不知共有若干種，只是記得的就有《穆天子傳》，《南方草木狀》，《嶺表錄異》，《北戶錄》，《桂海虞衡志》，程瑤田的《釋蟲小記》，郝懿行的《燕子春秋》，《蜂衙小記》與《記海錯》，還有從《說郛》抄出的多種。其次是輯書。

清代輯錄古逸書的很不少，魯迅所最受影響的還是張介侯的二酉堂叢書吧。如《涼州記》，段潁陰鏗的集，都是鄉邦文獻的輯集。（老實說，我很喜歡張君所刊書，不但是因為輯古逸書收存鄉邦文獻，刻書字體也很可喜，近求得其所刻《蜀典》，書並不珍貴，卻是我所深愛。）他一面翻查古書抄唐以前小說逸文，一面又抄唐以前的越中史地書。

這方面的成績第一是一部《會稽郡故書雜集》，其中有謝承《會稽先賢傳》，虞預《會稽典錄》，鍾離岫《會稽後賢傳記》，賀氏《會稽先賢像贊》，朱育《會稽土地記》，賀循《會稽記》，孔靈符《會稽記》，夏侯曾先《會稽地志》，凡八種，各有小引，卷首有敘，題曰太歲在閼逢攝提格（一九一四年甲寅）九月既望記，乙卯二月刊成，木刻一冊。敘中有云：「幼時嘗見武威張澍所輯書，於涼土文獻撰集甚眾，篤恭鄉里，尚此之謂，而會稽故籍零落，至今未聞後賢為之綱紀，乃創就所見書傳刺取遺篇，累為一帙。」又云：「書中賢俊之名，言行之跡，風土之美，多有方志所遺，捨此更不可見，用遺邦人，庶幾供其景行，不忘於故。」

這裡輯書的緣起與意思都說的很清楚，但是另外有一點值得注意的，敘文署名「會稽周作人記」，向來算是我的撰述，這是什麼緣故呢？查書的時候我也曾幫過一點忙，不過這原是豫才的發意，其一切編排考訂，寫小引敘文，都是他所做的，起草以至謄清大約有三四遍，也全是自己抄寫，到了付刊時卻不願出名，說寫你的名字吧，這樣便照辦了，一直拖了二十餘年。現在覺得應該說明了，因為這一件小事我以為很有點意義。

這就是證明他做事全不為名譽，只是由於自己的愛好。這是求學問弄藝術的最高的態度，認得魯迅的人平常所不大能夠知道的。其所輯錄的古小說逸文也已完成，定名為「古小說鉤沉」，當初也想用我的名字刊行，可是沒有刻版的資財，托書店出版也不成功，所以還是擱著。

此外又有一部謝承《後漢書》，因為謝偉平是山陰人的緣故，特為輯集，可惜分量太多，未能與《故書雜集》同時刊版，這從篤恭鄉里的見地說來，也是一件遺憾的事。

豫才因為古小說逸文的搜集，後來能夠有《小說史略》的著作，說起緣由來很有意思。豫才對於古小說雖然已有十幾年的用力（其動機當然還在小時候所讀的書裡），但因為不求名聲，不喜誇示，平常很少有人知道。

那時我在北京大學中國文學系裡當「票友」，馬幼漁君正做主任，有一年叫我講兩小時的小說史，我冒失的答應了回來，同豫才說起，或者由他去教更為適宜，他說去試試也好，於是我去找馬君換了什麼別的功課，請豫才教小說史，後來把講義印了出來，即是那一部書。

其後研究小說史的漸多，各有收穫，有後來居上之概，但那些成績似只在後半部，即明以來的章回小說部分，若是唐宋以前古逸小說的稽考恐怕還沒有更詳盡的著作，這與《古小說鉤沉》的工作正是極有關係的。對於畫的愛好使他後來喜歡外國的板畫，編選北京的詩箋，為世人所稱，但是他半生精力所聚的漢石刻畫像終於未能編印出來，或者也還沒有編好吧。

末了我們略談魯迅創作方面的情形。他寫小說其實並不始於《狂人日記》，辛亥（一九一一）年冬天在家裡的時候，曾經用古文寫過一篇，以東鄰的富翁為模型，寫革命前夜的情形，性質不明的革命軍將要進城，富翁與清客閒漢商議迎降，頗富於諷刺的色彩。

這篇文章未有題名，過了兩三年由我加了一個題目與署名，寄給《小說月報》，那時還是小冊，係惲鐵樵編輯，承其覆信大加賞識，登在卷首，可是這年月與題名都完全忘記了，要查民初的幾冊舊日記才可知道。

【附記】

後來有人查出，這小說登在《小說月報》上題曰「懷舊」，署名「周逴」，末尾有編者「焦木附志」的話，「實處可致力，空處不能致力，然初步不誤，靈機人所固有，非難事也。曾見青年才解握管，便講詞章，卒致滿紙飣餖，無有是處，亟宜以此等文字藥之。」

第二次寫小說是眾所共知的《新青年》時代，所用筆名是「魯迅」，在《晨報副刊》上為孫伏園每星期日寫《阿Q正傳》，則又署名「巴人」，所作隨感錄大抵署名「唐俟」，我也有幾篇是用這個署名的，都登在《新青年》上，後來這些隨感編入《熱風》，我的幾篇也收入在內，特別是三十七八，四十二三皆是。

整本的書籍署名彼此都不在乎，難道二三小文章上頭要來爭名麼？這當然不是的了。——當時世間頗疑「巴人」是蒲伯英，教育部中有時議論紛紜，毀譽不一，魯迅就在旁邊，茫然相對，是很有滑稽意味的事。他為什麼這樣做的呢？並不如別人所說，因為言論激烈所以匿名，實在只如上文所說不求聞達，但求自由的想或寫，不要學者文人的名，自然更不為利，《新青年》是無報酬的，《晨報副刊》多不過千字五角錢罷了。

以這種態度治學問或做創作，這才能夠有獨到之見，獨創之才，有自己的成就，不問工作大小都有價值，與制藝異也。

魯迅寫小說散文又有一特點，為別人所不能及者，即對於中國民族的深刻的觀察。豫才從小喜歡「雜覽」，讀野史最多，受影響亦最大，——譬如讀過《曲洧舊聞》裡的因子巷一則，誰會得再忘記，會不與《一個小人物的懺悔》上所記的事情同樣的留下很深的印象呢？

在書本裡得來的知識上面，又加上親自從社會裡得來的經驗，結果便看見一個充滿苦痛與黑暗的人生，讓它通過藝術發現出來，就是那些作品。從這一點說來，《阿Q正傳》正是他的代表作，但其被人家所罵也正是應該的。

這是寄悲憤於滑稽，在從前那篇小文裡我曾說用的是顯克微支的手法，著者本人當時看了我的草稿也加以承認的。正如《炭畫》一般，裡邊沒有一點光與空氣，到處是愚與惡，而這愚與惡又復厲害到可笑的程度。

集中有些牧歌式的小話都非佳作，《藥》裡稍微露出一點的情熱，這是對於死者的，而死者又已是做了「藥」了，此外就再也沒有東西可以寄託希望與感情。不被禮教吃了肉去，就難免被做成「藥渣」，這是魯迅對於世間的恐怖，在作品上常表現出來，事實上也是如此。講到這裡我的話似乎可以停止了，因為我只想略講魯迅的學問藝術上的工作的始基，這有些事情是人家所不能知道的，至於其他問題能談的人很多，還不如等他們來談吧。

廿五年十月廿四日，北平。

【附錄三】關於魯迅之二

我為《宇宙風》寫了一篇關於魯迅的學問的小文之後，便擬暫時不再寫這類文章，所以有些北平天津東京的新聞雜誌社的囑託都一律謝絕了，因為我覺得多寫有近乎投機，雖然我所有的資料都是些事實，並不是平常的應酬話。說是事實，似乎有價值卻也沒價值，因為這多是平淡無奇的，不是奇蹟，不足以滿足觀眾的欲望。一個人的平淡無奇的事實本是傳記中的最好資料，但唯一的條件是要大家把他當做一個人去看待，不是當做「超人」。

乃宇宙風社來信，叫我再寫一篇，略說豫才在東京時代的文學的修養，算作前文的補遺，因為我在那裡曾經提及，卻沒有敘述。這也成為一種理由，所以補寫了這篇小文，姑且當作一點添頭也罷。

豫才的求學時期可以分作三個段落，即自光緒戊戌（一八九八）年至辛丑（一九〇一）年在南京為前期，自辛丑至丙午（一九〇六）年在東京及仙台為中期，自丙午至宣統己酉（一九〇九）年又在東京為後期。這裡我所要說的只是後期，因為如他的自述所說，從仙台回到東京以後，他才決定要弄文學。但是在這以前他也未嘗不喜歡文學，不過只是賞玩而非攻究，且對於文學也還未脫去舊的觀念。

在南京的時候，豫才就注意嚴幾道的譯書，自《天演論》以至《法意》，都陸續購讀。其次是林琴南，自《茶花女遺事》出後，隨出隨買，我記得最後的一部是在東京神田的中國書林所買的《黑太子南征錄》，一總大約有二三十種吧。

其時「冷血」的文章正很時新，他所譯述的《仙女緣》，《白雲塔》我至今還約略記得，又有一篇囂俄（今改譯雨果）的偵探談似的短篇小說，叫作什麼尤皮的，寫得很有意思，蘇曼殊又在上海報上譯登《慘世界》，於是一時囂俄成為我們的愛讀書，找些英日文譯本來看。末了是梁任公所編刊的《新小說》，《清議報》與《新民叢報》的確都讀過也很受影響，但是《新小說》的影響總是只有更大不會更小。梁任公的《論小說與群治之關係》當初讀了的確很有影響，雖然對於小說的性質與種類後來意見稍稍改變，大抵由科學或政治的小說漸轉到更純粹的文藝作品上去了。不過這只是不側重文學之直接的教訓作用，本意還沒有什麼變更，即仍主張以文學來感化社會，振興民族精神，用後來的熟語來說，可說是屬於為人生的藝術這一派的。

丙午年春天豫才在仙台的醫學專門學校退了學，回家去結婚，其時我在江南水師學堂，前一年的冬天到北京練兵處考取留學日本，在堂裡閒住半年，這才決定被派去學習土木工程，秋初回家一轉，同豫才到東京去。豫才再到東京的目的，他自己已經在《朝花夕拾》中一篇文章裡說過，不必重述，簡單的一句話，就是欲救中國須從文學開始。

他的第一步的運動是辦雜誌。那時留學生辦的雜誌並不少，但是沒有一種是講文學的，所以發心想要創辦，名字定為「新生」，——這是否是借用但丁的，有點記不的確了，但多少總有關係。其時留學界的空氣是偏重實用，什九學法政，其次是理工，對於文學都很輕視，《新生》的消息傳出去時大家頗以為奇，有人開玩笑說，這不會是學台所取的進學新生（即新考取的秀才）麼。又有客——彷彿記得是胡仁源——對豫才說，你弄文學做甚，這有什麼用處？答云，學文科的人知道學理工也有用處，這便是好處。客乃默然。看這種情形，《新生》的不能辦得好原是當然的。

《新生》的撰稿人共有幾個，我不大記得，確實的人數裡有一個許季茀（壽裳），聽說還有袁文藪，但他往英國去後就沒有消息了。結果這雜誌沒有能辦成，我曾根據安特路朗的幾種書寫了半篇《日月星之神話》，稿今已散失，《新生》的原稿紙卻還有好些存在。

辦雜誌不成功，第二步的計畫是來譯書。翻譯比較通俗的書賣錢是別一件事，賠錢介紹文學又是一件事，這所說的自然是屬於後者。結果經營了好久，總算印出了兩冊《域外小說集》。第一冊有一篇序言，是豫才的手筆，說明宗旨云：「《域外小說集》為書，詞致樸訥，不足方近世名人譯本，特收錄至審慎，移譯亦期弗失文情。異域文術新宗，由此始入華土。使有士卓特，不為常俗所囿，必將犁然有當於心，按邦國時期，籀讀其心聲，以相度神思之所在。則此雖大海之微漚歟，而性解思惟，實寓於此，中國譯界亦由是無遲暮之感矣。己酉正月十五日。」

過了十一個年頭，上海群益書社願意重印，加了一篇新序，用我出名，也是豫才所寫的，頭幾節是敘述當初的情形的，可以抄在這裡：

「我們在日本留學的時候，有一種茫漠的希望，以為文藝可以轉移性情，改造社會的。因為這意見，便自然而然的想到介紹外國新文學這一件事。但做這事業，一要學問，二要同志，三要工夫，四要資本，五要讀者。第五樣逆料不得，上四樣在我們卻幾乎全無。於是又自然而然的只能小本經營，姑且嘗試，這結果便是譯印《域外小說集》。

「當初的計畫，是籌辦了連印兩冊的資本，待到賣回本錢，再印第三第四，以至第多少冊的。如此繼續下去，積少成多，也可以約略介紹了各國名家的著作了。於是準備清楚，在一九〇九年二月印出第一冊，到六月間又印出了第二冊。寄售的地方，是上海和東京。

「半年過去了，先在就近的東京寄售處結了賬。計第一冊賣去了二十一本，第二冊是二十本，以後可再也沒有人買了。那第一冊何以多賣一本呢？就因為有一位極熟的友人，怕寄售處不遵定價，額外需索，所以親去試驗一回，果然劃一不二，就放了心，第二本不再試驗了。但由此看來，足見那二十位讀者，是有出必看，沒有一人中止的，我們至今很感謝。

「至於上海，是至今還沒有詳細知道。聽說也不過賣出了二十冊上下，以後再沒有人買了。於是第三冊只好停版，已成的書便都堆在上海寄售處堆貨的屋子裡。過了四五年，這寄售處不幸失了火，我們的書和紙版都連同化成灰燼。我們這過去的夢幻似的無用的勞力，在中國也就完全消滅了。」

這裡可以附注幾句。《域外小說集》第一冊印了一千本，第二冊只有五百本。印刷費是蔣抑卮（名鴻林）代付的，那時蔣君來東京醫治耳疾，聽見譯書的計畫甚為贊成，願意幫忙，上海寄售處也即是他的一家綢緞莊。那個去試驗買書的則是許季茀也。

《域外小說集》兩冊中共收英美法各一人一篇，俄四人七篇，波蘭一人三篇，波希米亞一人二篇，芬蘭一人一篇。從這上邊可以看出一點特性來，那一是偏重斯拉夫系統，一是偏重被壓迫民族也。其中有俄國的安特來夫作二篇，伽爾洵作一篇，係豫才根據德文本所譯。那時日本翻譯俄國文學的風氣尚不發達，比較的紹介得早且亦稍多的要算屠格涅夫，我們也用心搜求他的作品，但只是珍重，別無翻譯的意思。

每月初各種雜誌出版，我們便忙著尋找，如有一篇關於俄國文學的紹介或翻譯，一定要去買來，把這篇拆出保存，至於波蘭自然更好，不過除了顯克微支的《你往何處去》，《火與劍》之外，不會有人講到的，所以沒有什麼希望。

此外再查英德文書目，設法購求古怪國度的作品，大抵以俄國，波蘭，捷克，塞爾維亞（今稱南斯拉夫），保加利亞，芬蘭，匈牙利，羅馬尼亞，新希臘為主，其次是丹麥瑙威瑞典荷蘭等，西班牙義大利便不大注意了。那時候日本大談「自然主義」，這也覺得是很有意思的事，但所買自然主義發源地的法國著作，大約也只是茀羅培耳，莫泊三，左拉諸大師的二三卷，與詩人波特萊耳，威耳倫的一二小冊子而已。

上邊所說偏僻的作品英譯很少，德譯較多，又多收入「瑞克闌姆」等叢刊中，價廉易得，常開單托相模屋書店向丸善定購，書單一大張而算起賬來沒有多少錢，書店的不憚煩肯幫忙也是很可感的，相模屋主人小澤死於肺病，於今卻已有廿年了。德文雜誌中不少這種譯文，可是價太貴又難得，只能於舊書攤上求之，也得到了許多，其中有名叫什麼 Aus Fremden Zungen（記不清楚是否如此）的一種，內容最好，曾有一篇評論荷蘭作家藹覃的文章，豫才的翻譯《小約翰》的意思實在是起因於此的。

這許多作家中間，豫才所最喜歡的是安特來夫，或者這與愛李長吉有點關係吧，雖然也不能確說。此外有伽爾洵，其《四日》一篇已譯登《域外小說集》中，又有《紅笑》，則與勒耳蒙托夫的《當代英雄》，契訶夫的《決鬥》，均未及譯，又甚喜柯洛連珂，後來多年後只由我譯其《瑪加耳的夢》一篇而已。

高爾基雖已有名，《母親》也有各種譯本了，但豫才不甚注意，他所最受影響的卻是果戈理，《死魂靈》還居第二位，第一重要的還是短篇小說，《狂人日記》，《兩個伊凡尼支打架》，以及喜劇《巡按》等。波蘭作家最重要的是顯克微支，《樂人揚珂》等三篇我都譯出登在小說集內，其傑作《炭畫》後亦譯出，但《得勝的巴耳忒克》未譯，至今以為憾事。

用滑稽的筆法寫陰慘的事蹟，這是果戈理與顯克微支二人得意的事，《阿Q正傳》的成功其原因一部分亦在於此，此蓋為但能熱罵的人所不及知者也。

捷克有納路達，扶爾赫列支奇，亦為豫才所喜，又芬蘭「乞食詩人」丕佛林多所作小說集亦所愛讀不釋者，均未翻譯。匈牙利則有詩人裴多菲山陀耳，死於革命之戰，豫才為《河南》雜誌作《摩羅詩力說》，表章拜倫等人的「撒但派」詩文，而以裴多菲為之繼，甚致讚美，其德譯詩集一卷，又唯一的中篇小說曰「絞刑吏的繩索」，從舊書攤得來時已破舊，豫才甚珍重之。

對於日本文學當時殊不注意，森鷗外，上田敏，長谷川二葉亭諸人，差不多只看重其批評或譯文，唯夏目漱石作俳諧小說《我是貓》有名，豫才俟各卷印本出即陸續買讀，又曾熱心讀其每天在《朝日新聞》上所載的小說《虞美人草》，至於島崎藤村等的作品則始終未嘗過問，自然主義盛行時亦只取田山花袋的小說《棉被》一讀，似不甚感興味。

豫才後日所作小說雖與漱石作風不似，但其嘲諷中輕妙的筆致實頗受漱石的影響，而其深刻沉重處乃自果戈理與顯克微支來也。豫才於拉丁民族的文藝似無興趣，德國則於海涅之外只取尼采一人，《札拉圖斯忒拉如是說》一冊常在案頭，曾將序說一篇譯出登雜誌上，這大約是《新潮》吧，那已在「五四」以後了。

豫才在醫學校的時候學的是德文，所以後來就專學德文，在東京的獨逸語學協會的學校聽講。丁未（一九〇七）年曾和幾個友人共學俄文，有許季茀，陳子英（名濬，因徐錫麟案避難來東京），陶望潮（名鑄，後改以字行曰冶公），汪公權（劉申叔的親屬，後以偵探嫌疑被同盟會人暗殺於上海），共六人，教師名瑪利亞孔特，居於神田，蓋以革命逃亡日本者。未幾子英先退，獨自從師學，望潮因將往長崎從俄人學造炸藥亦去，四人無力支持，遂解散。

戊申（一九〇八）年從章太炎先生講學，來者有許季茀，錢均甫（家治），朱逷先（希祖），錢德潛（名夏，後改名玄同），朱蓬仙（宗萊），龔未生（寶銓），共八人，每星期日至小石川的民報社，聽講《說文解字》。

丙午丁未之際我們翻譯小說《匈奴奇士錄》等，還多用林琴南筆調，這時候就有點不滿意，即嚴幾道的文章也嫌它有八股氣了。以後寫文多喜用本字古義，《域外小說集》中大都如此，斯諦普虐克的《一文錢》——這篇小品我至今還是很喜歡——曾登在《民報》上，請太炎先生看過，改定好些地方，至庚申（一九二〇）年重印，因恐排印為難，始將有些古字再改為通用的字。

這雖似一件小事，但影響卻並不細小，如寫烏字下面必只有兩點，見梁字必覺得討厭，即其一例，此所謂文字上的一種潔癖，與復古全無關係，且正以有此潔癖乃能知復古之無謂，蓋一般復古之徒皆不通，本不配談，若身穿深衣，手寫篆文的復古，雖是高明而亦因此乃不可能也。

豫才在那時代的思想我想差不多可以民族主義包括之，如所介紹的文學亦以被壓迫的民族為主，俄則取其反抗壓制，希求自由也。但他始終不曾加入同盟會，雖然時常出入民報社，所與往來者多是與同盟會有關係的人。他也沒有加入光復會。

當時陶煥卿（成章）也亡命來東京，因為同鄉的關係常來談天，龔未生大抵同來。煥卿正在聯絡江浙會黨中人，計畫起義，太炎先生每戲呼為煥強盜或煥皇帝，來寓時大抵談某地不久可以「動」起來了，否則講春秋時外交或戰爭情形，口講指畫，歷歷如在目前。嘗避日本警吏注意，攜文件一部分來寓屬代收藏，有洋抄本一，係會黨的聯合會章，記有一條云，凡犯規者以刀劈之。又有空白票布，紅布上蓋印，又一枚紅緞者，云是「龍頭」。煥卿嘗笑語曰，填給一張正龍頭的票布何如？數月後煥卿移居，乃復來取去。以浙東人的關係，豫才似乎應該是光復會中人了。然而又不然。這是什麼緣故呢？我不知道。我所記述的都重在事實，並不在意義，這裡也只是記述這麼一件事實罷了。

這篇補遺裡所記是丙午至己酉（一九〇六至一九〇九）這四年間的事情，在魯迅一生中屬於早年，且也是一個很短的時期，我所要說的本來就只是這一點，所以就此打住了。我曾說過，豫才早年的事情大約我要算知道得頂多，晚年的是在上海的我的兄弟懂得頂清楚，所以關於後年的事我一句話都沒有說過，即不知為不知也。早年也且只談這一部分，差不多全是平淡無奇的事情，假如可取，可取當在於此，但或者無可取也就在於此乎。

廿五年十一月七日，在北平。

【附記】

為行文便利起見，除特別表示敬禮外，人名一律稱姓字，不別加敬稱。

周作人作品精選：15

我的兄弟魯迅【經典新版】

作者： 周作人
發行人：陳曉林
出版所：風雲時代出版股份有限公司
地址：10576台北市民生東路五段178號7樓之3
電話：(02) 2756-0949
傳真：(02) 2765-3799
執行主編：朱墨菲
美術設計：吳宗潔
行銷企劃：林安莉
業務總監：張瑋鳳

初版日期：2022年9月
ISBN：978-986-352-982-8

風雲書網：http://www.eastbooks.com.tw
官方部落格：http://eastbooks.pixnet.net/blog
Facebook：http://www.facebook.com/h7560949
E-mail：h7560949@ms15.hinet.net
劃撥帳號：12043291
戶名：風雲時代出版股份有限公司

風雲發行所：33373桃園市龜山區公西村2鄰復興街304巷96號
電話：(03) 318-1378
傳真：(03) 318-1378
法律顧問：永然法律事務所 李永然律師
北辰著作權事務所 蕭雄淋律師

行政院新聞局局版台業字第3595號 營利事業統一編號22759935

定價：350元

國家圖書館出版品預行編目資料

我的兄弟魯迅 / 周作人著. -- 初版. -- 臺北市：風雲時代出版股份有限公司, 2021.03 面； 公分. -- (周作人作品精選；15)

ISBN 978-986-352-982-8 (平裝)

855 110000299